愛の在り処をさがせ！

樋口美沙緒

白泉社花丸文庫

愛の在《あ》り処《か》をさがせ！　もくじ

イラスト／街子《まちこ》マドカ

プロローグ

淋しさは、いつ心から消えてなくなるのだろう？

誰かに愛されたら？　それとも、誰かを愛したら？

きっと長くはないだろう人生の中で、物心《ものごころ》ついたときから、葵《あおい》の胸の中にぽかりと浮かんでいたのは、いつもその疑問だった。

大抵の人々は、葵を必要としなかったし、葵を選ばなかったので、葵はいつしか、自分は「いらない子」なのだと気が付いた。

選ばれない葵が、自分で選んだのはせめて生きていた証《あかし》に、命をひとつ繋《つな》ぐことだった。

空《そら》が生まれた日のことを、葵ははっきりと覚えている。

はっきりと、というと少し語弊《ごへい》があるかもしれない。

ただ、痛みと疲労の中、朦朧《もうろう》としながら聞いていた、生まれたばかりの赤ん坊の泣き声は、生命力に満ちあふれて葵をおろおろとした心境にさせ、それでいて宙に向かって伸ばされたか細い手足はやわやわと頼りなく、本当にこれが人の子かと、葵を不安でいっぱいにさせたこと。ようやく抱くことを許されて、胸に置いてもらったときに、その頭があまりに小さく、驚いたこと。開いたばかりの赤ん坊の眼は、ガラス玉のように澄んだ青色で——この瞳は、まだこの世界をまるで見たことがないのだ……すべてがこれから、初めての経験になるのだ、というその事実に、やっと気がついて息を呑みこんだ。そういったことだけが、いつまでも色あせず印象に残った。

葵は一人ぼっちで空を産み、一人ぼっちで育てはじめた。

小さな赤ん坊。

自分が放り出してしまえば数時間で死んでしまうだろう命が腕の中にあるというのは、とてつもなく恐ろしかった。同時に、とてつもなく愛《いと》しかった。

その愛しさも恐ろしさも、誰とも分かち合えないのは、ただひたすら淋しかった。

淋しい。

葵はいつも、どんなときも、なにをしていても、淋しかった。

夏の終わり、町の空に午後五時半の鐘が鳴り響いている。

仕事を終えた葵は、満員電車を降りると走って駐輪場に駆け込み、重たい自転車を引っ張りだした。人生で一番高かったかもしれない買い物はこの電動自転車で、後ろに子どもを乗せる専用シートをつけている。

いつもながら慌《あわ》てて自転車を発進させると、葵は一目散《いちもくさん》に息子を預《あず》けている保育園へと走らせた。

「あおいーっ、おかえりっ」

時計の針は、六時ぎりぎり。なんとか間に合った、と胸を撫で下ろした葵は、息を切らしながら園に駆け込んだところだ。

一日分の疲労で全身ぐったりし、貧血で頭はくらくらしていたが、クラスの扉を開けたとたんにパタパタと駆け寄ってくる元気な空の顔を見ると、その不調も吹き飛んでしまう。自然と笑みがこぼれ、開いた腕に飛び込んできた息子を、葵はぎゅっと抱き締めた。

「ただいま、空」

十九歳で空を産んで、四年が経《た》っていた。今、葵は二十三になる。

空は四歳だが、同じクラスの子の誰より大きいので、傍目《はため》には五歳くらいに見えるだろう。銀色の髪に白い肌、青い眼と、天使のような容貌《ようぼう》。外見だけなら葵と似たところはほとんどない。けれど、それでもたしかに空は葵の、たった一人の子ども、ただ一つの宝物だった。

ぎゅっと抱き締めていると、ふわふわとした柔らかな体やこしのない髪の毛から、お日さまと汗と、お乳に似た匂いがする。そこには既にほんのわずか、空の起源種《きげんしゅ》であるタランチュラの——甘い香りが混ざっているが、それはまだ、本当に少しだった。

——まだ大丈夫。まだ、この子を隠せる。

葵は胸の奥でそっと呟き、そうして一人、安心するのだった。

「あおい、あおい。みて。ブロックでね、ひこうき作ったよ」

多少舌足らずだけれど、空は発達がよく、もうずいぶん達者《たっしゃ》にしゃべる。けれど中身はブロックやすべり台が好きな、ごく普通の子どもだった。貧しい保育園なので、ブロックの数も足りていない。ちぐはぐなパーツで作られたそれを見て、葵は「すごいな。楽しく作ったんだ」と褒めた。

「あの、並木《なみき》さん。ちょっといいかしら」

と、荷物をまとめて帰ろうとしていると、保育園の先生に呼び止められ、葵はドキリとした。

子育てを終えてから復帰した、という担任は、葵の母くらいの年齢だ。優しげな顔だちにロウクラスらしい小柄な体。かけたエプロンにはクマやウサギのアップリケが施されている。

「……なにかありました?」

手招《てまね》かれ、教室の端に寄ると、自然と声が落ちた。

教室にはもう、空の他に子どもはいない。

「あのー、ね。よくあることなんだけど……今日、お散歩の公園で遊具《ゆうぐ》の取り合いになって。空くんはその場にいただけなんだけど……」

ああ、またこの手の話か、と葵は胃がしくしくと痛むのを感じた。幸《さいわ》い空はブロックを片付けに行っており、話を聞かれなくてすんだので、葵はホッとする。

「二人の子が押し合いっこになっちゃって、空くんが助けようとしてね。でも体が大きいとはいえ、空くんもまだ、子どもでしょう。ちょうどすべり台の上だったから、体勢《たいせい》を崩して、二人が転んだまま滑《すべ》っちゃってね」

空くんもそれに続いちゃって、と、先生がため息をつく。

「結果的に、空くんがこう、二人を下敷《したじ》きにするみたいになって、子どもたちが泣いちゃったの。それで、空くんは今日一日、遊具に近づかなくなってしまって。……僕が一緒に遊んだら、他の子に悪いからって、そう言っててね」

「……そうでしたか」

葵は皮膚の下で心臓がぎゅーっと縮まって、痛むような気がした。

空はもともと、気性の荒いほうではない。ハイクラスだけに体は大きいが、三歳までは病弱だったこともあり、心根《こころね》は優しくて素直だ。優しすぎると言ってもいい。

友達を押しつぶしてしまった罪悪感で、大好きなすべり台に近づけなくなった……というのを聞くと、大柄なほうとはいえ、まだたった四歳の子が、体を丸めて公園の隅にいる姿が想像されて、かわいそうでたまらなくなった。友達が楽しそうに遊んでいるのを、空はどんな気持ちで見つめていたのだろうか……。

そう考えると、かわいそうという気持ち以上に、親としての無力感と申し訳なさがひしひしと募《つの》ってくる。

「……園長の知人に、ハイクラスさんの地域の保育園を経営されてる方がいて。やっぱり、ロウクラスの中にハイクラスの子が一人だと、その子がかわいそうじゃないかって言っててね。どうかしら、お母さんは大変だと思うんだけど……転園《てんえん》、ていうか。そういう道もあると思うの。うちに受かるなら、そちらの保育園には絶対受かると思うし」

保育園は世帯収入の低いほうが優先的に入所できる。ハイクラスばかりが集まる園なら、ロウクラスの家庭よりも貧《まず》しい葵の家は、最優先されるだろう。

分かっている。分かっていながら、葵は空を隠したくて下町に暮らし、不安定で薄給《はっきゅう》な仕事につき、国から出るわずかな保護や手当に頼って、なんとか空を育てている状態だった。

「空くんが、悪いっていうんじゃないのね。むしろみんなに優しくて、お友だちも空くんのことは大好きなの。でも……あんまり発育が良すぎて……空くんが、逆に、かわいそうで……」

先生は言葉を濁《にご》したが、葵にはもう、なにが問題なのか分かりすぎるほど分かっていた。

話しながらも、先生の眼は悲しそうに動き、葵の顔もまっすぐに見られない様子だった。

葵はこの場所で、自分がどれだけ異質《いしつ》なのかを知っている。先生たちはなにも悪くない。悪いのは自分なのだと分かっている。

「ご迷惑おかけして……、先生のお話も、少し考えてみます」

深々と頭を下げると、先生は葵を心配そうな眼で見た。

「あおいっ。かえろー」

けれど、そこへ空が元気よく飛びついてきたのには救われた。

教室を出て広い玄関先に出ると、大きな鏡がかかっていて、そこには空と一緒に、葵の姿が映っていた。

真珠色《しんじゅいろ》の肌に、柔らかな猫毛の黒髪。

長い睫毛《まつげ》の下にある、葵の眼は瑠璃《るり》と橙《だいだい》のオッドアイだ。そうして、ハイクラスのナミアゲハ出身者にはありえないほど小柄で華奢《きゃしゃ》で、細い体。

通常、アゲハチョウ出身者は春生まれのほうが小柄になりやすく、葵はたしかに四月生まれではあるけれど、それにしてもナミアゲハの女性よりもまだ華奢なのは、葵が性モザイクという、特殊な生まれだからだった。

「あおいとそら、うつってるよ。あおいはかわいいね」

鏡を見ていた空が、ませたことを言う。葵は笑い、「ありがと」と空のおでこにほおずりした。そんなところでさえ、子どもの体は温かく、柔らかく、優しい匂いがする。

園の前の駐輪場に行くと、同じクラスの母親が数人、固まってしゃべっていた。一瞬怯《ひる》んだけれど、すぐに笑顔を作り、

「こんにちは、お疲れ様です」

と、挨拶する。ロウクラスの彼女たちは、一応は微笑み、同じように挨拶を返してくれる。けれど自転車に空を乗せ、もう一度頭を下げてその場を離れると、風に乗って彼女たちの声が聞こえてきた。

——並木さんて、ハイクラスでしょ？　どうしてこの園にいるのかしら。

——空くんは、どう見てもお父さんが外国人の、それも上位のハイクラスよね？　お金ならあるだろうに、不思議ね、と話す彼女たちは、ハイクラスがロウクラスより数倍耳がよく、そのために多少離れたくらいでは、声が聞こえてしまうことを知らないのだ。

悪気も悪意もない、けれど突き刺さるような辛い言葉に、心へモヤモヤとしたものが忍び寄ってくる。

淋しい——。誰かに、誰にでもいい。この淋しさを、息苦しさを、分かってもらいたい。

いつでも、心は簡単に折れそうになる。一度折れたらもう立ち上がれない気がして、葵は急いでペダルを漕《こ》ぐ足に力をこめた。

「空、超スピードだ！　特急だぞ〜！」

わざと明るい声をあげて走り出すと、後部座席で空がきゃーっと笑い声をあげた。家の近くの公園がちらりと見え、葵は「空、すべり台してく？」と訊《き》いた。散歩の時間に、できなかったようだから、自分と一緒ならいくらでもしていいのだと、そう思ったけれど、

「ううん、してかなーい」と空はあっさり断った。

「そら、すべり台、すきくなくなったの」

「……そっか」

喉の奥がきゅうと締まるような、苦しさを覚えた。じゃあ、早くお家に帰って、今日は空の好きなもの作ろうな、と葵は言ったけれど、貧しい食卓にのぼるものなどたかが知れていた。

信号待ちで一度停《と》まると、夏の終わりの夕焼け空に、桃色の雲が流れ、飛行機がそれを突き破って飛んで行くのが見えた。ごうごうとした大きな音に空が顔をあげ、

「ひこうきだあ」

と嬉しそうに手を振る。

お前本当は、あの飛行機だって、本物をいくつでも買えたのに――。

すべり台を好きに滑れる自由も、贅沢《ぜいたく》な暮らしも、肩身《かたみ》の狭《せま》い思いをしなくていいだけの環境も、本当なら空はすべて持っていたはず。それなのに、葵がそれを奪ったのだ。

そう思うと、葵の目尻にはじわじわと涙が浮かんだ。たった四歳の子どもなのに、すべ

り台を好きじゃなくさせるなんて……。

大袈裟《おおげさ》だと思うけれど、空が自分をなじるわけでも、わがままを言うわけでもないのが、余計に辛かった。

（親失格だ……）

まだ四歳だから、昼間のことを忘れているだけかもしれない。でももしかすると、葵には負担をかけられないと、そう思って黙っているのかもしれない……。

後ろめたさと無力感で、葵の中はいっぱいになる。信号が青に変わったので、葵は涙を拭《ぬぐ》って自転車を漕いだ。下り坂を一気に下りると、空は無邪気にきゃっきゃと笑い転《ころ》げ、「はやいはやい。あおい、ひこうき追いかけて！」と無茶を言う。

「今日はミートボールにしよっかあ」

葵は飛行機の影を追いかけながら、月に一度は作る、並木家のご馳走の名前をあげた。

「あと玉子焼きとじゃがいも。どう？」

全部、空の好物だ。背中で空が「やったー」と声をあげる、舌足らずの甘い声。

その声音の可愛らしさが愛しくて、ほんの一瞬だけ、葵は後ろめたさも無力感も、悲しみも苦しみも、体の奥に陣取ったまま、どれだけ愛しても愛されても消えはしない淋しさも――癒《いや》される、錯覚《さっかく》を覚えた。

自分たちはなにも問題はなく、愛情で結ばれた幸せな親子だという……そんな錯覚だ。

けれど商店街の中を行き過ぎるとき、電気屋のテレビに、夕方のニュースが映っているのが見えて、葵は思わずブレーキをかけていた。

後部シートで、空ががくんと体を揺らす。

「あおい、どうしたの？」

無邪気な空の声に、答えられない。額に嫌な汗が浮かび、葵は心臓がドキドキと速くなるのを感じた。

テレビには『ケルドア公国《こうこく》の大公《たいこう》、日本初来日』というテロップが流れており、そこにはなにやら、国事的行事に参加する上流階級の人々が映《うつ》っていた。カメラが真ん中に捕《とら》えているのは背の高い美しい男で、シルバーブロンドと、サファイアのような瞳が画面越しにもきらめいて見える。

（……シモン）

男の名前を思うと、体が冷たくなり、息が苦しくなった。

この五年間、一度も忘れたことはない。

それは空の父親の名前。葵が生まれて初めて愛した、たった一人の男の名前だった。

一

この世界の人間は、二種類に分かれている。

一つがハイクラス。そうしてもう一つがロウクラスだ。

遠い昔、地球に栄《さか》えていた文明は滅亡し、人類は生き残るために強い生命力を持つ節足《せっそく》動物と融合《ゆうごう》した。

今の人類は、ムシの特性を受け継ぎ、弱肉強食《じゃくにくきょうしょく》の『強』に立つハイクラスと、『弱』に立つロウクラスとの二種類に分かれている。

ハイクラスにはタランチュラ、カブトムシ、クロオオアリ、そしてアゲハチョウなどがいる。ロウクラスはもっと小さく、弱い種族を起源とした人々だ。

ハイクラスの能力は高く、体も強いので、彼らが就《つ》く仕事は自然と決まってきて、世界の富《とみ》と権力《けんりょく》はいつしかハイクラスが握《にぎ》るようになった。

ムシの世界の弱肉強食が、人間の世界でも階級となって現れている。

並木葵《なみきあおい》はハイクラス種の中でも特に人口の多い、ナミアゲハの一人として生まれた。

普通のハイクラスと違っていたのは、生まれが性モザイクであり――男でありながら、半分女でもあるという、特別な生態だけだった。


「並木葵。きみはね、これ、とりあえず適当に埋《う》めてくれればいいから」

高校三年生の夏休み明け。

葵は担任にそう言われて進路の最終調査票を渡された。五時間目、窓の外には昼下がりの目映《まばゆ》い陽光が満ち、校庭ではセミがうるさく鳴いている。空にはもくもくと入道雲《にゅうどうぐも》が立ち上がり、いかにも暑そうに見えた。

「お母さんに電話してね、きみは卒業後家事手伝いってことになってるって、聞いたからね。まあ、大学、行きたいとこあったら書いといて」

――きみの成績であれば、そこそこのラインなら、合格はできると思うよ。ただ、そうだなあ、きみの場合は無理することもないと思う、と担任はつけ足した。

その間、クラスメイトたちはどうしていたかというと、聞こえないふりをして――あるいは本当に聞こえていないのかもしれない――国内の最難関大学や、海外の有名大学の名前を、熱心に調査票へ書き込んでいた。それは教室の一番後ろ、窓際《まどぎわ》の席にいる葵からはよく見えたが、彼らを背にしている担任には、見えていたかどうか。

どちらにしろ、担任には関係のないことだ。葵は「普通のハイクラス」ではないのだから、葵がクラスでどういう存在なのかは、進路以上に教師の興味のないところだろう。きっとこうして話しかけてもらえるのも、これが最初で最後だと考えながら、葵はにっこりと微笑んで、調査票を受け取った。

「はい。先生。ありがと」

静かな、柔らかい声で葵は言った。べつに嫌味《いやみ》も他意《たい》もなくて、本当に、ありがと、というくらいの、そういう気持ちだった。

十八歳になったばかりの葵の人生には、欠けているものがいくつもある。その最《さい》たるものが、「他者への期待」、特に「大人への期待」だ。

幼いころから、名門校の教師たちは葵を持てあまし、無視してきた。だから葵は端《はな》から今の担任にも期待などしておらず、一応は母へ電話までしてくれたらしいことに、むしろ良い人だなあという感想すら抱いた。きみの進路には興味がないし、相談されても困るからねという担任の、「関《かか》わりたくない」空気は充分に感じていた。それでも声をかけてはくれたのだから、葵にしてみたらやっぱり、

「ありがと」

なのだった。

調査票には第一希望から第三希望まで、家事手伝い、と書いておいた。

本当はこの二年、ずっと考えていることがあったけれど、それを書くと担任は厄介なことを聞いたと思うだろう。

教壇に戻ると、担任は調査票を集めてくるよう学級委員長に言いつけ、あとは自習という名目《めいもく》で、教室を出て行った。

生徒だけになっても、都内屈指の進学校である教室は静かなもので、バカ騒ぎなど始める人間はいない。調査票を埋めた生徒たちは、みんな小難しい受験の参考書や、英字の経済誌などを開いて黙々と自習している。

手持ちぶさたになって、ぼんやりとしているのは葵くらいなものだった。

空調の効《き》いた教室は外の暑さとは無縁で、ここにいるハイクラス種と違って体の弱い葵には、少し冷えすぎる。葵は着ている長袖のカーディガンのボタンを、全部丁寧に留《と》めた。

それから、読みかけの文庫をカバンから取り出す。

ぼんやりと窓を眺めれば、残暑の光が眼に眩《まぶ》しい。窓ガラスには葵の姿が映っていて、それはナミアゲハを起源にした男性特有の、細い黒髪に、品よく整ったきれいな顔だったが、違和感が二つあるのだ。

真珠色の肌の中、浮かんでいる大きな瞳が、鮮やかな瑠璃《るり》と橙《だいだい》のオッドアイであることと――その眼の色は、ナミアゲハ出身者では女性にしか現れない――日本のアゲハチョウの中では大型に区分される、華やかなアゲハチョウ種出身であるにもかかわらず、平均より身長が低く、頼りない体つきであることだった。

(俺は性モザイクだから、なあ)

ガラスの中の自分へ言うように、葵は思う。

(ナミアゲハは男か女か、眼の色で分かっちゃうもんな。こんなに分かりやすいと、隠せもしない。……でももうすぐ、この体でも役に立つ日が、来るかもしれない……)

読みかけの本は恋愛小説。ページを開くと、いっそ安っぽくなるほどに愛という言葉が溢《あふ》れている。

愛なんてどんなものか、葵にはよく分からない。けれど命が尽きてしまう前に、もしも誰かを愛せたら。あるいは、愛されたら……と、夢想《むそう》することくらいはある。

(俺が知らないだけで、この世界には……そういうこと、ありふれてるんだよね)

葵はそう思う。自分が知らないだけで、この世界には愛し合ったり、求め合ったりする人たちが、きっとごまんといるはずだ。そして彼らはお互いに、孤独を癒し合う。

——そういう人たちの側へ、自分も入ってみたい……。

もしも、性モザイクであることが、役立つ日がきたら。

そうしたら、自分は淋しくなくなるのではないだろうか。

ぼんやりと、葵はそんなことを夢見ていた。

葵は、小学生のころから家の運転手に学校まで送迎してもらっている。

その日も、いつもどおり車から降りると、玄関前のロータリーに、珍しく母の愛車が停まっていた。

(今日はママ、いるのかな……)

おかえりと言ってくれる人はもう十年以上いない。それでも癖が抜けずにただいま、と言いながら入ると、家の、広いロビーで母が忙しそうに電話をしていた。

「ダスティン・コートにアポを入れて。グリップとのコラボレーションのサンプルを見せてほしいの。スカートの十五番までをとってきて。パーティ用の衣装を衣装部から。撮影には行かないわ、私は忙しいの、これ以上時間をとらせないでくれる」

断定的な早口。モードな衣装に身を包み、高いヒールの靴を履《は》いた母は美しく、とても六十間近には見えない。ナミアゲハ然《ぜん》とした華やかさ、美しさ、均整のとれたバランスのいい体。頭は小さく、足は長い。まさかこんな人が十六人も子どもを産んだとは、と思うが、葵には上に十五人、兄姉がいる。ナミアゲハはもともと水平方向に強い繁殖力を持つ大型チョウであり、その遺伝子を受け継いだ人間もまた多産で、大抵子だくさんなのだ。

電話を切ると、分厚い冊子をカウンターから取り上げ、母は葵のほうへ歩いてきた。

「お帰りなさい、ママ」

声をかけると、母は顔をあげて葵を認めた。今気付いたという表情だ。

「ああ、葵ね。もう行くわ」

忙しいの、とは言わなかったがそういうことだろう。葵は道を開けながら、「ママ、少し話が」と言葉をついだ。早くして、というように母が葵に眼を向ける。冷たいわけではないが、乾いた、無駄な感情のない眼差しをしている。それが葵の母という人だ。

「進路調査票を渡されたんだ」

「電話があったわ。家事手伝いでいいと答えた。他にしたいことがあればそれでもいい」

「うん、そのことだけど、俺は高校を卒業する前に、家を出るかも」

今にも行ってしまいそうな母に急いでそう言うと、母は一瞬眉を動かした。「それで？」という顔。葵は「したいことがあって」と続けた。

「準備がもうすぐ終わるんだ。だからそのチャンスがあれば、高校を……途中で行かなくなるかも。計算したけど、もう出席日数は足りてたから、卒業できると思う。好きにしていい？　……俺、どうせ長生きしないだろうし……」

「……そうね」

母は数秒の沈黙のあと、許してくれた。葵はホッとしたけれど、一方で複雑な気持ちだった。普通の母親なら、息子に長生きしないと言われれば、「そんなことないわ」と怒るものではないのか。「高校に行かない」と言われれば「どうして」と問い詰めるものではないのか……。そんな気持ちが、ふっと湧《わ》いてしまう。

（……バカみたいだ。ママがそんなこと、俺に言うわけないって、分かりきってるのに）

葵はわずかな期待を抱いた、自分のうかつさを悲しく思う。

「決まったら教えて」

一年の半分以上を海外で暮らす母は、少し体を屈《かが》め――身長が百七十七センチある母は、ヒールを履くと葵よりずっと背が高い――葵の頬にキスをして、家を出ていった。

甘やかなアゲハチョウの香りが、残り香のようにあたりに漂っている。全身が緊張で強張っていることに気付いたのは、玄関のドアが閉まってからだった。がらんとした広い家の中には、もう葵一人だ。使用人はいるのだが、呼ばないと出て来ない。窓辺に近寄ってそっと外を窺《うかが》い見ると、母は愛車を動かして、ロータリーを出て行くところだった。

彼女は国内最大手のモデル会社と、ファッション誌を手がけていて忙しい。葵の兄姉もみんな、ファッション業界の第一線で働いており、家にはもう住んでいない。父親はというと、誰なのかさえよく知らない。

ナミアゲハのメスは、一度交尾したら他のオスとは交尾しない。その習性を母が受《う》け継《つ》いでいるせいか、葵たち兄弟の父親は同一人物らしいが、オスには操《みさお》だての習性はないので、ナミアゲハ出身者同士の夫婦は、籍《せき》を入れずに内縁《ないえん》関係のみですませることも多いらしい。特に、葵の母のように自立している女性ならなおさらだった。

（……つまりママは、子どもは産むけど育てるつもりはない人なんだよな）

母の唇の名残を追うように頰に触れて、葵はため息をついた。

葵の母は忙しく、子育てにはいつもナニーを雇《やと》っていた。葵も、五歳くらいまでは、若いナニーが自分の母親なのだと本気で思い込んでいたくらいだ。葵にとって、母は遠い存在だ。母が一体なにを思い、考えて生きているのか、葵は知っているようで知らない。よく知らないから憎みようもなく、相手にしてくれないと拗《す》ねることもできない。憎んだり拗ねたりできるのは、そうすることで相手が振り向いてくれると、期待しているからだ。そんな期待も持てないくらい、葵と母、葵と家族の絆《きずな》は希薄《きはく》だった。

自室《じしつ》に引き上げた葵は、鞄を机に置き、ベッドにどさっと横になる。

広いが物の少ない部屋の壁には、古ぼけた切り紙の蝶がいくつか貼ってある。

葵が七歳になったとき、もうこれからは必要なしと判断されて解雇《かいこ》された、ナニーが作ってくれたその飾りを、葵は未練《みれん》たらしく、まだ大事にとっていた。

（だって俺は、少ししか知らないもん……）

愛に似たもの。

愛のようなもの。葵が知っている最初のそれは、ナニーのくれた、もうずいぶんぼんやりとした記憶だけだ。

切り紙の蝶は黄色だったが、端のほうは色あせ、白くなっている。寝転んだままそっとその紙に触れたけれど、ナニーの顔は記憶の中で陽炎《かげろう》のように揺らめいて、頼りなく、はっきりとは思い出せなかった。

――たくさん生まれる種だから、こういう子がいても、おかしくないわ。

かわりに、いつだったか、母がそんなふうに葵のことを言ったのを思い出す。たしか十歳のときだ。都内に、性モザイクの専門医がいるというので、主治医《しゅじい》をその人に替えてもらった。初回の問診――母が葵の通院に付き添ってくれたのは、あれが最初で最後だった気がする。

まだ若い主治医は、性モザイクのお子さんのことで、不安もあるでしょうが……と母を気遣ってくれた。けれど母は、淡々とそう答えたのだ。葵の眼の前で。

――葵は、十六人めの子なの。ナミアゲハはたくさん生まれるから、こういう子がいても、おかしくはないわ。

こういう子、と言われただけなのに、小さかった葵は「いらない子」と言われたような気がして、体を小さくした。

性モザイクは、雌雄《しゆう》同体ともいう。

一つの個体に、オスとメスの特徴が半分ずつ混ざって生まれてくる。ムシにおいては一万分の一の確率で生まれるが、ムシを起源種に持つ人類にも、ごく稀《まれ》に生まれてくる。さらに、性モザイクとして生まれた人間は、短命で体が弱いものと決まっていた。

性モザイクは普通のチョウなら翅《はね》が左右でオスとメスと異なるとか、性斑《せいはん》が両方あるとか、そうした特徴を持って生まれる。チョウを起源種にした人間の性モザイクも、大抵その特徴は翅に出るのだが、翅は普段の生活では見せないものだから、一見《いっけん》するとその人が性モザイクかどうかは、分からないことが多い。けれど運悪く、アゲハチョウは違った。

ナミアゲハを起源種にした男性は黒髪に黄味《きみ》のある瞳、女性は明るい髪色に瑠璃か橙の眼、あるいはオッドアイであるのが普通だ。翅の紋《もん》の色味の違いが、髪と眼に出てしまうのだ。髪くらいなら染めればいくらでも変えられるが、眼の色は誤魔化すのが難しい。

黒髪にオッドアイの葵は、生まれてすぐに性モザイクと診断され、三十まで生きられるかどうかと言われた。母はその時点で、葵にかける期待をほぼ、捨てたのだと思う。

——顔だけは、すごくきれいでしょう。

と、母は、主治医に言ってため息をついた。

——黒髪にオッドアイで、ミステリアスだし。キッズモデルとして使えないかと思って、一度写真を載せたの。とても神秘的で美しい写真になったわ。

なんの広告写真だったか、葵はよく覚えていない。清涼飲料水かなにかだったと思う。黒鳥《こくちょう》の羽根でできた黒いワンピース風の衣装を着せられ、髪を整えられて、葵は真っ白な足をはだけて座り、じっとカメラに目線を注いだ。ただ母に言われたとおりにし、母を喜ばせようと必死だった。できあがったのは、人形のような無機質な写真だった。それは湖沼《こしょう》地帯の美しい薄闇《うすやみ》の風景と合成されて、都心のビルの上にもはられ、ファッション雑誌の目立つ場所にも載り、そして家庭のテレビの中にも流れた。

――すごく反響があったの。広告としては最高だった。だけど、性モザイクの子どもを広告に使うなんてって、事務所の電話は鳴りっぱなし。この子は撮影に疲れて寝込むし、モデルとしては、葵はダメなのよ。

母にとっては、たぶんそれが全《すべ》てだったのだ。兄も姉も、みんなモデルになり、やがてそれぞれ独立して、タレント業務やファッション関連の仕事に就《つ》いていった。そうできない葵に、母は早々に見切りをつけてしまったに違いない。

病院の椅子の上で、葵はじっと母の言葉を聞きながら、でもがんばったのにな……と悲しく思っていた。広告の写真を撮ったとき、生まれて初めて母に褒めてもらった。

――なんてきれいなの。葵みたいな素材は他にいないわ。

それが嬉しくて、葵は寝込んでいる最中も、必死に言った。

――ママ、次もがんばるよ。もう寝込まないようにするから。

けれど母はため息をつき、違うのよ、葵、と言った。

――もうできないの。あなたの写真は回収される。

そんなときにも、母は別段怒っているふうでも、残念そうでもなく、ただ簡潔に伝えるだけだった。だから葵には、母が葵に少しは期待してくれていたのか、それともそうでなかったのかさえ、分からなかった。

——私は忙しいし、先生にお任せしますから、この子の相談相手になってくださいな。

母の言葉に、主治医は分かりましたと言い、葵はそれから八年、週に一度の診察に行くようになった。性モザイクは体が弱く、ホルモンが安定しない。第二次性徴《だいにじせいちょう》を迎えてからは特にそうなので、葵は今でも毎日、大量の薬を飲んでいる。

（今週は明後日《あさって》が診察だ。……早く行きたいな）

そうして、いつの間にか診察日は、葵にとって唯一の楽しみになっていた。

見てすぐにナミアゲハの性モザイクと分かるから、周囲のハイクラスは誰も葵に近づかない。普通のナミアゲハならばハイクラスのトップ層。しかし葵は性モザイクなので明らかにそれには劣る。ただし、不器量《ぶきりょう》なわけでも、並外れて能力が低いわけでもないから、バカにしてもつまらない。

男でも女でもない、ロウクラスでも完全なハイクラスでもない葵の扱《あつか》いには誰もが戸惑うらしく、最終的にはいないものとされる。葵も自分から話しかけたりはしない。関われても面倒だという空気を、あちこちから感じているからだ。

葵の生活には誰もいない。どこを向いても一人ぼっち。誰にも必要とされていない。世界は葵がいなくても成り立っている。

それは途方《とほう》もない淋しさだった。

淋しい、淋しい、淋しい……。

心の奥にいつも、その声がする。いつでも、どんなときも、葵は淋しい。

だからといって他の誰より自分が不幸だとも、思えないのだ。

どんなに孤独でも、家は豊かで金に困ったことはない。寿命は短いし体は弱いけれど、
そんな人はこの世の中には他にもいる。それにロウクラスで、貧しく育って、自分より苦労してきた性モザイクのことだって、葵は知っている。それを考えると、不幸を嘆《なげ》きたくても、

（……でも俺、結構恵まれてるもんなあ）

と、冷静になってしまう。すると拗ねることもできなくなる。

ため息をついて起き上がると、葵は制服をきちんと着替えて、通学鞄から文庫を取り出した。残りのページはあと半分くらいで、今日でこの一冊を読み切ってしまいそうだ。

本を読むのは好きだった。

本の中には、いつも、いつでも、こんなことが書いてある。

――この世界に、きみが生きていることは、意味があるよ。

葵にだって生きる意味はあり、いつか愛する人もできる。愛されることもあるはずだと。

どんな本にも、そんなメッセージが隠されている気がして、葵は本を読む。

もう何年も何年も、生きていていいと思えるわずかなよすがを、葵はいつも探していた。

孤独をまぎらわし、自分が生きる理由を、生きていく希望を、愛の在《あ》り処《か》を、葵は探して、そうして探すことを、生きるあてにしていたのだった。

待ち遠しかった通院日、葵は迎えの車を使わず、電車とバスで行くことにしていた。週に一度の楽しみなので、少し特別な気分を味わいたかった。自分でも、病院が楽しみだなんて呆れるけれど、実際そうなのだから仕方ない。

（それに今日は……こないだの検査の結果が分かる日だし）

電車に揺られながら、葵はそわそわと考えていた。車内は埃《ほこり》っぽく、気管支《きかんし》の弱い葵はすぐにケホケホと咳《せき》が出る。けれど体の不調は気にならなかった。葵はずっと、この日を心待ちにしていたのだ。二年前、「ある決断」をしてからというもの、ゆっくりと進めてきた準備が整ったかどうか、今日、分かるはずだった。

「並木くん、こんにちは。体調は？」

病院に着き、診察室に入ると、主治医はそう微笑《ほほえ》んでくれた。

白衣にかかったネームプレートには七雲澄也《なぐもすみや》とある。十歳から八年間診てもらっている主治医はタランチュラ出身で、整った顔だちに、雄々《おお》しいオーラを持っていた。けれど攻撃的な雰囲気はなく、いつも頼もしく優しく、なにより親身な澄也のことを、葵は世界で一番信頼できる大人だと思っていた。

「体調は問題ないよ。早寝早起き、三食食べて、ちゃんと健康に暮らしてる」

「そうか、えらいな」

毎日つけている基礎体温《きそたいおん》と血圧票を渡すと、澄也は微笑んで褒めてくれた。ここでだけは、葵も普通の十八歳になれる気がして、えへへ、とはにかんで笑った。声までついつい、弾んでしまう。自分を見てくれる大人がいる。それが心から、嬉しかった。

「先生、俺の結果、どうだったかな……。その……俺、赤ちゃん産める？」

朝からずっと気にしていたことを、葵は不安まじりに訊いた。頬に熱がのぼり、胸がドキドキと鳴る。

――赤ちゃん、産める？

どちらかというと男寄りで生まれついたのに、どうしてこんなことを訊いているのかと思う。思うけれど、二年前、葵は母にも相談せず勝手に決めたのだ。

……子どもが産める体になりたい。

そう澄也に相談したとき、澄也はぎょっとし、しばらく固まっていた。

性モザイクの人間が子どもを持とうと思うとき、男性として子種を残すのはかなり絶望的だという。あとは体内にある子宮を大きくして、体を女性寄りにし、出産するしかないが、そのためにはおよそ二年間、ホルモン治療をしなければならないうえに、もともと短命種である以上、子育ての途中で命が尽きる覚悟もせねばならないし、出産すればホルモンが女性寄りで固定されるので、男として生きていくことは諦めねばならない。

それらすべてを分かっていて言っているのか。特定の相手がいるのか。どうして子どもが産みたいんだ、と、澄也は心配してくれた。

そのとき十六歳だった葵は、負うべきリスクを全て分かって言っていた。そうして数ヶ月悩んだし、特定の相手もいなかったが、もしも将来そんな機会があれば――どんな機会でもいいから、子どもがほしいと思ったのだと、澄也に告げた。

「葵くーん……来てる？」

と、診察室のドアをコンコン、とノックして、誰かが遠慮がちに声をかけた。とたんに、葵は気持ちが弾み、パッと後ろを振り向いた。

「翼《つばさ》さん！」

扉を開けて入って来たのは、黒髪に青みがかった瞳の、小柄なロウクラスの青年だった。青年――とはいえ、翼も、葵と同じ性モザイクである。

半分女性に寄っているからか、翼は実年齢よりも若々しく可愛らしく見えた。葵を見つけると、口元をほころばせて、「葵くん。元気してたか？」と、明るく声をかけてくれた。

「翼さん、来てくれたの？　嬉しい。翔《かける》は元気？」

自分が子犬のようになっている自覚はある。しっぽがあるならぶんぶんと振っている気分で、隣に腰を下ろした翼へと、葵は身を乗り出した。ロウクラスの翼は、葵よりまだ若く見えるのに、葵とさほど年の違わない、息子がいる。

翼は澄也のパートナーで、二十歳のときに子どもを産んだのだ。そうして短命種でありながら、今もまだ、ちゃんと生きている。

「元気だよ。今日は部活で来れなくて、俺が葵くんに会うって言ったら残念そうにしてた。よろしくだって」

「そっかあ、中等部とは校舎が離れてるから……全然顔、合わさないんだよな……」

翼と澄也の息子の翔は、今、葵と同じ学園の中等部にいる。

翼は、葵が世界一信頼できると思っているもう一人の大人だった。葵が心を寄せている大人は、澄也と翼、そしてもう顔も覚えていない育てのナニーのたった三人だ。葵を好きになってくれ、葵を心配してくれたのは、後にも先にもこの三人しかいない。

自分は愛情に飢《う》えた子どもだと思う。

自覚はしている。だからただ、少し可愛がられたというだけで、翼と澄也のことを狂信的なまでに信じているし、好きでたまらないのだ。自分でもどうかしているとは思うけれど、葵は翼を知り、翼のようになりたくて――子どもを産みたいと、そう思ってしまったのだった。

自分と同じ性モザイク。翼に初めて会ったのは十歳のときだった。

友達が一人もいないという葵を心配してか、澄也は主治医になってすぐに、母に提案をしてくれた。

——私のパートナーが、性モザイクです。いろいろと話し相手になれるかもしれない。一度引き合わせてもよろしいでしょうか。

母は興味なさそうに、どうぞ、と言った。そうして葵は生まれて初めて、ロウクラスと触れあったし、性モザイクの人間と話をしたのだ。それが翼だった。

最初は病院の診察室で。それから二度目は、澄也が自宅に招待してくれた。

家にはちょうど、七歳になる翼の子どもがいた。初めて遊びに行った日のことを、葵はたぶん一生忘れないと思う。

——葵くん、翔と遊んでもらえる？　俺と葵くんと、翔と三人で、クッキー作ろう。甘いもの好き？　好きだよな。蝶々だもん。俺もそう。アゲハだからミカンが好き？　オレンジピールって知ってる？　ミカンの味になるよ……。

翼は笑顔で話しかけてくれ、葵は当時既《すで》に自分よりも背丈《せたけ》があった翔と、翼と三人で、クッキーの生地《きじ》をこね、伸ばし、型抜きをした。

翔は澄也と同じタランチュラ出身だったが、学校の他のハイクラスと違い、葵を無視せずに、屈託《くったく》なく話しかけてきた。明るくやかましい子どもで、借りてきた猫の状態でおとなしくしていた葵は引っ張り回され、翼が時々声を大きくして翔を叱《しか》った。二人してソファから転げ落ちると、翼は慌てて飛んできて、葵の小さかった体を抱きあげてくれた。

——痛いとこない？　大丈夫？

一緒に落ちた翔は唇を尖《とが》らせ、「俺も一緒に落ちたのに、お母さん、ずるいぞ」と言ったけれど、翼はカンカンになって怒った。

——お前はいつもやってるだろ。ピンシャンしてるくせになに言ってるんだ。

そう注意しながら、最後には結局翔のことも膝《ひざ》に抱き、葵と二人、よしよしと頭を撫《な》でてくれた。そのとき、葵の瞳からは不意《ふい》に涙が溢れた。鼻の奥がツンとなり、涙は止まらず、葵は声をあげて泣いた。

翼は驚いたが、慌《あわ》てたりはしなかった。ただ葵を抱き直し、よしよし、いい子いい子、と背中を撫で続けてくれた。その優しい仕草は、葵がずっとしてほしかったこと……七歳まではナニーがしてくれたけれど、いなくなって三年、誰もしてくれなかったことだった。

ああ、こういうのがお母さんだ。

こういうお母さんが、ほしかった……。

葵は頭の隅《すみ》でそう思った。悲しいとき、抱き締めて慰めてくれる。それが嘘でも気休めでも、いい子いい子、と言ってくれるお母さん。そんなお母さんがほしかった。愛してくれ、許してくれ、どこまでもどこまでも受け入れてくれる、甘やかな母に憧れていた。だから翔のことを羨《うらや》ましく思ったし、少しだけ妬《ねた》ましくも感じた。

けれど焼いたクッキーを手土産に帰るとき、翔は玄関先で葵を引き留めて耳打ちした。

――お前は特別だから、お母さんのこと、たまに貸してやる。

それで葵は、翔のことも好きになった。持ち帰ったクッキーは、リビングの上に置いて、『ぼくが作りました。食べてください　葵』

と、メモをつけたけれど、母にも兄姉にも手をつけてはもらえず、翌日も翌々日もそっくりそのまま残っていて、葵を淋しくさせた。それでもそれはもう、仕方がないと思うことができた。

三日経って少ししけったクッキーを、葵は一人ぼっちで食べた。それでも澄也からは、葵さえよければ、いつでも自宅に来てもいいと言われていたし、またあの人に――翼に会えると思うと、世界はずっと明るく思えた。

（あんなふうになればいいんだ……）

幼い葵はそう思いこんだのだ。

（翼さんみたいになれれば……性モザイクでも、ちゃんと、幸せだし、ちゃんと、生きてる意味があるって、思える――）

どう生きればいいか教えてくれたのは、翼だけだった。大きな家の中でも、大勢が通う学校でも、一人きりで居場所のない葵の小さな世界には、他になんのあてもなかった。

それからは、毎週のように翼の家に泊まらせてもらった。翔は幼馴染みのような存在に

なり、学校の廊下でたまにすれ違うと、なんのてらいも気負いもなく、ごく普通に話しかけてくれて、

——葵～、友達作れよ。話しかけたらできるって。

などと、言いにくいこともあっさり言ってきたりした。

母親譲《ゆず》りの、翔のその正直な性格が葵は好きだったけれど、友達は作れないまま、中等部にあがった。さすがに十三歳にもなった男が頻繁《ひんぱん》に訪問しては迷惑だろうと、葵は家に行くのをやめて、かわりに月に二回ほど、翼に病院で会ってもらっていた。

十六歳で、子どもの産める体にしておきたいと思ったのは、紛《まぎ》れもなく翼の影響だ。十歳の自分が翼に救われたように、誰かの力になりたい。こんな『お母さん』がほしいと思った、その『お母さん』に、自分もなってみたかった。そうすれば幸せになれる。淋しくなくなる。十歳のときの思い込みは、葵をきつく縛りつけていた。

翼は最初は、葵の願いをきいて心配した。

「俺のケースが、一番良いってわけじゃないんだぞ？」

けれど結局は、

「まあ、どっちも選択できるようにしとくのはいいかもな」

と、認めてくれた。

（たぶん俺、すごく……危《あや》ういんだ）

心配してくれる澄也と翼の態度から、葵はそうと分かっていた。葵は鈍いわけでも、察しが悪いわけでもない。生きる意味がほしいから。幸せになりたいから子どもがほしい。そんな考えは、ものすごく、歪《いびつ》な気がする。

体を変えてまで、子どもがほしい。そうするしかないと思い込んでいる……こんな自分は、たぶんどこかおかしいし、ずれているし、もしかしたら異常なのだ。

分かっていたけれど、他の生き方が分からなかった。

誰かを愛したい。愛されたい。必要としたい。必要とされたい。

淋しさを、なくしたい。

体の奥にいっぱいに詰まったまま、どうしてもとれない淋しさを、なんとかしてなくしたかった。

淋しくなくなるには、誰かを愛して、子どもを作って、憧れのお母さんになることしかないような、そんな思い込みにただただ、囚《とら》われていた。

「……検査結果は可、だった」

子どもはできる、と、澄也が言い、葵は胸が高鳴るのを感じた。

「じゃ、じゃあ、俺、ケルドアに行ける？」

勢いこんでそう訊くと、翼と澄也が、不安そうに眼を見合わせた。

「葵くん、なにもケルドアじゃなくていいんじゃないかな。まだ十八歳なんだし、これから相手を探したって遅くないよ」

翼が、優しい声でそっと窘《たしな》め、

「ナミアゲハのメスは、生涯一度の交尾しかしないものだ。きみは女性寄りの体になっているし……上手くいかなかったら次、というのは、精神的に難しいんじゃないか」

澄也もそう注告してくる。けれど葵は、まさか、と笑った。

「俺にはどれだけ探しても、相手なんて見つからないよ。みんな俺を無視するし。それこそ一生に一度でも誰かとできたら、いいほう」

葵が思わず苦笑すると、翼は悲しそうな顔をした。「そんなこと……」と言いかける翼に、葵は慌てて、「俺ね、すごく合理的だと思ってるんだ」と言葉をついだ。

「俺はいつまで生きてられるか分からないから、子どもをちゃんと育ててくれる人と結婚しなきゃいけない。だから経済的に裕福な人としか子どもは作れないと思う。でも、若いハイクラスは性モザイクの俺なんて、見向きもしない。そのうえたった十八歳の俺から、子どもがほしいから、結婚してほしいなんて言われたら、男はみんなひいちゃうよ」

「でも遠い国だよ。それに、相手がどんな人かも分からないんだぞ」

「……どんな人でもいい。俺なんかを必要としてくれるなら……全然平気」

本音だったが、翼は泣き出しそうな顔で黙ってしまう。ごめんねと思ったけれど、葵は澄也からほとんど無理に聞きだしたこの『縁談《えんだん》』を、どうしても受けたかった。

きっかけは、三ヶ月ほど前のことだ。診察中の澄也にかかってきた電話だった。相手は海外の人なのか、交わされる英語の会話を、葵はなんとなく聞いていた。そしてその内容に、ハッとなったのだ。

それは、日本から遠く離れたヨーロッパの小国、ケルドア公国の大公が、『性モザイクで子どもの産める相手』を妻として探している、という話だった。

相手は二十六歳の、若い大公。

ケルドアは資源の豊かな恵まれた国だというが、継嗣《けいし》問題に長年悩まされており、大公は多くの妻を娶《めと》ったもののずっと子に恵まれず、とうとう遠い日本にまでつてを頼り、『性モザイク』を結婚相手に求めている、という浮世離れした話だった。

なぜ性モザイクかというと、性モザイクは、必ずといっていいほど上位種側の起源種の血をつぐ子どもを産むからだそうだ。体が弱く短命だというネックさえなければ、優良な種床《たねどこ》なのに――などという、差別的な言葉さえ、この世にはまかり通ることがあるくらいだ。

「だが……子どもができなかったら離縁《りえん》されてしまうんだぞ」

澄也は「そんな話、とても俺の患者にはできない」と怒って電話を切ったが、葵は一も二もなく、飛びついた。

――先生、俺にその話、受けさせて。

必死に頼み込む葵に、澄也はぎょっとし、最初は当然大反対だった。

ケルドアが提示した契約期間は二年。二年間で子どもができなければ、結婚は白紙にされるという。けれど葵にとっては、そんなことは問題ではなかった。

『性モザイク』という足かせを、むしろ欲しがってくれる人がいる。こんなチャンスは二度とないと思った。

（俺、自分がそんなに、価値がないってこと……よく知ってる）

どんな理由でもいい。求めてもらえるのなら、それだけで嬉しい。

葵はしぶる澄也を、もう何度も説得してきた。

「俺ね、ケルドアについて調べたんだ。産油と貴石採掘《きせきさいくつ》で豊かな国だって。……子どもが生まれたら、きっとちゃんと、育ててくれるよね」

愛情は、自分がいっぱいに注《そそ》ぐ。自分が死んでも、ちゃんと大きくなるまで、愛してくれるナニーを見つけてあげる。あとは健《すこ》やかに、大きくなるまで見放さず育ててくれるというなら、それでいい。それ以上を、葵は相手に求めるつもりはない。

「ママにも、やりたいことがあるって言ったら、好きにしていいって。……お願い、先生。翼さん。行かせて。……俺、他になんにも、なんにも持ってないんだよ」

――生きていくあてのようなもの。よすがのようなもの。

そんなものを、葵はなにも持っていないのだ。ただ、翼のようになりたいということ以外。

だから、こんな自分でも必要としてくれる場所があるなら、どこにでも行きたかった。

翼は悲しそうな顔で、独り言のように呟《つぶや》いた。

「葵くんは、たぶん好きになっちゃうよ。一度好きになったら、もう嫌えないのに……」

けれど、澄也がついたため息で、その声は遮《さえぎ》られた。

「……依頼してきたのは国際医師会の知り合いなんだ。一度そちらと連絡をとってみるから……少し、待っててくれるか？」

葵はホッとし、満面の笑みになった。他人からすれば、信じられないような縁談。けれど葵には、命綱《いのちづな》だった。


そうして澄也から連絡をもらい、ケルドア公国の大公から、正式に結婚の申し入れがあったと伝えられたのは――それから、わずか三日後のことだった。

二

……とうとう来てしまった、と葵《あおい》は思った。

日本の空港を飛び立ってからおよそ十三時間。

葵は現地時間の昼二時、ケルドア公国の首都、ケルドールにいた。

季節は十月の半ばで、あたりはひんやりと冷え込み、空には雲がかかっている。日本ではカーディガンで事足りたのに、ここへ着いてからは分厚《ぶあつ》いコートがあっても寒く感じた。

ケルドアには空港がないので、葵は隣国の空港からタクシーで入国し、指定された場所に停めたタクシーの中、じっと迎えが来るのを待っている状態だった。

葵は、膝の上に置いたボストンバッグを両手で握りしめ、緊張で震えていた。心臓は痛いほどに脈打ち、心は張り詰めていて、頭がズキズキと痛んでいる。

（本当に来てしまった。もう、後戻りはできない……）

ごくりと息を呑みこむと、胃のあたりがぎゅうっと絞《しぼ》られたようになった。

タクシーの窓からは、ケルドールの街並みが見える。近代的なビル群はほとんどなく、駅前広場の真ん中からは、飴色《あめいろ》の石壁に、年代を経《へ》て褪《あ》せた緑の屋根のゴシック様式の古い建物がずらりと並んでいた。観光客らしき姿はほとんどなく、背の高い外国人が歩いているが、それらの景色も葵の眼にはほとんど映《うつ》らなかった。

（いつ、迎えはくるのかな……？）

葵は何度も窓の外と腕時計を見比べた。緊張で白くなった指先が、小刻みに震えている。それにしてもこんなものだろうかと、まだいくらか残る冷静な部分で、葵は不思議に思っていた。一応は国の大公の婚約者だというのに、対応がずいぶん雑な気がする。

「縁談を受けたい」という葵の申し出を、ケルドア側はすぐに承諾《しょうだく》した。葵のもとに、分《ぶ》厚《あつ》い手引き書が送られてきたのは、それから七日後のことだ。

英語、ドイツ語、フランス語、そして日本語版の四冊が用意されたその冊子には、結婚相手である大公の簡単なプロフィールと、ケルドアについての説明が記され、輿入《こしい》れの方法や日時なども記載されていたが、添付した航空券で指定日時に一人で来るようにといった、ややぞんざいな扱いだったのだ。だから葵は日本から、たった一人でこの国までやって来た。不安になる待遇《たいぐう》だけれど、異国では、これが普通なのか？　とも思い、よく分からずに葵は困惑していた。

（だけど――一応俺、結婚……するつもりでいて、いいんだよな？）

葵はドキドキと鳴っている心臓をおさえ、鞄の中から、そっと写真を取り出した。それはこの国に来ることが決まってから、暇さえあれば葵が眺《なが》めている一枚だった。

写っているのは、銀髪に眼が覚めるような青い瞳の美男子。

男の名はシモン・ケルドア。この国の最高位にあたる、大公の身分にある男だ。そうして、葵が結婚する相手でもある。

(この人に……もうすぐ会える。俺はこの人と、子どもを作る……)

心の中で念じるように思い、こもった息を吐き出すと、それも震えていた。

写真の相手に嫌悪感はなく、それどころか美しさにため息さえこぼれそうだが、葵はシモンのことをまるで知らないままだった。今日まで一度も、手紙も電話も交わしていない。

一体シモン・ケルドアがどんな人なのか、葵には想像もつかない。知っているのは起源種がタランチュラで、年は二十六歳ということ。そうして手引き書と一緒に送られてきた、この写真の中で見る、精巧《せいこう》な作りもののような美貌だけだった。

(大丈夫。大丈夫だ。だって性モザイクの俺を必要としてくれたんだもん。ここでなら……)

——ここでなら、きっとこれまでの淋しさから、自分は解放されるはず。

葵は不安を押しのけ、己を励《はげ》ますように強く思い込んだ。

ケルドア公国は、ヨーロッパに点在《てんざい》する小国の一つだ。立憲君主制《りっけんくんしゅせい》の大公国とはいえ、面積は国連加盟国の下から数えた方がよほど早く、人口も日本の地方都市くらいの、ごく小さな国である。

とはいえ葵が持っているそれらの知識は、本とインターネットでかろうじて得ることのできた、わずかな情報にすぎなかった。

写真をカバンにしまい直したそのとき、突然タクシーの窓をノックされた。

「やあ。きみがアオイ・ナミキかな？」

明るい声がし、タクシーのドアが開く。顔をあげて見ると、そこには長身の青年が一人、立っていた。

「フリッツ・ヴァイクだ。きみのことはスミヤから聞いてる。俺がシモンの元まできみを届けることになってるんだ」

一瞬シモンが来てくれたのかと期待したけれど、写真の人物とは違っていた。フリッツ・ヴァイクと名乗った相手は、年こそシモンと同じくらいに見えたが、髪は明るい茶色で、やや長く、癖がある。赤い瞳は快活《かいかつ》そうにきらめいており、彫《ほ》りの深い整った容姿に気さくな雰囲気を漂《ただよ》わせている。

「……あ、あの。アオイといいます。よろしくお願いします」

葵は慌ててタクシーを降り、ボストンバッグを抱えて、ぺこりとお辞儀《じぎ》した。

ハイクラスの嗜《たしな》みとして、英語ならほとんど問題なく操《あやつ》れる。しかし、それでも緊張して、上手く喋れなかった。舌の上で発音がからみつき、声がかすれる。恥ずかしくて葵はさっと頬を染めたが、フリッツは眼を細めただけで、「じゃ、行こうか」と葵を促《うなが》した。

並んで立つとフリッツはひどく背が高く、澄也と同じくらいある。厚みのある体からは、甘ったるい匂いがし、葵はなんとなくだが、彼がタランチュラ出身なのだろうと察した。けれど細かい種類は判別がつかない。下位種は上位種のことが分析《ぶんせき》できないから、性モザイクの葵に分かるのはタランチュラだろう、というところまでだった。

フリッツがタクシー運転手を帰してしまったので、葵は慌てて財布を取り出した。それを見て、フリッツはおかしそうに笑った。

「平気だよ。大公家につけさせておいたから。きみは大公妃になるために来たんだろう？」

大公妃――。そう言われて、葵はドキリとした。

（そうか、大公と結婚するために来たんだから……そうなるのかな）

けれど葵は、今の今まで、そういう意識はなかった。忘れていたのではなく、単純にシモンと家族になりにきたのだという、そんな気持ちのほうが勝っていたせいだ。シモンにくっついている、大公というアクセサリーについては、なにも考えていなかった。どう返せばいいか迷っているうちに、フリッツは葵を連れて広場を横切っていく。

見ると、路肩《ろかた》に赤い高級車が停《と》まっている。どうやらフリッツの車らしい。運転手はおらず、運転席にはフリッツが座った。促されるまま後部座席に乗りこむと、車はゆっくりと動きだし、広場からメインストリートに入っていく。そこにはずらりと銀行が並び、忙しそうなビジネスマンが大勢行きかっていた。比較的静かに見えた駅前よりも、こちらのほうが活気がある。人種も様々《さまざま》に入り乱れて見え、思ったよりも賑《にぎ》やかな街だったのだと、葵は少しホッとした。

「この通りはケルドアの金融街《きんゆうがい》だ。この一帯だけは、外国企業も参入が許されてる。まあでも、ここは本当のケルドアとは言えないがな」

おかしそうに言うフリッツに、葵はどういう意味だろう？　と顔をあげた。

しばらく行くと、中世の城砦《じょうさい》のように、高い高い石の壁が見えてきた。壁の間には入り口らしき鉄格子《てつごうし》がはまり、その向こうには、古く均整のとれた、飴色の建物が静かに佇《たたず》んでいる。人はおらず、鉄格子の両端に、衛兵《えいへい》がじっと立っていた。

「お疲れ様」

フリッツは運転席の窓を開け、衛兵に声をかけた。なにやら通行証らしきものを見せている。衛兵に「後ろの方は？」と訊ねられて、葵は思わず体を硬くした。

「通達はきてるだろ？　お前らのお妃様だよ」

体格のいい衛兵が、じろりと窓から覗いてくる。うつむいた葵は、鼓動が速くなるのを感じていた。こんな貧相《ひんそう》な男が大公妃？　と思われたら……と、怖くなり、頬に熱が集まってくる。衛兵の起源種がなにかは分からないが、屈強《くっきょう》な体躯はタランチュラを思わせた。生まれのせいで、隙《すき》のないハイクラスには、どうしても引け目がある。

衛兵は、それ以上なにも言わず鉄格子を開けてくれた。格子は上にぐんと持ち上がり、フリッツの車が通過すると、すぐさまガシャン、と下に落ちる。

とたんに、運転しているフリッツがため息をついた。

「毎度毎度、恐ろしい音だ。まるでギロチンだな」

（……ギロチン）

穏やかとはいえない例《たと》えだった。戸惑っていると、それを察《さっ》したようにフリッツが「悪い悪い」と笑った。

「俺はケルドアの人間じゃないんだ。隣国の出身でね。さっきの街区と違って、鉄格子の中は普通、ケルドア人じゃないと入れないことになってるんだよ。勝手に入ったら、以前は首を刎《は》ねられた。まさにギロチン――まあ、もちろん大昔の話だけどな」

「……そうなんですか」

そういえばケルドアについて調べたとき、インターネットでそんな記事を見た気がする。『観光不可の未知の国』と、書いていた人もいた。実際葵だって、澄也《すみや》から縁談の話を聞くまで、ケルドアという国名すら知らなかった。

格子の内側はシンとしていて、人気《ひとけ》がなかった。たまに窓辺に人影が見えても、車が通るころにはカーテンが引かれている。野良猫一匹さえいない。ゴミ一つ落ちていない。静かすぎる街中に、フリッツの車のエンジン音が、不自然なほどうるさく響いていた。

どこか無機質で、冷たい街の空気が、触れてもいないのに伝わってくるようで、葵はごくりと息を呑む。

「ほら、見えてきたぞ」

と、そのとき言われ、葵は顔をあげて眼を瞠《みは》った。

「わあ……」

思わず緊張も忘れ、感嘆《かんたん》の声が漏《も》れる。

眼の前の通りが、視界の先でぶつりと切れ、かわりに深い渓谷《けいこく》と、そこに架《か》かる巨大な橋が見えていた。橋は、古い石造り。アーチの構造は巧《たく》みで美しく、眼下は緑で覆《おお》われている。けれど谷底は深すぎて見えず、橋の先は断崖絶壁《だんがいぜっぺき》の岩山で、その上に巨大な城が隆々とそびえ建っていた。天を突くような尖塔に、厳《いか》めしい砦《とりで》。城砦だ。その城はまるで空に浮かんでいるかのように見える。

（なんてきれいな国だろ……）

そう思った矢先、

「あの城で、きみの夫が待っている」

フリッツは呟き、それから独り言のようにつけ足した。

「……きみがもつかどうかは、賭《か》けだけどな」

やがて車は橋を渡りきり、城門の前まで来た。衛兵が門を開けており、今度は引き留められることもなく、葵は中に入ることができた。

古城の中は広々としていたが、まさに要塞《ようさい》としかいいようがない高い壁に囲まれていた。壁はすべて上部から砲撃《ほうげき》ができるように造られているらしい。

ロマネスク様式の柱に支えられた、広いピロティに車を停めると、フリッツは葵をエスコートしてくれた。荷物はあとで運ばせると言われたので車に残し、着ていたコートも慌てて脱いだ。中には一応、スーツを着ておいたが、城の威容《いよう》に見劣《みおと》りする気がする。これからとうとう、シモンに会えるのだと思うと、葵の心臓は飛び出しそうなほど激しく脈打っていた。

城の入り口には、気がつけばずらりと使用人が並んでいた。女性が数人、男性が数人いたが、彼らは一様《いちよう》に背が高く、同じようなねずみ色の髪に、くすんだ青の瞳をしており、全員が葵より頭一つは背が高かった。そのうえ、みんな同じような匂いがしていた――フリッツのそれと似た、タランチュラの香りだ。彼らは葵には見向きもせず、人形のように無表情で立っていた。

一気に葵の中で緊張が高まり、急いで会釈《えしゃく》し、その場を行き過ぎた。古い城内はシンとして静かだったが、新しく改装されているのか、窓が小さく薄暗い他は、美しい洋館そのものだった。長い回廊《かいろう》に出ると、人気はまるでなく、前を歩くフリッツと葵の足音だけが響いていた。

……こんなものだろうか。

また、葵はそう思ってしまった。フリッツが葵を大公妃だのと言うわりに、城からの迎えはなかったし、使用人たちも素っ気ない。

（……もっと、歓迎されるかと、思ってたのに……）

澄也の話では、大公家はもう一年以上性モザイクの相手を探している、という話だった。性モザイクはもともと個体数が少ないうえに、いたとしてもこんな話に乗る人間はそういない。だから、もう少し、来てもらえて嬉しい——という態度をとられるのではないかと、葵は思っていた。

（いや、この国の人にとってはこれでも歓迎してるって感じ……なのかも。暗く考えちゃだめだ）

不安を振り払い、葵は自分を励ました。それでも足は震えていたが、ここで落ち込むわけにはいかないのだ。

「ごきげんよう、ケルドア大公殿。本日はお日柄《ひがら》もよく、相変わらずおかんばせもよく」

フリッツが大きな扉をくぐり、葵を連れて中へ入った。

そこは明らかに誰かの書斎《しょさい》だった。広い部屋の真ん中に大きな椅子と机が置かれ、びっしりと書籍の詰まった本棚に、書類やパソコンの類が整然と並んだデスクが二つ。家具はどれもアンティークで、ぴかぴかに磨《みが》かれている。

座っていた男が、読んでいた書類から顔をあげ、ギシ、と椅子を鳴らして立ち上がった。

その瞬間、葵は息を呑んだ。眼の前に、写真で見たシモン・ケルドアがいたのだ。

精緻《せいち》な、作りもののような美貌。シルバーブロンドに、眼が覚めるような、深く妖《あや》しい、真っ青な瞳……。白磁《はくじ》の肌に、引き結ばれた唇。アスコットタイにシャツを着こなした、ノーブルなファッション。肩幅は広く、椅子から立ち上がり、静かに机の前に立つと、シモンは澄也やフリッツよりいくらか背が高いようだった。そうすると葵とは、ロウクラスとハイクラスに近いほどの体格差がある。

けれどなによりも葵が気圧《けお》されたのは、オーラともいうべき異様な雰囲気だった。威圧《いあつ》感とも違う、威厳《いげん》というにもまだ違う、圧倒的な存在感。それはハイクラスだけに分かる、突き刺さるような感覚。相手は自分よりはるか上位に立つ者だと、本能が訴《うった》えてくる。

禁欲的な姿とは裏腹の、スパイシーで甘い香りが、シモンの体からは噎《む》せ返るように溢れている。きついほどの誘引フェロモンに、いつの間にか体がぶるぶると震えはじめていた。

敵《かな》わない。圧倒的な支配者だ。はっきりとそう感じた。額にじわっと汗が浮かぶ。ひれ伏し、今すぐ許しを請《こ》いたい気持ちになる。

（なに……この人……こんな人、会ったことない――）

　胸が苦しくなり、ぎゅっと左胸のあたりを押さえる。挨拶もできずに立ち尽くしていると、フリッツが「なにもこんな日にまで、仕事してることはないだろ？」と、呆《あき》れたような声を出した。おかげで葵はハッと我に返った。

「未来の大公妃が来てくれてるのに、迎えにも行かないなんて冷たすぎやしないか？　空港からタクシーで来させるなんて……普通の客じゃあるまいに」

　シモンはそれには答えずに、葵のほうを見た。青い眼を向けられて、葵は肩を強張らせる。まるでそれが義務であるかのように、シモンは葵の体を上から下まで見ると、

「まだ大公妃ではない」

と、静かな声で言った。

　それから、シモンはゆっくりと歩いてきて、葵の前に立った。眼の前にすると、シモンの体格の良さが際立ち、葵は思わず半歩、後じさっていた。

「……性モザイク」

　彼はそう口にしたが、数秒の間、葵は自分が呼ばれているのだと気付けなかった。

「性モザイク。先に説明をしておく。私は十四のときからこれまで、二十八人のタランチュラと番《つが》った。だが子どもは一人も生まれていない」

　性モザイクとは、自分の呼び名らしい。気付いた葵は眼を丸くした。シモンは葵の名前

を、知らないのだろうか？

「お前には二年の猶予《ゆうよ》がある。その間にもしタランチュラを——ただし、私と同じ、グーティ・サファイア・オーナメンタル・タランチュラに限るが、その子どもを宿《やど》すことができれば、我が国はお前を大公妃として迎える契約だ」

「……グーティ・サファイア・オーナメンタル……？」

耳慣れないその名前を、葵は戸惑《とまど》いながら繰り返した。フリッツが横で、「大公家は代々、グーティが起源種なんだよ」と教えてくれた。

「ところが今現在、地球上にいるグーティ・サファイア・オーナメンタル出身者は、こいつ、シモンだけなのさ。つまり、絶滅《ぜつめつ》しかけてる」

（……え）

葵は思わず、シモンを見つめた。混乱していた。つまり——ケルドアの継嗣問題とは、グーティの子どもが生まれないということなのか。

（……二十八人のタランチュラと子作りをして、一人も……生まれていないって）

そんな話は聞いていない。それほど切迫した状況だとは知らなかった。

性モザイクの葵が呼ばれるのだから、余程《よほど》の事情があるのだろうとは想像していた。けれど実際聞いてみるとさすがに驚き、呆然としてしまう。そんな危機的状況で、本当に子どもができるのだろうかと不安になってくる。ぎゅっと拳を握りしめていると、

「だが安心するがいい。私はお前に期待していない」

不意にシモンがそう言い放ち、葵は驚いて、眼を見開いた。

……期待していない。

冷たい眼で、眉一つ動かさずにシモンはそう告げた。その言葉は、葵の胸に突き刺さる。

「議会の一部革新派の推薦《すいせん》でお前を招《まね》いたが」

「おいおい、俺が骨折りしたんだぞ。そんな言い方はないだろ」

シモンの言葉に、フリッツが文句を挟《はさ》んだ。

「革新派の犬とまで呼ばれて、お前の国民に毛嫌いされてる俺の身にもなれよ」

ため息をつくフリッツを、シモンはあっさり無視して、葵に向かって話を続ける。

「私は、お前と私で子ができるとは思っていない。国に帰りたくなれば、好きにしろ。ここに留まり、私の子を産む道具となりたくば、それは構わない。だが半年経っても兆候《ちょうこう》がなければ、私は次の相手を探し始める。無論、正式に次の候補者が決まるまで、最大二年間はお前と交渉を持つが……」

「ちょっと。あの、ちょっと待って」

機械的なシモンの説明に戸惑い、葵はたまらなくなって、口を挟んでいた。

けれど、なんだというように眼を合わせられると、うろたえてしまう。言いたいことが、きちんとまとまっているわけではない。ただただ、立て続けに聞かされたことに、心がついていっていない。理解が追いつかない状態だった。

一つはっきりと感じているのは、こんなはずじゃない、という違和感だった。

「あの……あの、初めから……いいですか？　俺は、アオイ・ナミキといいます。アオイって……呼んでください。性モザイクじゃなく……」

怖くて、ついうつむきがちになりながら言ったが、シモンは無表情のままだった。一瞬気持ちがしぼんだが、ここで退いてはならないと思う。

――日本から、こんな遠い国まで来たのだ。二年かけて体を変え、自分のすべてを賭け、日常を捨てて、葵はここへ来た。

それはたった一つの望みを、このシモンに受け取ってもらうためだ。

退いちゃいけない。……この人を、愛したい。葵の胸の中に、そんな声がする。

「俺の……年は十八歳で、四月生まれで、ナミアゲハです。戸籍は男ですけど……」

「書面で見ている」

切り捨てるように言うシモンに、葵は慌てて、一歩近づき言葉を重ねる。

「そ、そうだけど……でも初めて会って、ちゃんと自己紹介、したいし、してほしい……です。あ、あなたが期待してなくても、俺は……あなたと、子どもを作るつもりで来ました。つまり、その……あなたと、か、家族に、なりたくて」

声が震えた。家族、という単語を口にしたとたんに、恥ずかしくて頬が熱くなったけれど、シモンはやはり表情一つ、変えなかった。フリッツだけは「へえ」とわずかに眼を丸くして、声を出した。

「お前がグーティを産めば自動的に家族になる」

「だ、だからそういうことじゃなくて……」

シモンの切り返しは素っ気なく、喉の奥に言葉が引っかかり、葵は喘《あえ》いだ。シモンはその間もなんの感情も見せない。能面のように張り付いた無表情と、事務的な喋り方。誰かに似ている、と思った。頭の奥でちかっとなにかがひらめき、

――あ、ママだ……。

と、葵は思った。

ケルドアに行くことや、子どもを産もうと思っていることを、決まってからすべて打ち明けた葵に、母は「そう」と言っただけだった。一言も、反対しなかった。葵が用意した同意書にサインを入れ、返すときにただぽつりと呟いた。

――葵は十八歳なのね。思ったより、長生きしたわね。

それがどういう意味なのか、葵には分からなかった――。気をつけて行って来て。見送りには行けないけれどと母は言い、葵も「うん、ママ。ありがと」と返した。

母との最後のやりとりを終えたあとは、胸の奥にぽかりと穴が開き、そこを冷たい風が通っていくような、そんな気持ちだったのを覚えている。不思議な喪失感《そうしつかん》だった。ケルド

アに行くことを賛成してもらいたいと思っていたはずなのに、心のどこかで、反対してほしかった自分がいたことを——葵はそのとき、はっきりと知ってしまった。

……まだ十八歳じゃないの。葵はママのそばにいなさい。

もしほんの少しでも、母にそう、言われたら。

二年かけて、体を作り変えるほどの強固な思い込みも決意も放り投げて、葵は日本に留まったかもしれないと、ふと、思ったのだった。

シモンのとりつく島のなさ、感情があるのかどうか分からない雰囲気、葵の存在そのものを空気のように扱っているその態度が、母にそっくりだった。

（……こういう人は、無理だ）

頭の中で、弱気になった声がする。こういう人は、自分のような人間を愛したりしない。

（ダメだ。頑張らないと）

けれどそれを振り切り、葵は言葉を募《つの》らせた。もう母のもとには帰れないのだから、今度こそ、ここで道を拓《ひら》かなければならないのだという、切羽詰《せつぱつ》まった気持ちがあった。

「こ、子ども、どうやったらできやすいか、し、知ってますか？」

焦った葵は、そんなことを訊いていた。答える気がないかのように黙っているシモンに、顔をまっ赤にしながら「しゅ、主治医に聞いたんだけど」と続ける。

「せ、性モザイクは、ふ、不安定な状態だから……その、相手とあ、愛し合ってるほうが、ホルモンが安定して……確率があがるって……」

「科学的実証はない」

シモンはぴしゃりと言った。葵は呻《うめ》き、そうだけど……と、口の中でもぞもぞと呟く。そうだけれど、そうではない。子どもどうこうの話でも、確率がどうのの話でもない。それは口実に過ぎなかった。ただ葵は、「あなたと俺で、愛し合いたい」と、言ったのだ。会ったばかりでなにをと思われても、葵は結婚するつもりで来たのだから、少しくらい愛し合いたかった。いつかは愛し合いたいという気持ちだけでも、共有したかった。そして、せめてそれくらいはできると勝手に思っていた——。

(でもこの人……議会の推薦でって、言ってた。俺みたいなの、本当は嫌だった……?)

「お、俺が性モザイクだから……気に入らないってことです、か?」

震える声で訊くと、シモンは不思議そうに眼を細めた。

「なんの話だ。お前が性モザイクであることは、書面で見て分かっている」

「まあまあ、シモン」

そこへ、黙って見ていたフリッツが口を挟んできた。

「この子は、お前と仲良くしたいって言ってるようじゃないか? 愛し合ってるほうが、妊娠の確率があがるってのは実際、ないわけじゃないぞ。お前みたいな偏屈《へんくつ》を、アオイは好きになろうとしてくれてるわけだ」

　フリッツに気持ちを解説され、葵はいたたまれなくなった。対して、シモンはわずかに、形のいい眉をひそめただけだった。

「愛情を期待されるのは迷惑だ。私には、お前の心は必要ない」

　お前の心は必要ない。そうはっきりと言われ、葵は啞然とした。夫婦になるかもしれないと呼んでおいて、なぜ心はいらないと言うのか分からない。

「最初に言った。お前は道具だと。それが嫌ならば、いつでも国に帰れ」

　そのひどい言葉に、葵は眼の前が揺れ、息が震えるのを感じた。自分は、幻聴を聞いたのではないか。そう思いさえしたけれど、シモンは平然とした顔で、話は以上だ、と決めつけた。

「夜、お前の部屋へ行く。夜以外の時間は、好きに過ごすがいい」

　フリッツが後ろでため息をついたが、シモンはさっさと椅子に座ってしまった。そうしてもう二人の姿も眼に入らないように、仕事を再開しはじめる。葵は呆然としたまま、引き下がるしかなかった。

三

——……ではみなさんは、そういうふうに川だといわれたり、乳の流れたあとだといわれたりしていたこのぼんやりと白いものがほんとうは何かご承知ですか……。


葵《あおい》はぱちりと眼を開けた。

日本から持ってきていた文庫は、最初の一ページを開いたままだった。読むつもりが、どうやらうたた寝してしまっていたらしい。時差ぼけと、移動の疲労は今さら体に辛《つら》くのしかかって、葵は椅子から立ち上がったものの、立ちくらみで再び腰を下ろした。心臓は、不整脈《ふせいみゃく》を訴えて鳴っている。

眼だけをあげて見ると、窓の外は薄暗くなっており、部屋のアンティークのライトが二つ灯っていた。寝ている間に使用人が入室し、無言で点けていったのかもしれない。

葵の私室は、城の四階、南に面した広い二間だった。大きなベッドがある寝室と、ゆったりと寛《くつろ》げる居間。部屋には暖炉《だんろ》が焚《た》かれて暖かく、案内されるとすぐ、使用人が入って来て、ホットチョコレートを置いていった。けれどその間、使用人は一言も喋《しゃべ》らなかった。

（俺……やっぱり歓迎されてないのか……？）

葵は思い出してため息をつき、持っていた文庫本を閉じた。

窓辺に立つと、薄闇の中、緑に囲まれた渓谷と、石造りの橋、対岸の古い街並みがぼんやりと見えた。

ケルドールはどうやら、高い壁を挟《はさ》んで旧市街と新市街に分かれているらしい。灯りの少ない旧市街は、闇の中に吸い込まれていきそうだったが、壁の向こうの新市街にはビルなどもちらほらあり、そちらには明るい光が灯っていた。日本のように、華美な白色ライトではなく、どれも優しく淡いオレンジ色をしている。

――愛情を期待されるのは迷惑だ。……お前は、道具だ。

眠る前まで頭の中を回っていた、シモン・ケルドアの無感情な声が、また蘇《よみがえ》ってきたとたんに、言いようのない不安に襲われ、胃がきゅうきゅうと痛む。

不意に脳裏に浮かんだのは、心配そうな翼《つばさ》や澄也《すみや》の顔。それからケルドアに行くと話したときの、不機嫌そうな翔《かける》の顔だった。

――本気で言ってんの？　そんなの上手くいくわけないだろ。やめとけよ、葵。

翔には、出発までに何度も言われ、そのたび葵は「大丈夫だよ」「他に相手もいないし」「たぶん好きになれる」と根拠もなく答えていた。見送りに空港まで来てくれた澄也と翼には、「いつ帰ってきてもいいから」と言われた。葵は笑って日本を出発したけれど……。

瞼《まぶた》の裏に、冷たいシモンの顔が浮かぶと、素直に怖いと感じる。

もう一度会って、彼になにを話せばいいのだろう？　道具とまで言われ、どうやって、家族になれるのだろう……？

無理なのでは？　その可能性をちらと感じた瞬間、葵は息が震え、苦しくなった。もしも無理だったら、自分は死んでしまう気がした。心は真っ暗な絶望の淵に沈んでしまい、二度と生き返らない。もう決して夢も見られなくなる。そしてそれが、たまらなく葵は怖いのだ。

嫌な汗がじわっと全身に吹き出し、葵はよろめいて、窓に手をついた。

（……こんなところまで来たのに、諦めてどうするんだよ。子どもができれば……変わるかもしれない。一度話しただけで、相手のことが分かるわけでもないし……今夜会えるなら、もう一度話をしてみるんだ）

たとえシモンが、葵のことを好きではなくとも、子どもを作るなら――結婚するかもしれないなら、歩み寄る努力だけでも、できないか。そう訊いてみようと葵はなんとか思い直した。

それでも、できないと言われたら？

決意の裏にその不安が頭をかすめたが、葵はそれを無視することにした。

シモンとは今夜会えるし、二年の猶予があるのだ。すぐに分かってくれなくても、徐々にでも理解してもらえればいいと、葵はおとなしく時が過ぎるのを待った。やがて完全に日が暮れてから、部屋の扉がノックされて、葵はびくりと肩を揺らした。

見るとメイドがいて、食事は部屋に運ぶか、食堂にするか訊ねてきた。

（食堂なら……シモンもいるかな。もしかしたら、シモンの家族も）

葵はそう考えた。できることなら一緒に食事をとりたいし、なるべくシモンに会いたかったので、食堂と答えたが、案内された先は葵一人だった。

用意されていた食事は、ムール貝のワイン蒸しや塩豚と野菜のスープ、白身魚の上品なムニエルなど、この地方の国々ではよく見るもので、どれも美味しそうだった。けれど十人以上が優に座れそうな大きな食卓には、一人分の料理しか用意されていない。

美しい銀器に、シャンデリアの灯りが映え、テーブルクロスは真っ白で清潔。優雅で華やかな食事の場所なのに、誰も来る様子がなく、葵は少し戸惑った。

席に着き、促されるまま食べた。味は良いような気がするけれど、落ち着かず、あまりよく分からなかった。広い室内に、カトラリーの音だけが響く。

（……誰も来ないの？）

何度も扉を見たけれど、開く様子はない。

（なんか、俺の実家みたい……）

実家はここまで豪勢でも広くもなかったが、食卓はいつも葵一人だった。家族が全員そろったことは一度もない。ナニーが一緒のころは、その日あったことや思いついたことを話したりして楽しかったが、それも七歳までだった。

緊張と淋しさで胸が詰まり、だんだん食べるのが辛くなる。水を飲み下そうとすると、喉が痛いほど細くなった感じがする。

「……あの、シモン……さんは？　来ないんですか？」

ついに、給仕に立つメイドに訊ねると、彼女は声をかけられたことにか、瞳に嫌悪《けんお》を滲《にじ》ませた。それにびくりと怯《おび》える。なぜそんな顔をされたのかが分からず、葵は見間違いかとさえ思った。

「あなたの国では、主人が使用人と食事をともにするのですか？」

言われた言葉が、一瞬頭に入ってこない。

襟の詰まったお仕着せ姿のメイドは、年若い女性なのに葵より背が高く、抜けるような白い肌に、ねずみ色の眼と髪をしていた。よく見ると、この城の使用人はみんな同じような容姿で、似たような匂いを発している。ぞくりとする、タランチュラの香りだ。

ただし、グーティ・サファイア・オーナメンタルのシモンほど強力ではない。

それでもこの城の使用人たちは、葵よりもはるかに上位種を起源にしているらしい。それは言われなくとも本能で分かり、彼らから発せられる拒絶と侮蔑《ぶべつ》の空気が、葵を無意識に怯えさせた。

軽蔑まじりの眼をしたあと、メイドは立ち去っていった。下位種の葵を疎《うと》んじている態度はあからさまだ。うちのめされ、葵はのろのろと食事を再開した。

――あなたの国では、主人が使用人と食事をともにするのですか？

手が動かなくなり、胸がつかえる。

（俺……使用人なのか？）

子どもができない限り、結婚はしないと言われている。葵など、道具にすぎない。子どもが残せないなら、なんの意味もない相手だと。必要ないのだと……。

――もしも、ここでも「いらない子」だったら、俺は……。

その言葉の続きが出てこない。

カトラリーが皿に落ち、かちゃんと音をたてた。心臓がドキドキと脈打ち、怖くてたまらなくなる。考えるな、大丈夫だ、まだ諦めなくていい。頭の中でそう言い聞かせている自分の声がする。体は小刻みに震え、息が苦しくて、葵はしばらく、食べることを忘れていた。

食事を終えた葵は、途中から無理して食べたせいもあり、よろよろと部屋に戻った。すると、寝室の隣にあるバスルームには、既に湯がたっぷりと張られていた。

「すぐにご入浴のうえ、夜伽《よとぎ》のご準備を。出られたらお薬をお飲みください」

メイドが事務的に言い、部屋を出ていった。

葵は言われるままに湯浴《ゆあ》みをし、身体を隅々まできれいに洗った。洗っている間、何度も緊張で手が止まった。これからシモンがやって来て、彼に抱かれる――。そのために来たのだから覚悟はしていたはずなのに、考えると怖くて、体が強張った。もちろんだけれど、葵は恋愛経験などゼロで、キスさえしたことがない。

風呂を出ると、急いで髪を乾かし、用意されていた香油をつけ、それからベッドサイドに用意されていた、よく分からない薬を飲んだ。

(……性モザイクの薬? なんだろこれ……)

葵は物心ついてからずっと、性モザイクのホルモン剤を飲んでいるが、一週間分は日本で処方してもらっていたし、ケルドアでは澄也の紹介で主治医が決まっており、明日の面談がその初回にあたる。なのでわざわざ、ホルモン剤が用意されるとも思えない。そんなことを考えていたが、これから抱かれると思うと、薬のことなどすぐに忘れてしまった。

葵は落ちつかず、鏡に体を映して見たりする。

葵のホルモンはやや女性寄りで安定していて、身体はほとんど男だが、全体的に柔らかな丸みを帯びている。真珠色の肌に、まだ半分濡れた黒髪。瑠璃《るり》と橙《だいだい》のオッドアイは暖炉の明かりを受けてきらめいている。頰にはうっすら紅がさし、ほとんど平らな胸には桃色の乳首。小さなへその下に、男の性器が少年じみて小さくある。太もものラインは男より女性に近く、脛《すね》はまっすぐで男寄りだ。腕は細く、頼りない……。

（……変な体。これに、シモン……さんは、興奮したりできるかな）

男でもなく、女でもない。少女の体に男の性器がついたような、アンバランスさ。

普段あまり見返さない自分の肉体を直視すると、色気とは無縁のようで、葵は自信をなくした。急いでバスローブの前をあわせ、ベッドランプの光を絞《しぼ》る。あまり見えなければ、シモンも気にしないかもしれない……と、思ったのだ。

（でもまず、先に、話がしたい……）

なにをと言われると、昼間の話の繰り返しになるけれど。勇気を出してもう一度、自分の望みを、口に出してみようと葵は自分を励ました。

——あなたを好きになりたい。できれば、俺のことも好きになってほしい。そのうえで子どもを作り、家族になりたい……。結局無理だとしても、努力だけでも、したい。

落ち着きなく、昼間読みかけていた文庫を開けたり閉じたりしているうちに、気付けば三十分が経っていた。するとやがて音もなく、居間の扉が開いた。

葵はごくりと息を呑み、ベッドの上に座ったまま固まった。

シモン・ケルドアは静かに、表情一つ変えずに居間から入室してくると、開け放ったままだった寝室の扉口に立った。

ノックさえしないその傲慢さに、葵は文句も言えなかった。

彼は黒いバスローブ一枚きりで、髪が濡れていた。昼間見たスーツ姿よりも、その体躯からは妖しいフェロモンが溢れ、ほんの一秒で、部屋いっぱいに甘くきつい香りが満ちていく。その迫力に圧倒され、葵は小さく震えたまま、動くこともできなかった。腕を組み、扉口でじっと葵を見下ろすシモンの瞳は、薄闇の中で一際強く光り、まるで青い炎のようだ。

そのシモンを見返していると、心臓が、口から飛び出してきそうなほど激しく鳴った。シモンの体から放たれる甘いフェロモン香が、まるで触手のように、葵の細い体へからみついてくる。ぞくぞくと背が震え、そうして気がついたときには――葵の下半身は、じゅん、と湿り気を帯びていた。

(え……っ?)

葵は戸惑い、思わず膝を、もじもじと擦り合わせた。

(ど、どうして……)

なにもされていないのに、体が反応しはじめている。葵の男性器は淡く持ち上がり、後孔とホルモン治療で機能するようあとから育てた陰部《いんぶ》には、なにか濡れた感触があった。葵は困り、うつむいた。

不意に一歩、シモンが部屋の中へ入ってくる。とたんに、室内に満ちていた彼の香りがもっと濃くなり、葵は体が火照《ほて》るのを感じた。鼓動がますます速まり、頰が上気する。

「……薬は効いているようだな。タランチュラ用の媚薬だったが、性モザイクのお前にも効果はあるらしい」

言われた言葉に、葵はハッとなった。

（もしかして……さっき飲んだ薬？）

メイドに言われるまま口にした、小さな錠剤を葵は思い出した。なぜ媚薬など使われたのか。戸惑ったけれど、訊く暇はなかった。あっと思う間もなく、シモンはベッドに乗り上げてきた。葵は簡単に転がされて、そうして組み敷かれていた。

（……う、嘘だろ）

身じろぎさえ、できなかった。葵は息を止めて、頭上にある美しい顔を見つめた。押しのけようにも、体に力が入らない。シモンの青い眼に射貫《いぬ》かれて、動けないのだ。

「お前の主治医からバイオリズムの周期報告を受けている。今週、お前は孕《はら》みやすい。一日に五回、お前の中に出す」

シモンは淡々と言い、葵のバスローブをはだけた。待って。どういうこと。そう言うよりも前に、葵の体になにか得体の知れないものがしゅるしゅると巻き付き、這《は》いずる。

「え……な、なに⁉」

葵は思わず、声をあげた。体を這うのは白い糸の束だった。細く、絹糸のように柔らかな糸が、葵の体を無数に這い、まさぐっている。見ると、それはシモンの指先から出ている。間違いなくタランチュラの糸だ。

瞬間、乳首に糸が巻き付いて、きゅん、と引っ張られた。

「あ……っ」

甘酸っぱい感触が背に走る。糸は葵の男性器に、そして女陰《にょいん》と後孔《こうこう》にも伸びてくる。やがて男性器には絡みつき、陰部にはぬるぬると侵入しはじめたが、その間も、シモンはただ葵を組み敷いて、じっと観察しているだけだった。冷たく、無感情な瞳で。

「あ、あ……ま、待って、やだ」

見られている恥ずかしさと狼狽で、葵が泣きそうな声を出すと、

「手っ取り早く前戯《ぜんぎ》を済ませる。タランチュラには媚毒《びどく》がある。糸からそれを注入する」

シモンはごく事務的にそう応えた。

葵はぎくりとした。媚毒……。それはタランチュラがもつ催淫剤《さいいんざい》だ。

ハイクラスの頂《いただ》きに常に君臨する彼らは、数種類の毒を操る。本来、チョウ種のトップ層に位置づくアゲハにも、強い催淫能力が備わっているものだが、性モザイクの葵には上

位種に対抗する術はない。

「や、やめ……あっ」

　未知のことは怖い。大体、シモンとはまだなんの話もできていないのに、もうセックスするのかと思うと、抵抗があった。

　けれど葵の気持ちなどお構いなく、シモンの糸はゆらりと空に持ち上がった。合計で五本。それらの糸の先端は鋭く、注射針のようになっている。その先からは、じわじわと透明な液体がしみ出てきて、ぽたり、と葵の肌へ落ちてきた。落ちた場所が、じゅん、と熱く感じる。これが媚毒だ、と察した次の瞬間、糸の先端は二つの乳頭、男性器の尿道と、二つの陰部の中へと差し込まれた。

「あ……っ。あ！　あああっ」

　乳首と性器、二つの孔から電流が走り、それが身体の中で一本の、太い線で繋がったような気がした。激しい悦楽が葵の中を駆けていき、脳を蕩《とろ》かす。

「あ、あ、あ、ふぁ、はあああんっ」

　葵はたまらず仰け反っていた。乳首は痛いほど腫れて膨《ふく》れ、体の奥から経験したことのない、深い愉悦《ゆえつ》が持ち上がってくる。性器からは透明なつゆが吹き出し、二つの陰部は痙攣し、とっぷりと汁を溢れさせ、丸い尻はしとどに濡れていった。

「や、あ、あ、ああん……っ」

自慰の経験はほとんどない。性モザイクという生まれのせいか性に淡泊で、陰部や乳首など弄《いじ》ったことすらなかった。けれど今、葵は全身で快感を感じ、びくびくと体を跳《は》ねさせていた。涙のにじんだ眼で見ると、葵とは正反対に、シモンは冷めきった表情をしている。そのことに、胸がズキンと痛む。

「準備はいいようだな。入れるぞ」

事務的な言葉とともに、シモンはバスローブの股を割り、己の性器を取り出した。それは葵のものよりもずっと大きく、白い肌に似合わず使いこまれて黒々としている……。

（あ……あ、ま、待って）

怖くなり、逃げようとしたけれど無駄だった。糸がしっかりと葵の手首に、腰に絡みついて、動きがとれない。乳首は糸に揉《も》まれ、乳頭にはまだ媚毒が注がれている。それは尿道にも同じで、糸はどんどん奥へ奥へと進んでくる。葵は異様な射精感と、出せない苦しみを同時に味わった。それはやがて強すぎる快感となる。

（なに、これ……っ）

シモンの性器はまだ完全には勃っておらず、彼はそれを無理矢理勃たせるように、大きな手でおざなりに擦《こす》った。

その仕草に、葵は内心傷ついた。

葵の乱れた姿を見ても、シモンは勃起できないということだ。

けれど足を持ち上げられ、秘部を晒《さら》されて、傷ついている余裕もなくなった。葵は慌てて、足を動かそうとした。

「ま、待って。シ、シモン……」

焦っていたので敬称を忘れたけれど、そんなことはもう頭にもない。サファイアのような瞳を、シモンはちらりと葵に向けてくる。

「あの……っ、ま、まだ、俺たちなにも、知り合ってないのに、い、いきなり」

少しくらい、話をしませんか。

そう言いたかったけれど、次の瞬間、葵の陰部には、シモンの太く硬いものがずん、と突き立てられていた。

「ひ、あっ、あああっ」

最初に感じた衝撃に、葵は叫んでいた。腹の中に、大きなものが当たる感触。じんじんと狭い場所が痛み、体にぎゅっと力が入った。

けれどすぐに、もう一ヶ所の後孔へ、シモンの性器と同じくらいの質量の糸束が、ぬるっと入りこんできた。

「あっ、あ、あ、な、なに、あ……っ」

「お前は性モザイクで、前立腺《ぜんりつせん》が残っている。両方刺激したほうが、楽にできる」

シモンは淡々と言う。

「安心しろ、一気に媚毒を注いでやる」

後孔の内部に、温かなものが入ってくる。そう感じた瞬間、再び全身が性感帯になって、甘い電撃が脳天からつま先までを駆けぬけていく。

「あ、あっ、あん、あああ……っ」

気がつくと、葵は仰け反って、射精もせずに極まっていた。鈴口は糸で塞がれていたから、熱のやり場はなく、ただ苛烈な快感が全身を蕩かし、太ももはシモンの腰を挟んでびくびくと揺れた。尻はいやらしく勝手に前後し、糸束を飲み込んだ後孔も、シモンの性を入れられた陰部も、強く締まる。

「……どうやら女以上に感じやすいようだ」

ぽつりとシモンが言った。その声音に、葵は不意に傷つけられた。蔑みとも違う、観察した事実だけを述べたような、冷たく無感情な声だった。

（この人……全然、興奮してない……）

自分だけが感じ、乱れている。それが恥ずかしく、いたたまれない。

けれど傷ついている暇もなく、葵は両足を持ち上げられ、激しく突かれていた。

「やっ、あ、待って、あっ、あっ、あっ……！　あー……っ」

行為が強すぎて、ついていけない。生理的な涙がどっと溢れ、二ヶ所の陰部を同時に擦られて、どっちがなにで突かれているか分からなくなる。膨らんだ乳首は休まることなく糸で揉まれ、捏《こ》ねられ、引っ張られて、まっ赤になっている。勃ちあがった性器はシモンの前後運動に合わせて、その硬く引き締まった腹に揺れて当たる。

「あっ、いやっ、あっ、あん、あ、あああんっ」

泣いているうちに、一度目の種付けが終わっていた。

シモンはほんの一瞬眉をひそめ、ぶるっと背を震わせただけで、ほとんど機械的に葵の中へ精を吐き出した。腹の中へじわっと広がる温度がなければ、あるいはシモンが一度動きを止めなければ、葵は彼が達したとは、とても分からなかったと思う。

「残り四回」

と、シモンが言う。美しい額には、うっすら汗がにじんでいる。

「……待って。ま、待って」

葵はもう泣きじゃくっていた。すがるように、自分の脇に突かれたシモンの腕へ、手をかける。指先が震えて、うまく摑めない。

「体勢を変えたいのか」

無関心げに訊いてくるシモンに、葵は涙眼《なみだめ》で首を振った。違う。

「い、一度、抜いて」

「ダメだ」

とりあえず抜いてもらってから話そうと思うのに、シモンは葵の頼みを一蹴《いっしゅう》した。意味が分からず、葵はまじまじとシモンを見た。

「ど、どうして？　……ぬ、抜いてよ」

「精が漏れる。孕みにくくなる」

間髪入れないその答えに、葵は呆然とした。

（なに？　なに……なんなのこの人……）

意味が分からない。けれど固まった葵を見て、シモンは軽蔑するかのようにわずかに眼を細めた。

「なぜ驚く？　性モザイク。お前は私と、子作りするために来たのではなかったか」

（……そうだけど）

それはそうだ。けれど……、と思う。けれど、たった今初めて抱いた相手に、もう少しくらい、心を許してくれてもいいのでは――？　そう思う。同時に、それさえ叶わないのかという恐怖が、ひたひたと心に忍び寄ってくる。

「……シモン。俺は、アオイ」

喘ぐように言う。シモンはそれで？　という顔をしている。

「……俺はアオイ。アオイって、呼んで。名前で。名前で呼んで……」

「なんのために」

葵の心臓が、ドキン、ドキンと痛むように鼓動しはじめる。

「嘘でも、好きあって……抱き合ってることにしようよ。俺、俺はあなたを――好きになりたい。そう思って来た。子どもも、愛し合って産みたい。だから嘘でも、恋人同士みたいに……したいんだ。しようよ。フリだけでもいい……」

「なんのために」

シモンは同じ答えを返してくる。for what という、恐ろしいほどシンプルな英語。葵は戸惑い、震えた。

「……俺が、縁談を受けたのは……誰かに、俺が必要ならって思ったからだ」

かすれた声で言うと、とたんに、胸がぎゅっと痛んだ。

葵は今、本音を言おうとしている。そうして自分の心の一番弱く、脆《もろ》い部分をさらけ出して、シモンに見せようとしている。見せた心を否定され、拒絶されれば、取り返しがつかないほど傷つく。出会ったばかりのこの男に、自分の弱みをさらすのは怖かったけれど、そうするしかないことも、葵は知っていた。そうするため――自分のすべてをなげうつために、葵はこの国に来た。だから葵は一旦、息を呑み込むと、精一杯続けた。

「俺は性モザイクで……短命で……取り柄がなくて……誰にも選ばれたことがなかった。み、短い命なら、せめて……一度くらい、誰かに必要とされたい。ずっとそう思ってた」

「……グーティの子を宿《やど》せば必要とする」

「だから、そういうのじゃ、な、なくて」

どう言えば伝わるのか――むしろ、なにが問題で伝わらないのかが分からず、葵はぎゅっと、シモンの腕を握りしめた。

「……い、今までの奥さんにも、そんなふうにしたのか？　そ、それとも誰か愛してて……だから俺を、好きになれない？」

「なんの話だ」

シモンは眉根を寄せる。

「これまでの相手とお前とは、なんの関係もない」

「あ、会ったばかりで……見た目は男だし、好きになれないのは分かる。でも、少しずつ、知り合いたいんだ。……キ、キスだってしてないのに」

「口づけで子どもはできない」

「子作りだけが重要なのか？　他に、もっと……」

「いい加減にしろ。子作り以外になにがあるのだ」

葵の言葉を、シモンは突然遮《さえぎ》った。その声音には、いくらか苛立たしげな感情が乗っていた。

「私をなんだと思っている？　私はシモン・ケルドア。この国の大公で、貴様を招いたのは子どもを作るためだ。二年の間、月に数度、決められた回数交わる。十四のときから繰り返してきた義務だ。他の女とも同じだ。子どもを作ることが私の責務だ」

シモンは舌打ちした。美しい顔を歪《ゆが》め、その青い眼に、ほんの一瞬憎悪のような色を滲《にじ》ませた。

「いいか。性モザイク。これは神と私——ひいては神と、グーティ・サファイア・オーナメンタルという種との、賭けなのだ」

——神と、グーティの賭け？

意味が分からず、葵は固まった。浮いていた汗が、すうっとひいていく。暖炉の火がシモンの背後で揺らめき、薪ががらっと崩れた。シモンの瞳は、青い苛烈《かれつ》な炎のように、ぎらぎらと光っている。

「……全知全能の忌《い》まわしき神の手によって、進化の先端にある我が種は滅びようとしている。閉塞《へいそく》された環境と血の先に待つのが、滅亡なのか、継続なのか……人類数千年の歴史の中、一つの種が途絶える瞬間に、私は立ち会っているのだ。……だが最後まで、あがくことはせねばならない。それが賭けというものだからだ」

（なんの話……？）

葵は言葉もなく、シモンを見つめていた。

「貴様はその賭け道具……ポーカーで言うならば、カードのようなものだろう」

シモンは軽蔑するように眉根を寄せると、息をついて、葵の中から性器をぬいた。糸もするすると引いてしまう。葵の性器は、さすがにもう萎えていた。

「この数百年、我が国は常に継嗣に恵まれぬ状態だ。グーティの子どもは三歳まで異様に脆弱で、生き延びられるのはごくわずか。もう私しか残っていない。お前の短命など、大したことではない。命が短いことが、なんだというのだ？」

きっぱりと言われ、葵は愕然とした。

――お前の短命など、大したことではない。

同情してほしかったわけではない。けれどさらけ出した心の弱いところが、シモンの言葉の刃に、ぐさりと突き刺されたような気がした。

「愛し合って産みたい？　なぜそんなことを言うのか、理解ができない。なにを期待して私のところへ来たのだ。お前の役目は子どもを作ること。愛し合いたいなら、べつの相手を探せ」

シモンは言い切ると、もはや話は終わりとばかりに、葵の足を持ち上げた。膝を折られ、陰部にまた、ぬっと杭《くい》を押しつけられて、葵はハッとした。

「……待って」

「口を閉じていろ」

入ってくる陰茎の感触に、葵はびくんと震えた。

「俺を、道具以外には……思えないって、こと？　愛せないって、こと……」

必死になって言い募る声が震えている。動きを止めたシモンは、青い瞳に嫌悪の色を浮かべた。

「貴様も同じことをしながら、なにを言う？」

淡々とした声。言葉を失っている葵に、シモンは続けた。

「必要とされたいと言ったな。そのために、ここへ来たと。愛などという言葉で飾っているが、それは承認欲求だ」

眼を見開いた葵に、シモンは冷たく言い捨てた。

「己の承認欲求を満たすために、周りを道具にしている」

青い眼を細めるシモンの顔には、もう嫌悪すら浮かんでいない。張り付いた無表情で、ただ事実を述べるように続ける。

「誰も愛していないのは、貴様だ」

（……誰も愛していないのは、俺）

シモンの言葉が、頭の中に何度も響いた。葵は、激しいショックに打ちのめされていた。

違う、と咄嗟《とっさ》に言えない。見ないようにしていた事実を、突然突きつけられて、身動きできない。

その刹那、シモンのものが、再び葵の奥へずんと入りこんでくる。

「あと四回、射精する」

端的に伝えてくる声。腰を揺らして中を擦られ、体にまた糸を巻き付けられて、葵は

「あ、あ……」と喘ぎはじめた。眼の前がぐらぐらとした。

――己の承認欲求を満たすために、周りを道具にしている。

……誰も愛していないのは、貴様だ。

(そんなこと、ない。俺は……愛したくてここまで来て……)

けれど一方で、心の中の冷静な部分が、こうも言っている。

――いいや。シモンは正しい。俺は誰も愛してないし……ただ、自分のためだけに、ここまでやって来たんだ。……ずっと、どこかでそのことに気付いていた。

(だけどそうじゃなきゃ、生きてこれなかった……)

周りからも、散々心配された。見知らぬ相手と、愛し合えるはずがないと。

それなのに愛せると、愛されると思い込んで、大丈夫だと言い続けたのは葵だった。

翼みたいになりたい。そうすれば幸せになれる。生きていていいと思える。

きっともう淋しくなくなる……。

そう決めつけている自分を、自分でも、心のどこかではおかしいと思っていたはずだ。

ただ、見ないようにしてきただけ。

脳裏に浮かんだのは、母の顔だった。モデルとして使えない葵を、興味の対象からさっさと外してしまった母。葵が生きていてもいなくても、関心のなさそうな母。道具としてしか、葵を見ていなかった、母。

（俺……ママと同じこと、しようとしてた？）

生まれてくるかもしれない子どもを、自分が愛されるためだけに、道具にしようとしていたろうか？

そう考えると、葵は自分の心も、体も壊れていく気がした。なんて最低で、ひどい人間だろう――。

心は絶望に染まっていくのに、体に与えられる快楽は強く、葵は流されて、いつしか二度目の絶頂を迎えていた。

四

——己の承認欲求を満たすために、周りを道具にしている。

——誰も愛していないのは、貴様だ。

シモンの声が、頭の中にぐるぐると回っている。

葵《あおい》はベッドの上に寝そべったまま、ぼんやりと虚空《こくう》を見つめていた。

昨夜、シモンは宣言通り葵の中へ五回、射精した。終わったころにはくたくたで、指一本動かせず臥《ふ》せっていた葵と違い、シモンはさっさと後始末《あとしまつ》をして出て行った。いたわりの言葉一つなく、汚れた葵を洗ってくれたのは、無表情な顔の使用人たちで、恥ずかしく、みじめでもあり、嫌だったけれど拒《こば》む元気さえなかった。

(道具みたいに抱かれた……)

そしてこれからもそれは続き、シモンは態度を変える気はないのだろう。そのことが、分からないほどバカではない。

寝間着を着せられ、ベッドに寝かされて、葵は疲れ切っていたので、朝まで眠り続けた。

眼が覚めると体中がギシギシと軋《きし》んで、痛かった。お食事は、と訊かれたが、食べる元気が出ずに断った。

冷たい使用人。無関心なシモン。義務的なセックス。

なにもかもがここに来るまでの想像と違っていて、葵はショックを受けていた。けれど一方では、こうも思っていた。

（……じゃあ、一体なにを期待してたんだよ）

葵は単純に、この国に来れば、もっとみんなから必要とされる——と思っていたのだ。日本にいたころと違い、誰にも無視されず、相手のシモン・ケルドアからは愛されるはずだと、そう思い込んでいた。いや、思い込もうとしていた。

シモンだって人間なのだから、国のための縁談だとしても、愛し合えるなら愛し合いたいと、そんな価値観を持っているはずだと、勝手に夢見ていたのだった。

——でも、本当は自分でも気付いてたろ？

そんな期待はおかしい。まだ見ぬ相手から愛されるなんて、分かるはずがない。それでも葵がケルドアに来たのは、翼《つばさ》のようになりたかったからだった。

（人を愛して、子どもを産んで……翼さんみたいになれたら……そうしたら……俺は）

淋しくなくなる。

体の中に、いつもいっぱいに詰まった淋しさを、なくしたかった。誰かに、愛されてみたかった……。けれどこの国に来ても、葵は愛されそうにない。それはシモンが悪いのではない。

——誰も愛していないのは、俺だ。

(自分の淋しさをなくすために、シモンを利用しようとしてた。俺は自分が可愛いだけで……こんな俺を、シモンが愛するわけない)

心の中に、ぽっかりと深い深い空洞が空いている。

ずっと望んできた未来を失い、否定されて、どう生きていけばいいか、もう分からなかった。

(俺ってこんなに淋しかったんだ……)

今さらのように、葵はそれを知った。自分の体も、見ず知らずのシモンも、これから生まれる子どもまで道具にするほど、自分は淋しかったのか。

淋しくて淋しくて、愛されたくて愛されたくて、たまらなかったのか。

その気持ちだけで、なにもかも投げ捨て、心配してくれる人たちの声を無視してまで、外国に来てしまうくらいに。そしてその、浅ましいほどの希求《ききゅう》を、たった一晩で、シモンに見透かされた。それを思うと自分が恥ずかしくなり、葵は思わず顔を覆《おお》う。

(恥ずかしい……消えてしまいたい……)

突き上げてくる自己嫌悪と、この先どう生きていけばいいのか分からない苦しさに、葵はベッドにうつぶせになって呻《うめ》いた。


「やあ、具合はどうだい。アオイ。初夜は上手くいったかな」

朗《ほが》らかな声がして、葵はハッと眼を開けた。

どのくらい臥《ふ》せっていたのか、部屋の中は昼の日射しで、すっかり明るくなっていた。途中、疲れて何度か寝ていたらしい。今もうとうとしていたところで声をかけられ、そっと布団から顔を出すと、シャツにコットンパンツという、ラフな格好のフリッツが立っていた。手には大きなボストンを持っている。

「フリッツ……さん」

「長い付き合いになるかもしれないんだから、フリッツでいいぞ」

そう言って笑ったフリッツだが、椅子を引き寄せてベッドサイドに座ったとたん、眉尻を下げて心配そうな顔になった。

「……憔悴《しょうすい》してるなあ。昨夜の大公《たいこう》様は、きみに容赦《ようしゃ》なかったかな？」

それはどういう意味だろう――。

性行為そのもののことか、それとも、二人の間に交わされた会話についてか。

分からずに戸惑っていると、「まあ、シモンのことは、あまり考えすぎないほうがいい。

あいつは普通じゃないから」とフリッツは軽く言って、鞄の中から聴診器を取りだした。

「フリッツ……それ」

慣れた手つきで聴診器を首に下げるフリッツに、思わず葵が眼を丸くすると、

「ああ。昨日は言いそびれたが、俺がこっちでのきみの主治医だ」

と返してきた。驚いたけれど、澄也《すみや》と知り合いだと言っていたのは覚えていたので、すぐに納得した。フリッツは鞄からカルテを取り出し、それをぱらぱらとめくった。

「スミヤから送られてきたカルテのコピーだ。……この二年でずいぶん頑張って、妊娠《にんしん》できる体にしたんだなあ。それをシモンに使おうなんて、きみは思い切ったな」

と、フリッツは苦笑した。

「実は、スミヤに性モザイクの紹介を頼んだのは俺でね」

そう聞いて、葵はそうだったのか、と眼を丸くした。

「今まで、シモンが番《つが》った相手は国内のタランチュラばかりだったから、目先を変えて他種の性モザイクにしてはどうかと議会には提案した。運良く、その意見が通ったんだ。スミヤとは国際学会で友人になってて、彼の細君《さいくん》が性モザイクだったことを、ふっと思い出したからなんだが……」

澄也の細君とは、翼のことだ。知っている名前にドキッとしたとき、フリッツに胸の音を聞かせて、と言われて、葵はおとなしく起き上がった。フリッツが医者らしい丁寧な手

つきで、そっと聴診器を葵の胸に当てる。

（……じゃあ、澄也先生は、フリッツから頼まれて、俺はその縁談をたまたま聞いたのか）

それで、昨日の送迎もフリッツだったのだろう。

「性モザイクについてはスミヤからいろいろ聞いてた。妊娠すれば上位種が産まれるのは分かりきってる。それにスミヤの研究がかなり進んで、最近はみんな寿命が伸びてるそうじゃないか？」

「あ……はい。澄也先生はすごくて……俺がわりと丈夫なのも、先生のおかげです」

昔、翼が葵くらいの年だったころは、性モザイクの妊娠出産は命がけだったと聞いている。今は以前よりもずっと安全になったが、それはすべて、澄也が伴侶である翼のために必死に研究を重ねた結果である。現在では、日本の性モザイク患者は澄也のおかげで平均二十年から三十年、寿命が延びたとさえ言われており、彼のところへは、世界中の性モザイク患者が訪れている。

「治療には保険がきかないから、この縁談は貧困層の性モザイクにはいい収入になるかもしれない……もっとも、よっぽど相手が希望しなきゃスミヤは寄越《よこ》さないだろうし、話は出したが来たがるヤツはいないだろう、と、軽く考えてたんだ。スミヤからも、ふざけるなと叱られたしな。それなのにきみが来てくれた。俺は一応、ちょっと後ろめたく思ってはいるんだよ」

胸の音はちょっと速いけど、まあ問題はないかな、とフリッツは言い、カルテになにか書き付ける。

「それって……フリッツさんは、本当は性モザイクを大公家にあげるつもりはなかった、ということ、ですか……？」

もしも非難されているのだとしたらと不安になり、葵は恐る恐る訊いた。ただでさえ昨夜のことで、気持ちが不安定なのだ。なんでも悪いほうに受け取ってしまう。けれどフリッツはそれを聞くと、「まさか。だったらわざわざ俺が提案するはずないだろ？」とあっさり否定され、それもそうだと思う。

「きみ、昨日シモンに言ってたろう。『家族になりたい』って」

その言葉に、ずきりと胸が痛み、葵は黙り込んだ。うつむいて、ぎゅっと拳を握ると、白い指がますます白くなって震えている。

「……バカ、ですよね」

ぽつりと言うと、フリッツが「うん？」と首を傾げる。

「見ず知らずの人に、家族とか……愛情とか……本気で、期待してました。性モザイクでも来ていいって言ってくれるなら……って」

声が震えた。脳裏に蘇ってくる、シモンの言葉。

「道具にしてるのは、俺のほうだって言われました。……俺は誰も愛してないって。自分だけが可愛くて、子どもも……ほしいと思ってたけど、自分のためだけなんです。……シモンには、全部見透かされてた」

葵は呆れられるだろうかと怖くて、掛けているシーツをぎゅっと握りしめた。

黙って聞いていたフリッツは、やがて「自分が可愛いなんて、そんなの誰でもそうだろう」と言った。

「昨日、きみがシモンに家族になりたいと言ってくれて、俺は……嬉しかったよ」

意外なフリッツの言葉に、葵は思わず顔をあげた。フリッツはため息まじりに、「そんなこと言ってくれたのは、きみが初めてだったからさ」と呟く。

「今までのシモンの相手は、グーティを産むことは義務だと考えていて、恐れ多くも大公様と家族だとか、大公様に愛だとか、そんなことを言うような娘はいなかった」

葵はそれなら尚更、シモンにとって葵は鬱陶《うっとう》しく見えたのだろうと思い、うつむいた。

「シモンは、求めてなかったみたいだけど……」

そっと言うと、

「だが俺は、きみみたいな子を求めてた」

と、フリッツが言った。思いがけない言葉に、葵は驚いた。

（どういうこと？）

思わず見返すと、フリッツはじっと、真剣な眼差しを葵に注いでいた。

「きみがどんな子なのかは、スミヤから聞いてた。俺はシモンには、きみがいいと思った」

「……どうして」

断定するフリッツに、ついかすれた声が出る。

「国や金や名声のためじゃない。きみは愛のために来ようとしている。そう思ったからだ。そして、俺はシモンに、そんな人が必要だと思ってたんだよ」

葵は戸惑い、言葉をなくした。フリッツは視線をそらさないまま、静かに続けた。

「シモンは、きみとは違う次元《じげん》で生きている。それでも、できるなら、アオイ。きみにシモンと、家族になってほしいんだ」

なぜそんなにも、シモンを想っているのだろう――？

疑問はあったが、思考が停止し、声がうまく出せない。

そのときだった。

廊下の向こうからなにやら鋭い音が聞こえてきた。思い出したのは母の足音だ。葵はそれが、高いヒールの音だと気がついた。扉のほうを見るのと、フリッツが顔をしかめたのは同時だった。突如《とつじょ》、バン、とノックもなく扉が開き、葵はびくりと息を呑んだ。

「まぐわいの証左《しょうさ》をお見せなさい」

居丈高《いたけだか》な声が、キンキンと部屋に響いた。見ると、そこには美しい女が一人立っていた。年は葵の母と同じか、少し上だろうか。若い頃は絶世《ぜっせい》の美女だっただろうと思われる彼女は、ゆるくウェーブした金髪に、透き通るような緑の瞳を持っていた。どことなく、面差しがシモンに似ている。ただ異様なことに、彼女は昼日中《ひるひなか》なのに真っ白なネグリジェを着ており――それに赤いヒールの靴を合わせるという、ちぐはぐな出《い》で立《た》ちだった。そうして美しい髪は、結われもせずぐしゃぐしゃだった。

「これは……アリエナ様。ご無沙汰しております」

寝室まで彼女が入ってくると、フリッツはさっと立ち上がり、礼をした。その仕草は洗練されており、彼の育ちの良さが滲み出ていた。葵は困惑し、ベッドの上で固まっていた。アリエナと呼ばれた女性の後ろには、年老いたメイドが一人、影のようについている。

「フリッツ、私のシモンはこの下品なアゲハチョウと交《まじ》わったの？　間違いなく？」

喧々《けんけん》とした甲高い声は、怒りにか震えている。葵は身を小さくしながらも、「私のシモン」という言い回しにドキリとした。

「ええ、アリエナ様。何度もお話し申し上げたと思いますが」

フリッツが言うと、アリエナはベッドの上に葵を見つけ、あからさまな嫌悪を浮かべて顔をしかめた。

「おおいやだ、薄気味悪い怪物が、城の中にいるなんて。下等《かとう》なチョウと交わるなんて、シモンの憐《あわ》れなこと。気高《けだか》いあの子にできるというの？　まぐわったなら証拠を出してちょうだい」

「と、申されましても、私も今来たところです。それにアオイは体も弱く……医者としては、あまりこのようなお振る舞いはしてほしくないところなのですが」

肩を竦《すく》めながらフリッツが言うと、アリエナは美しい顔をまっ赤にして「まあ。まあ！まあ！」と叫んだ。

「私が邪魔だと言うの？　心配して来たのよ。母として当然のことよ。私ほどこの公国の未来を憂《うれ》えてる女はいないわ。トリスタ、シモンを呼んで。私のシモンを早く！」

キンキンと叫ぶアリエナに、フリッツが眉をほんのわずかにひそめている。影のように控《ひか》えていたメイドが動き、なにやら廊下のほうへと出て行った。葵はアリエナに毛虫でも見るかのような眼を向けられて驚き、身じろぎできずにいる。

（この人……もしかしてシモンのお母様……）

なんとなくだが、会話の流れでそう感じた。どうしようか迷ったが、挨拶をしないわけにはいかない。意を決して、「あ、あの」と声を出した。

ベッドの中からでは失礼だと、寝間着を正しながら、そろそろと立ち上がる。フリッツが「おい」と心配そうな声を出してくれたが、とりあえず葵は立って、深々と頭を下げた。

「アオイ・ナミキと申します。ご挨拶が遅れて申し訳ありません。シモンの……お母様ですね」

精一杯の誠意だった。けれどアリエナは嫌悪を露《あら》わに顔を背け、気味悪そうにした。

「喋らないでちょうだい。アゲハの息で国の空気が汚れるわ。けばけばしくて下品な下位種……お前などがグーティを産めるはずがないわ、産めるのは選ばれた者だけなのよ！」

金切り声で叫ばれ、葵は声を失った。なにを言われているのか、理解が遅れる。アリエナの言葉が、頭に入ってこない。

「母上、どうかなさいましたか」

と、そのとき部屋の扉が開き、静かな声が響いた。

どうしてなのか――本当にどうしてなのか分からないが、葵はシモンが来てくれたことに、ほんの少しだけホッとしてしまった。思わず、すがるような眼を向けてしまう。

もっとも、シモンはちらりと葵を見ただけで、その視線に応えてはくれなかった。作りものめいた美貌は今日も変わらず、まるで陶製か鉄製かというようにぴくりとも動かない。冷たい瞳を見ていると、不意に昨夜言われた言葉の数々が蘇り、葵は胸の奥がぎゅっと引き絞られるように苦しくなった。葵の体を抱いても、シモンは出会う前と変わらず葵に興味がないのだ……と思うと、分かっていても辛かった。

「ああ、シモン。シモンたら……こんな下劣な子に産めるわけがないわ。お前だって、薄気味悪くて抱けなかったのではなくて？　できなかったのなら仕方ないでしょう、早くこんな子、追い出してちょうだいな」

アリエナはシモンが来ると急に泣きそうな声を出し、よろよろとその厚い胸にすがった。

シモンは母を拒むでもなく、受け止めてやっている。それを見ていると、葵はモヤモヤとした嫌な気持ちになった。けれどそれがどうしてなのか、よく分からない。

「議会で決まったことです。何度かお話ししたかと思いますが」

淡々と答えるシモンに、アリエナは眼を潤《うる》ませた。

「議会は愚かなのよ。国を滅ぼすつもりなの。私には分かるわ、こんなチョウから、グーティは生まれてこない。私を見てちょうだい、可愛いシモン。私はこんなに老いてしまった……グーティを産むために老いて、醜くなってしまったのよ」

「母上は常にお美しいですよ」

まるでそう応答することが、義務であるかのような無感情な口調で、シモンは応じた。アリエナは満足げに表情を緩ませると、甘えるように「ねえ、ねえシモン」と息子の腕を揺すった。

「まぐわったのなら証拠を見せてちょうだい。どうせ無理だったのでしょう。私には分かるの。お父さまはもういらっしゃらない。私には、お前だけが頼りなのよ……」

息子にというより、恋人に言うような、甘ったるい声音。葵はアリエナが怖くなってきたが、他の面々は動じた様子もなかった。シモンが後ろにちらりと目配せすると、執事らしき男が、なにやら丸めた白い布を持ってきた。とたんに、フリッツが眉根を寄せて「おいおい」と呆れたように呟く。

不意に執事が布を広げる。白い布はシーツだった。真ん中に、血のしみがある……。

「アオイ・ナミキは処女《しょじょ》でしたので、これは昨夜の証拠です。これまでの二十八人と、同じように抱いたつもりですが」

シモンの言葉に、葵は頭から血の気が引き、次の瞬間には、頬にカッと熱が灯《とも》るのを感じた。あまりのショックに、足が震えてくる。けれど気分を悪くしたのはアリエナも同じだったようで、「ひっ」と叫ぶと「汚らわしい、しまいなさい」と執事をどやしつけた。執事は再びシーツを丸めた。

「母上のご苦労とご功績は存じておりますよ。さあ、お部屋でお休みください。ここの空気は体に障《さわ》ったのではありませんか」

そっと言い、シモンはトリスタに目配せした。老いたメイドはそれを待っていたかのように、アリエナの体を抱くようにして、部屋を出て行く。

「なんてものを見てしまったの……生きているとこんなひどいめに遭《あ》うのね。アゲハの血なんておぞましい……おお、神は無慈悲だこと……」

涙声でぶつぶつと言いながら、アリエナは部屋を去り、あとには立ち尽くした葵と、少し怒った顔のフリッツ、そして無表情のシモンが残されていた。

「あれはないだろう、シモン」

最初に口火《くちび》を切ったのは、フリッツだった。忌々《いまいま》しげにシモンを睨み、「アオイの気持ちも考えてやったらどうだ」と苦言《くげん》を呈《てい》した。

「それともなんだ。今までのお相手の、初夜の証拠もああしてお母様に見せてたのか？」

「……これまでの相手は母と同じタランチュラだ。しかも国内のな。母はケルドアの壁の中しか知らない。他種が入ってきて混乱している」

「混乱だって？　きみの母親が混乱しているというなら、それは大昔からだ。俺が知ってる限り、きみと付き合いだしたころにはもう、前妃殿下はおかしかったよ」

ふん、と嫌そうに言うフリッツに、思考停止に陥《おちい》っていた葵もさすがにうろたえた。人の親を捕まえて、おかしいとは、ひどすぎないだろうか。シモンは傷つかないのかと思ったけれど、彼はやはり機械のように、眉一つ動かさない。

「なにしろ自分が産んだ子どもをみんな忘れるくらいだ。あんなのに取り合っていたら、アオイが傷つく。遠い国から来てくれたこの子と、一度は関係したんだ。きみには守る義務がある。アリエナ様は、しばらくどこかへ、静養にでもやったほうがいいんじゃないか」

「……お前が言うとおり、母は昔からああだ。異常な母に、まともに対応しても意味はない。余計な手間になるだけだ」

苛立たしげなフリッツの言葉を、シモンは淡々とはね除《の》けた。

（異常って……自分の母親を、そんなふうに言うのか？）

あまりに冷静なシモンが信じられず、葵はうろたえた。

心臓がドキドキと鳴る。左胸をぎゅっと押さえつけて、葵はじっとシモンを見つめた。

その眼の中に、傷ついた色がないか、やはり探してしまう。けれどシモンの瞳は少しも揺らいでいない。

本気で、言っているのだ。そう、思った。この人は本当に心から、自分の母親を――おかしいと思っている。そのことに、葵はなぜかひどく辛くなった。

どうしてこんなにも感情を殺せるのだろう。理解できずに呆然と見ていると、シモンはちらりと葵を見て、「なんだ」と言った。

「……っ」

葵はなにか言おうとしたが、開けた唇は震えるだけで、声は出てこない。サファイアのような瞳を見つめていると、腹の底から恥ずかしさがこみあげてくる。

昨夜見透かされた自分の本心が思い出されて、葵はつい、うつむいていた。

――この人にとって、母親でさえ情をかける相手ではないなら、ただの道具の、自分なんて……。

結局シモンは、葵のことなどどうでもいいから、血のついたシーツを見せたりもできるのだろう。

じわじわと卑屈な気持ちが広がってきたが、シモンはもう葵を構うことなく、「執務に戻る」と言い放ち、踵《きびす》を返した。葵はぽつねんと立ってシモンの背中を見送り、隣でフリッツがため息をついた。

「驚いたろ。アリエナ様は先代の大公妃でね。まあ、いろいろあっておかしくなってしまったんだ」

「……シモンは、自分の母親のこと、異常だなんて平気で言うんですね……」

ぽつりと言うと、フリッツが葵を見た。「悲しいのかい」と訊ねられて、葵は自分の気持ちが分からず、答えられなかった。黙っていると、ややあって「ちょっと着替えられるかな」と言われる。葵は顔をあげた。フリッツは真面目な顔をしていた。

「俺から、きみに話しておきたい。この国の——いや、グーティの、呪われた歴史について。どうして俺が、きみに来てほしいと思ったのかについて、さ」

クローゼットの中には、葵のために揃えられたと思《おぼ》しき衣服が何着か入っていた。勝手に着ていいのかと迷ったけれど、一応そのなかから選ぶ。シャツもパンツも最高品質のものので、誂《あつら》えたように体に馴染んだ。その上に、日本から持ってきたカーディガンを羽織った。廊下に出ると、城内はひんやりとしており、どうやらこの手の羽織はあと数着は必要そうだった。

　よく見ると、葵がいる部屋は城の中でも一度作り直されたところらしい。建物の窓枠は大きく、壁も薄かったが、フリッツに連れられて奥まった場所へ進むうちに、建物はどんどん古くなり、壁もぎょっとするほど分厚い石造りとなっていった。

「生活する部屋は十九世紀に一度作り替えてるんだそうだ。このあたりはロマネスク建築が残ってる。この城はもとは要塞だったからな」

「……ロマネスク様式って、十一世紀ごろの建物ですね。ケルドアの歴史はその頃からあるんですか……？」

　その古さに驚いて問うと、フリッツは「ぞっとするだろ？」とおかしそうにした。

　いつしか薄暗い回廊の壁には、古びた黴《かび》くさいタペストリーが並ぶようになった。

「これは観光用にするには状態が悪すぎる年代ものだな。この国の歴史が描かれてる」

　フリッツに説明されながら、葵は遠近法などがまだなかったころの、稚拙《ちせつ》で不気味ながらも、どこか妙な魅力がある中世の絵を眺めて歩いた。歴史の教科書などで見たことのある西洋の中世画と違い、ケルドアの城内に飾られたそれらには独特のルールがあった。タペストリーには人の姿がまるでなく、どれもタランチュラばかりが描かれているのだ。

　特に眼を惹かれたのは、黒や茶のタランチュラたちが、真っ青なタランチュラを頂《いただ》きに据《す》えて、崇めているような絵だった。よく見れば、どの絵にも青いタランチュラは登場しており、それは必ず、天上人《てんじょうびと》のように頂きに描かれていた。

「……ケルドアっていうのは、不思議な国でな。渓谷《けいこく》を中心としたわずかな土地に、樹上性のタランチュラ出身者が集まってできた国らしい。もとから他種はいなかったそうだ」

「……人口のすべてがタランチュラってことですか？」

葵は思わず、息を呑んだ。

タランチュラは——日本には、そう多い種ではない。葵が知っているのは澄也と翔《かける》くらいだ。タランチュラは屈指のハイクラス。誰もがひれ伏すほどの圧倒的存在感を放っている。そんなハイクラス中のハイクラスのみでこの国が構成されているとは、にわかには信じがたかった。

「だけど純粋なケルドア人ってのはもう、かなり少ないんだよ。このまま閉じていると、この百年のうちにこの国は滅ぶ」

「……まさか」

葵は信じられなかったが、フリッツの眼を見ると、真剣だった。考えてみれば、タランチュラ出身者はもともと少産傾向にあるほうだ。どういうわけか、ハイクラスの上位種であればあるほど、子どもができにくいという統計がある。ナミアゲハは例外で、そもそも広く水平方向に分布する起源種のせいか、多産だ。葵が子どもをほしい、という願望を抱いたのも、あるいは多産種であるナミアゲハが起源だからではないかと、澄也に言われたことがある。

（どっちにしろ……人口が少なくて、他種を受け入れなかったら……先細りにはなるか）

絶壁を生かした城の作りを見ても思うが、この国にいただろう兵士たちがみなタランチュラだったというのなら、他国はとても侵略できなかっただろう。それほど、タランチュラを起源種とする人は強く、優れている。

（……そういえば、アリエナ様は、俺をアゲハだって蔑《さげす》んでた）

ふと、葵は先ほど部屋に乱入してきたシモンの母親のことを思い出した。彼女は葵を性モザイクやら男やらとは一言も言わなかった。ただ、『タランチュラではない、アゲハ』がケルドアに入ってきたことに、ひどく嫌悪を示していた。あれはたしかに、日本では、受けたことのない蔑みだった。

「きみに見てもらいたかったのはこの部屋なんだ」

と、フリッツが立ち止まり、ある部屋を指し示した。そこは半地下になった薄暗い部屋で、あたりに人気《ひとけ》はない。勝手に入っていいのか、ふと心配になったものの、フリッツがどんどん入っていくので、葵も慌てて追いかけた。

部屋は冷たい石の匂いがし、底冷えして寒かった。葵は思わず体を抱くようにして身を竦めた。フリッツが灯りをつけると、ぼんやりとした光の中に、異様な雰囲気の室内が浮かび上がった。

　壁の片側に、なにか荷物を詰めたらしき木箱が並んでいる。そして奥の壁には、ずらりと肖像写真が貼られていた。その下に、ケルドア国教の、十字架の祭壇があった。

「……これ」

　葵は思わず声に出し、咄嗟に息を詰めた。祭壇に飾られているのは、十三人の子どもの肖像写真だったのだ。彼らはみなシモンによく似ており、白皙《はくせき》の肌に、サファイアのような瞳、なめらかなシルバーブロンドの髪を持っていた。ただ、彼らはみんな三歳になるかならないかの幼子で、半分は赤ん坊の写真だった。

「シモンの兄たちだよ」

　と、フリッツは言った。ぎくりと心臓が跳ね、葵はフリッツを振り返った。嘘だろうと思ったけれど、彼は冗談を言うような顔をしていなかった。

「アリエナ様は十三人グーティの子どもを産んで――全員幼くして亡くした。シモンから聞かなかったかい？　グーティの子どもは、三歳を超えるまではなぜかとても弱いんだ。まるで、神に仕組まれた罠みたいにさ……」

　葵は昨夜、シモンにそんな事実を聞いたような気がした。混乱していて、うっすらとしか覚えていなかったけれど。

「シモンは十四人めの子どもだが、成人したのは彼が初めてだ。十四になってすぐ、世継ぎを作りはじめたのはこういう事情なんだ。いつ死ぬか分からない……そう思われてたってわけさ。実際シモンの父親はもう亡くなってるしな」

肩を竦め、呪われてるだろ、とフリッツは呟いた。

「この子どもたちの名前は、みんなシモンなんだよ」

衝撃に、ついていけない。葵が固まっているのを見ると、フリッツは目許《めもと》を緩めて苦笑した。

「シモンはきみをまともに名前で呼ばないだろ？　あれは、きみに意地悪してるからじゃない。こういう育ちだからなんだ」

個としての自分を、持ってないんだよ、とフリッツは小さな声で呟いた。

「アリエナ様はシモンを、最初の子どもだと思い込んでる。十三人の、死んだ子どもたちと――十四人めのシモンとの区別が、つかない」

（そんなことってある？）

自分の子どもを、覚えていない母親。

とても信じられない。けれどシモンは実際に十三人の兄を亡くし、その兄と同じ名前を受け継ぎ、十四からずっと子どもを作ることを義務づけられている。

そのシモンの生活を想像すると、葵はぞっとした。

深い深い底なしの闇の中に、幼いころのシモンが突き落とされていくのを見たような、そんな妄想に駆られた。底なしの闇は、絶望という名の苦しみだった。

葵とシモンでは、抱えている事情の次元があまりに違いすぎると思う。葵は淋しいが、シモンは淋しいと感じてさえいないかもしれない。葵も母の愛を受けていないが、シモンは母親をおかしいと思っている。葵にも十五人の兄姉がいるが、シモンのように死んではいない。

似ているところがあるようで、違う。スケールが違う。個人としてしか存在していない葵と違って、シモンのうしろには、なにか眼に見えない国や血や種や歴史というものが、重たく、怨念めいて渦巻いているようだった。

「シモンが……人を突き放しているのは……この境遇のせい？」

ぽつりと言うと、フリッツは「俺にはそう見える」とため息をつき、祭壇の前で、十字を切って祈りをささげた。葵も慌てて、それにならう。見上げると、写真の中の子どもたちは本当に幼く、かわいそうなくらい無邪気に見えた。

――これは神と私――ひいては神と、グーティ・サファイア・オーナメンタルという種との、賭けだ。

不意に、昨夜言われた言葉が脳裏に返ってきた。シモンは、グーティが神から滅べと言われている。心のどこかで、そう、思っているのかもしれない。

「この国には他国の人間が必要だった。そしてシモンには、シモン自身を愛してくれる人間が……」

フリッツは囁くように言い、偽善かもしれないが、と、またため息をついた。

「滅んでいく隣国を見るのも、孤立していく友人を見てるのも、辛いものがあるんだ」

独り言のように呟くフリッツの横顔を、葵は声もなく見つめていることしかできなかった。それでも、とフリッツは続ける。

「きみがいくらシモンと……家族になろうとしてくれても、シモンは変わらないかもしれない。きみが日本に帰るというなら、俺には止められない」

どうする？　と振り向かれ、葵は返答に困った。フリッツは静かな面持ちで、葵の答えを待っている。帰る、と言おうか迷う。けれど言葉が出てこなかった。どうしていいか分からない。

なにより、シモンときっぱり別れるのだと思うと、体の奥がじわじわと痛み、苦しくなった。なにか眼には見えない、本能的な部分が、葵を縛りつけている。

――ナミアゲハのメスは、生涯一度の交尾しかしないものだ。

ふと、頭に浮かんできたのは澄也の言葉だった。

ナミアゲハのメスは、一生に一度しか交尾をしない。一度誰かと交われば他のオスが誘っても、お腹を折り曲げて交尾を断る。何頭もと好きに交尾をするオスとは違う。そのせいか、ナミアゲハ出身の女性には、最初に経験した相手とだけ寝続ける習性がある。葵の母もそうだった。結婚もしていないうえに、子どもに会わせるわけでもないのに、十六人いる子どもの父親は、全員同じだった。

（……俺……もう、他の人とは、ダメなのかもしれない）

不意に葵はそう感じた。根拠も実証もなく、本能的な感覚だったが、体の奥底に、シモン以外の男を拒む気持ちがある。愛し合っていないし、分かりあってもいないのに、愛などどこにもありはしないのに、シモンがいい、と思っている部分が、たしかに葵の中にある。

そのことに葵は戸惑い、呆然とした。うつむくと、小さく震えている自分の細い足が見えた。自分で、自分の感情が分からなかった。ただこの部屋に来て、小さな子どもたちの遺影を見ると——葵はシモンが、かわいそうになったのだ。

今は機械のように無感情に見えるシモンにも、子どものころはあったはず。

幼いころのシモンは、葵と同じように、淋しかったのではないかと……。

だがそれは身勝手な感情だ。シモンはなにも傷ついていないかもしれない。それなのに、葵だけが先走って考えている。

（だったらなんだって言うんだ。子どものときの淋しさと、シモンが俺を愛してくれるかは関係ない……それに、同情してるなんて、なんだか図々《ずうずう》しい）

そう思うのに、それでももし子どものシモンが淋しかったなら、と考えている自分がいる。もしシモンが淋しかったなら、自分は、シモンを愛せると。

葵は苦しくなって、喉元をおさえた。心臓がドキドキと鳴っている。

シモンの淋しさを考えることも、自分の淋しさをなくしたくて、シモンを道具にしようとしているのと、同じだろうか？

それでもシモンを知りたい。できれば愛したいという気持ちが、葵の中にじわじわと浮かんでくる。

——愛せるならまだ、まだ……自分にも、生きている価値がある。

そう、思えそうで。

五

　フリッツと別れて部屋に戻った葵《あおい》は、結局日本に帰るとも決められず、そのままだらだらと一日を過ごしてしまった。一人で食事をし、風呂を使い、あとは夜に訪れるはずのシモンをおとなしく待った。また彼と寝るのだと思うと、これでいいのかと悩み、惑い、緊張で胃が痛くなったが、逃げ出すわけにもいかなかった。

　やがて昨夜と同じように音もなく、シモンが部屋に入って来た。暗い闇の中に浮かび上がるシモンは、幽霊のように青白くて、美しかった。なにも言わずにベッドへあがってくるシモンに、葵はしばらく固まっていたが、のしかかられてやっと、「あの」と声を発した。

「ちょっと、話、しないか」

　声は震えていたが、なんとか出せた。このまま抱かれるのはなんだか嫌だ。少しでも会話がしたいと葵は思ったけれど、まだ、なにを言うべきかは分かっていなかった。それでも眉をひそめるシモンを、葵は渾身《こんしん》の力で押し戻す。性モザイクとはいえ、一応ハイクラスだ。

「……国に帰りたくなったか？」

するとシモンは、葵がセックスをやめるつもりだと考えたらしい。葵は「違う」と慌ててつけ足した。

「……ただ、その」

口ごもりながらも、葵はたどたどしく、言葉を繋いだ。

「今日、フリッツに教えてもらった。お前には上に十三人お兄さんがいて……でもみんな亡くなってるって。シモンて名前も、そのお兄さんたちから受け継いでるって」

シモンは、「だから？」とでも言いたそうな眼をしている。葵は怯《ひる》んだが、それでもそのまま続けることにした。

「だからお前は、俺の名前も呼ばないのかなとか……いろいろ、考えて。……お前が言うとおり、俺はただ自分のためにここへ来たんだって、それも分かって……」

「なんの話だ？　要点を言え」

シモンは面倒そうだ。葵は要点……と考え、「だから……」と言葉を探した。

できるだけ、素直な言葉を言いたかった。ただ率直に、思ったことを口にする。

「……だから、どうやったらお前を道具にせず、愛せる？」

口にすると、それはたしかに葵の知りたいことだった。言われたほうのシモンは一瞬固

まったように、じっと葵を見つめている。やがて、

「愛とは？　お前の言う意味が、分からない」

と、淡々と答えた。

（愛とは？）

訊ねられると、葵にも分からず、困惑した。俺もよく知らないけど、と自信なく口にする。

「一緒にいて、楽しいとか、幸せだとか、そんなふうに思えることじゃ……ないかな」

翼《つばさ》と澄也《すみや》の二人を思い出しながら言うと、シモンは眉をひそめて「それになんの意味が？」と訊いてきた。

そんなことを訊かれるとは思っておらず、葵は一瞬戸惑う。

「……そのほうが嬉しい」

結局そう伝えると、シモンは冷たく繰り返した。

「そもそも、嬉しいなどと感じることになんの意味がある」

「意味がなくても、いいだろ？　俺は感じたいの」

意味、意味、と問われて、だんだん葵は腹が立ってきた。つい、言葉が乱暴になる。

「嬉しいって、感じながら生きてたい。生きる意味って、そういうところにあるんじゃないのか？」

「それはお前の価値観で、私の価値観とはべつだ」

シモンはさらりと葵の意見を否定した。

「意味のないことはしない。余計なエネルギーを使うのは無駄だ。私は愛や情に意味を感じない」

――本気なのだろうか？

あまりにも冷たい態度に、思わずそう思う。シモンは、本当に本当に、微塵《みじん》も、愛や情を必要としていないのだろうか？

「……でもお前だって、育ててくれた人がいたろ？」

葵はそっと言っていた。

「俺にはナニーがいた。母親は冷たかったけど……ナニーは優しくしてくれたんだ。お前にも、そういう人がいなかった？」

「覚えがないな。私には大勢の家庭教師がいて、彼らは兄たちのことも育てていた。彼らにとっての私はグーティではあったろうが、それ以上の意味はなかっただろう。だがこの国では、グーティであることが至高の存在意義だ」

断言する口調に圧倒され、葵は一瞬黙る。脳裏に浮かんだのは、幼い子どもを遠巻きに囲み、敬遠しつつ育てる大人たちの姿だった。真ん中にいる子どもが、どんな顔をしているのか……それは想像できなかった。

「でも……フリッツとは友達だろ？」

「話をするという点ではそうだろう。だがあれはもともと、他国の人間だ。私は他国の人間の価値観を知る機会が必要だ。議会もそれを望んでいる」

「議会……？」

「フリッツは隣国の元大公家の人間だ。今は一貴族となり、隣国は大国と同盟を結んでいる。そして我が国もそうすべきだという考えをもつ者が、議会には少なからずいる。将来のために、意味のある交遊と言える」

「……それは国の考え？　それともお前の考え？」

「私個人の考えを訊いているのならば、はっきりと言っておく。私個人などいない。いたところで無意味だ」

　ゆっくりと眼を細め、胸に手をあてて己を指したシモンは、窓から射しこむ月明かりに染まり、青白く、妖しく輝いていた。

「ここに存在するのはグーティ・サファイア・オーナメンタルの、シモン・ケルドア。ただ、それだけだ」

　いつしか葵はシモンの言葉に圧倒され、うちのめされていた。

　シモンの瞳は澱《よど》みなく、嘘を言っているようには思えない。それでも、嘘だろうとなじりたくなった。自分の気持ちも考えも存在しないだなんて、そんな人間がいるはずなどない。けれど、それはとても、口から出てこない。

「この問答は無意味だ。意味あることに移らせてもらう」

シモンはうっとうしげに呟き、葵を再び組み敷いた。

「……でも子どものころ、お前だって、淋しかったろ？」

押し倒された葵は、今度はもう跳ね返さなかった。ただ、気がつくとそう呟いていた。

見上げたシモンの顔はやっぱり作りものめいて美しく、静かで、青い瞳は透き通ってい
る。シモンは一瞬動きを止め、じっと葵を見つめた。そうして「いや」と続けた。

「孤独など、無意味だ」

——そうだろうか。

葵は違う気がした。違うと、信じたかった。

「でも……俺は淋しいから、お前をちゃんと、道具じゃなく……好きになりたいし、淋し
いから……お前に、必要としてもらいたいんだよ……？」

喘《あえ》ぐように言う。するとシモンは「お前はなにか、勘違いをしていないか？」と問うて
きた。

勘違い？　なんのことか分からない葵に、シモンが小さく息をつく。

「私はお前の体を必要としている。だから抱くのだろう。それから、お前が私を道具扱い
することを否定したわけではない」

私も同じことをしているのだから、とシモンは続けた。葵は眼を見開き、シモンを見つめた。

「愛や情は、必要ないと言っただけだ。これが契約だと、忘れたのか？」

――契約。

その言葉に葵は突き刺されたような気がした。けれど、初めからそうだったと、葵は思い出した。

（そうだった……シモンが必要なのは、性モザイクの俺の体だった……）

そうと分かっていて、この国に来たはず。こんな自分でも必要としてくれるならと、何度もありがたく感じたはず。それなのに今、文句を言うのはおかしい。シモンの生き方を間違っていると一方的に言うこともできない――。

「……烏瓜《からすうり》のあかりみたい」

ぽつりと、葵は呟いた。葵の着ていたローブの紐を外していたシモンが動きを止め、葵の眼を見つめ返してくる。

「俺の好きな小説にね、そういう言葉があるの。……青いあかりをこしらえて、烏瓜の燈《とう》火《か》を作る。お前の瞳は、そんなふうにきれい」

きれいだと思うこの男と――想い合うことはできないのだと知ると苦しくなり、葵の眼にはじわっと涙が浮かんできた。シモンは不可解げに、葵を見ている。なぜ泣くのだと疑問に思っているのか、それとも分かっていて、意味がないと思っているのか。

「……いいよ、意味あること、しようよ」

葵にとっても意味があるかは別として。葵は手を伸ばし、シモンの首に腕を巻き付けた。そうして、困ったなあと思った。

（……なんにも分からないのに、ちっとも好かれていないのに）

——ここを出ていくと言えない。

他の誰かと愛し合いたいとも思えない。たった一度抱かれただけなのに、それがナミアゲハの習性だからなのか。

（やっぱり、シモンがいい……）

この人に愛されたい。この人を愛してみたい……。

わけもなく、そう感じている自分がいて、それがあまりに滑稽《こっけい》だった。

これは愛ではないと分かっている。他に生き方を探さねばならない。それでも、ありもしない愛の在り処を、シモンの中に見つけようとしている……。

（ママと似てるから……？）

ふと、葵は思った。初めて出会った日に、シモンのことを、母に似ていると思った。本当はそれほど似ているわけではない。けれど、葵が愛してほしいと望み、その愛が、返ってこないところが似ている。だから——だから自分は、母からは得られなかったものを、シモンのそれで埋めたくて、諦めがつかないのだろうか……？

葵にはもう、自分の気持ちもよく分からなかった。

分かったのは、性モザイクとしてではなく、心をシモンに必要とされたかったということだ。そして、それは叶わない。

ぎゅうと抱きつくと、シモンの体は温かく、その体温だけは、優しいように感じられた。


二日めの情事のあと、葵は一日呆けて過ごした。一晩で五度シモンに射精される性交というのは、虚弱な葵にはこたえた。三日め四日めと日が過ぎていき、七日めが終わるころには、体力はすっかり削られ、食欲もなく、微熱が続くようになってしまった。

ただ、月のうち、葵が妊娠しやすい一週間は終わってしまったので、今夜からはシモンとの交渉がない。それが救いなのかどうか、葵にはよく分からなかった。愛のないセックスは辛いが、シモンを好きになりたいと思う気持ちはまだしつこくあって、会えなくなるのは単純に淋しかった。

最初の二日め以降、シモンとはセックスの最中も特別な会話はなくなり、ただ抱かれて終わっている。これ以上なにを言っても、聞いても、シモンの態度が変わるとは思えなかった。かといって日本に帰るとも決められず、子どもが産みたいかと訊かれると、それこ

そもっと分からない。シモンを愛してほしいと告げたフリッツもあれからなにも言っては
こず、葵はどうしていいか分からないまま、悶々と過ごしていた。
　十月下旬にさしかかったケルドアは既に日が短く、部屋の中にいてもぞくぞくと冷えて
くる。葵は、時々咳き込んだ。けれど同情してくれる者は、この城内にはいない。
　今日の昼はフリッツの往診日だったので、それを待つことにした。
　朝はベッドの上で本を読んでおとなしく過ごしたが、それも毎日のことなので、さすが
に飽きていた。
　そういえば、澄也や翼にまだ手紙を書いていないと、葵は思い出した。電話の類《たぐい》は入国
のときすべて預けるよう強制されたので、メールすら打てないのだ。フリッツからは「俺
経由なら出してやれるよ」と言われ、実際、翼からのメールをプリントアウトしてもらっ
ていた。
　元気ですか、お相手とはどうですか、と心配げな翼の文章には慰められたが、返事を書
こうにも書けることがない。うまくいっていないと伝えれば、心配をかけるだけだ。結局、
返事は書かないままになっていた。
　メイドが昼食の案内に来たので、葵は食欲はなかったが、無理矢理食べることにした。
食堂へ向かうと、昼食はムール貝のエスカルゴ風や野菜の煮物、パンが数種に魚のグラタ
ンなどが用意されており、味は美味しいはずだけれど、喉が痛いのでどれも引っかかるよ

うに感じ、残してしまった。

「ごめんなさい……」

かすれた声で謝ったが、給仕のメイドは葵の言葉を無視した。

思いがけないことが起きたのは、うつうつと部屋に戻る途中のことだった。

ぼんやり歩いていたせいで、葵は帰り道を間違えたらしく、不意に廊下の先が消え、中庭らしき庭園に出ていた。

整然と刈り込まれ整備された生け垣に、噴水とため池。その向こうにマロニエの紅葉が見える。人気《ひとけ》はなくシンとして、曇った空がため池に映っていた。

ケルドアの気候は十月には曇天が多くなる。雨はほとんど降らず、時折霧雨が降る程度だ。明るい霧のようなもので、街全体がぼんやりと曇っている。

マロニエの向こうには、堅牢《けんろう》な城壁が見える。この厳めしい建物の中で、シモンが日々なにをして、どう過ごしているのか……同じ敷地にいるのに、それさえ葵は知らなかった。

そのとき、どこからかパタパタと軽い足音が聞こえた。メイドのそれとも違う音に、つい振り返ると、庭の石畳を、小さな男の子が走っているところだった。

（子ども？）

この城にはあまりに不似合いだ。驚いていると、少年は泣きそうな顔で、ため池のほうへ行き、その縁に跪《ひざまず》いた。年は七つになるかならないかだろう。小柄でほっそりとし、髪は赤茶で、色白の顔に、茶色の大きな眼をしている。身なりは悪くないのに、お供の一人もついておらず、子どもは拾った木の枝で、ため池の中を掻《か》き回していた。

　やがてその子は、ぐすぐすと泣き始めた。葵は心配になり、反射的にその子のそばへ駆け寄っていた。

「どうしたの？　大丈夫か？」

　隣に腰を下ろすと、子どもは泣き濡れた眼をあげ、びっくりした顔になった。口を開け、なにごとかを言ったけれど、葵が聞きとれない言葉――おそらくケルドア語――だった。

「ごめん、英語、話せるか？」

　困って言うと、男の子はたどたどしい英語で、

「ほん、おちた。ぼくのほん」

　と繰り返して、池を指さした。見ると、児童書らしき分厚めの本が、半分沈みかけて池の真ん中を漂《ただよ》っていた。

「遠くにいっちゃってるな……」

　紙だから、完全に水を吸えばダメになるだろう。どうしようかと迷ったとき、男の子がしゃくりあげた。小さな背中を丸めて泣く、その姿がかわいそうで、葵は意を決して靴と靴下を脱ぎ、パンツの裾《すそ》を膝までたくしあげて、池の中へ足をつけた。

　男の子が驚いたように顔をあげた。葵は葵で、水が氷のように冷たくて一瞬動けなくな

ったが、そのまま無理矢理池へ入っていった。池の中は石造りの階段になっており、藻でぬめぬめとしている。一体何が潜んでいるか分からなくて恐ろしかったが、それよりも水が冷たくて、歯の根があわないほどガチガチと震えた。

それでも階段を下りきり、池底に足がつくと、水の深さは葵の腰くらいで、ホッとした。水を掻き分け、やっと本を手にとって振り向くと、心配そうな顔をしていた男の子がパッと笑顔を見せる。それにも、葵はホッとした。

急いで戻るころには、水の冷たさで、もう足の感覚は麻痺していた。

濡れた本を男の子の手に渡したところで、葵は足を藻にとられて滑った。葵は池の中に前のめりに倒れ、咄嗟に顔を庇った腕を、中にある石段の角にぶつけていた。冷たい水が口と鼻から入ってきて、あっという間に池の中央へと体が引きずられ、沈んでいく。

もの凄い勢いで、全身からごぼごぼと空気が抜けるのが分かった。脳裏に母の顔が――澄也と翼、翔《かける》の顔が浮かび、それから最後にシモンの、冷たく美しい顔が蘇った。

(あ、俺、死ぬのかな)

他人事のように思った。眼を開けると頭上にうっすら水面が見え、こんな浅い池でも人は溺死するのかと驚く。同時に、どうして死の最期の瞬間に、シモンの顔を思い出すのだろう……とも思った。義務でもなんでも、初めて肌を合わせた相手だから?

そういえば、キスは誰ともしてなかったっけ――。

そのときだった。

大きな水音が響き、次の瞬間、葵は逞しく強い腕に引き上げられていた。

「なにをしている⁉」

耳元で、怒った声がした。声の主はシモンだったけれど、葵は夢だろうと思った。シモンがこんなふうに、逆上《ぎゃくじょう》した姿を見せるはずがない。池端に寝かせられた葵は、頬を何度もシモンの大きな手でさすられた。「おい、起きろ」と声がする。葵は動こうとしたが動けなかった。喉になにか重たいものがつかえていて、意識がもうろうとしている。

それから間を置かず、すぐ胸に強い衝撃が与えられた。やがてなにか生ぬるい、濡れたものが唇に押し当てられる。空気がすうっと体に入り、葵はうっすらと眼を開けた。

眼の前には、ずぶ濡れになってなお美しい、シモンの顔がある。銀の髪から滴がしたたり、青い火のような瞳が、なぜか少し切迫して、いつもよりぎらぎらと輝いている。

その顔がもう一度近づき、葵の唇を塞いだ。分厚く強い、男の唇だ。押し当てられた感触だけで、葵のそれよりも、大きいことが分かる。どうしてなのだろう、喉に送られた気息は、普段吸い込む空気よりも、甘やかに感じた。

意識はまだ遠かったけれど、体は反応し、葵はケホケホと咳き込んだ。唇を離したシモンの顔が、ほんの一瞬、ホッと安堵を見せたような気がする。もっとも、それは本当に一瞬だったので、葵の見間違いだったかもしれない。そうしてさっきの、小さな男の子が、

「ブルーダー」と泣きながら、シモンの背中に抱きついていた。

（……この子、シモンの弟なのか）

葵は暇なときに、ケルドア語の基礎単語を学んでいた。その中に「兄」を示す「ブルーダー」という単語があったのを、なんとなく覚えていたのだ。

シモンは肩に回された男の子の手を、安心させるように撫でてやっている。それが意外で、シモンでも、こんな優しい仕草をするのか……と思っているうちに、葵は分厚い毛布にくるまれ、担架に乗せられていた。そうすると、横にいたシモンの姿がやっと見えた。シモンは上等なスーツを、すっかりびしょ濡れにさせている。それだけ見届けて葵は眼を閉じた。

シモンに、助けてくれてありがとう、と言えたかは分からない。あとはもう、葵は深い眠りに落ちてしまっていたからだ。

どのくらい夢とうつつをさまよっていたのか、目覚めたのは晴れた日の朝だった。

眠っている間、葵は時折意識を浮上させ、それからまた眠るということを繰り返していた。その間にいくつか夢を見た。母や翼や澄也の夢――あるいはもうずっと会っていないナニーの姿も、ぼんやりと夢の中に出てきた。

ママ、次は撮影頑張るから、僕を見捨てないで……と、病院のベッドで泣いている、幼い自分の夢も見た。

夢の中には、池端で一度会ったきりの可愛い男の子もよく現れた。いつ夢に出てきても、その男の子は心配そうに葵の顔を覗き込んだ。だからきっとそれは現実で、熱で浮かされている葵をこの子が診てくれているのだろうと思っていた。けれど声は出せず、彼に大丈夫だよの一言も言えなかった。

その朝、葵は全身を軋《きし》ませながら起き上がった。上半身を起こすだけでも息が切れたが、なんとかベッドサイドのベルを鳴らす。

メイドはすぐにやって来て、わずかに驚いた顔をし、すぐに出て行った。

そして数分後、葵の部屋には小さな影が駆け込んできた。

「アオイ！　めがさめたのっ」

それは池で会った少年だった。おそらくは、シモンの弟だろう。あまり兄には似ておらず、ふっくらした頰に、赤茶の髪、茶色の眼の、愛嬌のある可愛い顔だ。

駆け寄ってきたその子は、ベッドの前で立ち止まる。どうしていいか分からない、という顔で、所在なく小さな手を胸の前で閉じたり開いたりしている。その姿がいとけなく、なんだかいじらしく見えた。

「ごめんね、アオイはからだがよわいってフリッツがいってた……四日もねてたんだよ。

ぼくのほんのために」

　たどたどしい英語で、必死になって子どもはそう謝ってくれた。大きな眼に、みるみる涙が盛り上がってこぼれ落ちる。素直な反応に、葵は少し驚いて彼を見つめた。そのいたいけな姿に胸が痛み、「大丈夫だよ」と、葵は慌てて言った。出した声はまだかすれていたけれど、思ったよりはっきり声が出てホッとする。

「……名前教えてくれる？」

　そっと訊ねると、男の子はパッと顔をあげた。びっくりしたように葵を見つめる大きな眼に、眼を合わせ、首を傾げて微笑むと、彼は頬をかあっと赤らめた。

「テ、テオドール・ケルドア……。兄さまとフリッツは、テオって呼んでくれるの」

　もじもじして言うテオに、やはりシモンの弟なのだ、と葵は確信した。名字がケルドアなのだから間違いない。

「心配かけてごめんな。寝てる間、何度か来てくれてたろ。ありがとう」

　手を伸ばし、優しく頭を撫でてやると、テオは緊張したのか、顔をまっ赤にして固まった。その反応に覚えがあり、葵はドキリとした。幼いころの自分、ナニーに去られ、母には愛されていないと気付いてからの葵は、翼に頭を撫でられるとき、最初のうちはいつもこんなふうに小さくなっていた。

（……まさか。でも……）

自分の姿と重ねあわせてはならないと思いながらも、ふわふわした髪の下で、緊張しているテオの面持ちを見ていると、どうしても昔の自分が浮かんできた。翼に抱きつきたいのに、拒絶されたらと怖くて、駆け寄っても胸の前で両手をもじもじと開けたり閉じたりする癖も——さっきのテオと同じだった。それが、頭に引っかかる。

「本は……大丈夫だったか？　ずいぶん濡れてたけど」

そっと訊くと、とたんにテオが悲しそうな顔をした。うつむき、しょんぼりと肩を落とす仕草に、本がダメになったのだろうかと心配になる。と、子どもらしい唐突さで、

「もってくるね！」

とテオは言って、一度部屋を出て行った。それからすぐにまた、走って室内に戻ってくると、手に本を持っていた。

「ぶよぶよになってしまったの」

見ると、たしかにそれは、かろうじて本の体裁を保っているような状態だった。中は波打ち、まだ湿っていてとても読めたものではない。

「……兄さまはあたらしいのを買えばいいというのだけど、ぼくはこれがいいんだ」

一生懸命に、葵に分かってほしそうに話すテオは可愛かった。たとえ同じ内容のものを新しく買っても、それでは意味がない。大事なのはこの本なのだ——という気持ちは、本好きの葵にも覚えがあって、分かる気がした。葵はしばらく本を眺め、

「大丈夫。まだこれなら直せるよ。一緒にやってみる？」

と、訊いた。とたんに、テオは眼を見開き「ほんとに？」と大きな声を出した。その素直な反応に、葵は思わず微笑んでしまう。

「俺も昔、大事な本を水に落として、自分で調べて直したことがあるんだ。今日の午後、材料がそろったらやろっか」

テオの眼に、喜びと葵への尊敬の念が浮かんだ。それがなんだか照れくさい。そうはいっても、さて材料はとなると、メイドたちがそろえてくれるか不安になる。するとテオも、急に顔を曇らせた。

「でも……アオイのほしいざいりょう、もらえるかな？　ぼくのたのみごとは、誰もきいてくれないの」

「……テオはシモンの弟だろう？　なのにみんな、頼みをきいてくれないの？」

現大公の弟の頼みを、誰もきかないとはどういうことだろう。

不思議に思って訊くと、テオはまた、悲しそうにうつむいてしまった。

そういえば――と、思う。この子はまだ幼いのに、いつも一人でいる様子だ。シモンは小さなころ、大勢の家庭教師がいたと言っていた。けれど、テオにはそれらしきお付きの姿はまるでない。それなりに達者に喋っているとはいえ、まだ、養育の必要がある、小さな子どもだというのに。

（……それにこの子、タランチュラの匂いがしないな）

タランチュラはハイクラス屈指の種なので、七、八歳でも独特の匂いを持っている。幼馴染みとして育った翔《かける》なども そうだった。初めて出会った六つのころから、もういかにも、レッドニータランチュラだという雰囲気を醸《かも》し出していた。

と、そのとき、陽気《のんき》な声が部屋に入って来た。

「アオイ、眼が覚めたのか。よかったよかった。今連絡をもらって、飛んできたよ」

「フリッツ……」

診察鞄を持ったフリッツは上機嫌で、テオを見るとその頭を撫で「テオは熱心だなあ、早速来てたのか」と笑った。フリッツはベッドサイドの椅子をひいて座ると、鞄から聴診器や注射などを取り出す。

「念のため、今日は採血するから。もうあんな無茶しちゃダメだぞ。もともと丈夫じゃないんだから」

「フリッツ、アオイをしからないで。アオイはぼくのほんをとってくれたの」

慌てたようにテオが声を出し、フリッツはくすっと笑った。

「はいはい。ちょっとアオイに脱いでもらうから、テオは隣で待っててくれ。淑女《しゅくじょ》の着替えは夫と医者以外、見るもんじゃない」

言われたテオは、急にまっ赤になり、駆け足で寝室を出て行った。開け放してあった居間との続きのドアを、律儀に閉めていく。

「……どういう意味？　俺はほぼ男なんだから、出て行かせなくてもいいのに」

少しムッとして唇を突き出すと、フリッツは苦笑した。

「いや、きみが寝込んでたから、受精検査の話ができなかった。さすがに子どもには聞かせられないだろ」

そういえば、本来なら今ごろ、妊娠しているかどうかの検査をする予定だったと思い当たって、葵は頬を赤くした。

「それと体力が回復したら、設備のある病院で、内診をさせてもらえるかい。問題ないとは思うけど、性モザイクはちょっとしたことでもホルモンが偏《かたよ》る。きみの内側に変化がないか、確認しなきゃいけない」

フリッツは言葉を選んでくれているが、つまり、高熱や一時意識不明になったショックで、バイオリズムが崩れ、葵の女性器官に影響が出ているかもしれない、という意味だ。

「シモンにも内診のことは言っとくから、車の手配なんかは任せてくれ」

手際よく注射の準備をしたフリッツが、あっという間に採血する。

「今日はなるべくゆっくり過ごして。食事も粥くらいしかとれないと厨房にも伝えておいた。他になにか希望はあるかい？」

葵は首を傾げ、それから、あっ、と思いたった。

「フリッツ。シモンに内診のことを言うとき、部屋に届けてほしいものがあるって、言ってもらえないかな?」

六

「これは一体どういうことだ」

一時間後、想像を超えた光景が葵《あおい》の部屋にあった。

いつもながらスーツをぴしりと着こなしたシモンが、葵の前に仁王立ちになっている。怒っているのかいないのか、冷たい顔からは窺《うかが》えないが、その後ろでは、使用人たちが葵が頼んだものを部屋へ運び入れていた。

「ブルーダー」

最初に声をあげたのは、葵ではなくテオだ。

暖炉の前に座っていた葵は、寝間着の上に厚手のガウンを着て、ようやく昼食を部屋で済ませたところだった。長らく寝たきりだった体は、まだ硬いものを受け付けないので、白湯に近い粥だ。それでも、食べ物を口に入れると、少しホッとする。

テオは葵の隣に椅子を引っ張ってきて座っていた。葵がシモンに材料を頼んでみたと話すと、兄さまはきいてくれるかな、と心配そうだったし、葵も半分、「意味のないことだ」

と突き返されるかもしれない……と思っていた。けれどもう半分は、弟のためなので妥協してくれるかもしれないとの期待もあった。

食事が終わってしばらくすると、シモンがノックもなく現れたのである――まさかシモンが直接やって来るとは思いもしなかったので、葵は多少面食らっていた。

一応は婚約者。一応は、死にかけたのだから、普通なら真っ先に訪れそうなものだが、シモンの性格からすれば、勝手に死にかけた性モザイクのところへわざわざ見舞うことはない、と思っていたからだ。

「わけの分からないものばかり集めて……一体なにをする？」

「兄さま、ちがうの、アオイはぼくのほんをなおしてくれるんだ」

椅子から下りたテオがシモンに駆け寄り、その腰にしがみつくようにして言った。シモンは怪訝《けげん》な顔で、使用人の運び入れたものを見た。

タオルに、白いキッチンペーパー、小型のサーキュレーターに板、おもしなどなど。

なにをするつもりだと、シモンが思うのも無理はない。

「これで本を直す……？」

「水に濡れた本をきれいにする方法があるんだ。テオと一緒にやろうかと……ダメ？」

怒られるかもしれないと思うと、少し怖い。四日間寝込んでいたせいもあり、シモンに会うのは久しぶりだ。そうでなくとも、普段は夜しか会わないので、なんとなく、どう接していいか分からなくて緊張し、ドキドキした。

テオは心配そうな眼で、シモンを見上げている。シモンはテオを見下ろし、それからちらりと、テーブルの上に置いてある、テオの本を見た。やがて葵へ眼を戻すと、「重労働か」と訊いてきた。

「まさか。軽作業だよ。俺も子どものころにやったから」

テオにもできる——そう弁解をこめて言うと、シモンは「ほどほどにしろ」と呟いて、あっさり部屋を出て行った。出る際、扉口に控《ひか》えていた使用人に、「暖炉《だんろ》の薪《まき》をくべなおせ。常に部屋は暖めるように」と注意した。その様子に、どうしてかテオが眼を丸くする。

やがて使用人たちもいなくなると、残ったのはテオと葵だけだった。

「よかったな、お許しが出たみたいで」

緊張が解けて、葵は思わずホッと息をついていた。葵の言葉に、テオも笑う。

（やっぱり弟にはちょっとだけ甘い……のかな？）

無駄を嫌うシモンが部屋までやって来たのは、弟を心配してだろうか……と思いながら、葵はテオと一緒に、早速本の再生作業を始めることにした。

まずはタオルでしっかりと本の水分を吸い、それからページの間に一枚ずつキッチンペーパーを挟《はさ》んでいく。ページとページは水に濡れてくっついているので、細心の注意が必要だった。

一ページずつ開いていくと、テオがそのページの、好きなところを教えてくれる。眼を輝かせて話すテオは可愛らしく、葵にとっても、思った以上に楽しい時間になった。

テオの本は、飛行機で砂漠に不時着した男が、そこで不思議な男の子と出会うという、有名な物語だった。

世界中で出版され、日本でも読書家なら一度は手にしたことがあるような作品。葵も幼いころ、二度三度と繰り返し読んだことがあったし、実家の蔵書に持ってもいる。

初めて読んだときには難しかったけれど、絵が魅力的で、不思議な話の内容に引き込まれた。テオの本はドイツ語で書かれており、テオは英語より、母国語に近いドイツ語のほうが得意なのだとも教えてくれた。

「テオにも家庭教師がたくさんいるのか？」

「いるけど、ひとりです。それにこわいせんせいなの……」

テオは教師が苦手らしい。午前中は、日曜以外家庭教師にみてもらうそうだが、その話になると口重になり、悲しげになる。どちらにしろ、シモンのように大勢いるわけではないようで、そこからもテオの扱いが粗雑《そざつ》にされている印象を受けた。

ペーパーを挟み終えると、あとはひたすらサーキュレーターで乾かす。

乾くには時間がかかるので、葵はメイドに頼んで、テオと二人分の飲み物を持ってきてもらった。病みあがりの葵は白湯だったが、テオはホットチョコレートだ。テオは嬉しそうに、大事そうにそれを飲んだ。

シモンが言いつけていってくれたおかげで、部屋の中は暖炉がよく燃えて暖かかった。

「アオイは、兄さまとごけっこんするの？」

本が乾くのを待っている間に訊かれて、葵は狼狽《ろうばい》してしまった。テオは無邪気そうに首を傾げているが、まさか年端《としは》のいかない子どもに、子作りに成功すれば——などとは説明できない。葵はまごつき、

「う、うーん……どうかな。シモンが俺を気に入ればね」

と、曖昧に濁《にご》した。

「……ぼく、アオイがいいなあ」

テオは小さな手にホットチョコレートを包んで、ぽつりと呟いた。淋しそうな声に葵はテオを見下ろした。小さな頭は赤茶の髪にふわふわと覆われ、小さなつむじが見える。細い足は椅子に座ると床につかないので、テオはそれを所在なげにぶらぶらと揺らしていた。

「……今までできた女のひとたちは、みんなぼくがきらいだったの。でも、アオイはやさしくしてくれる。アオイがいいな」

やっぱりテオは淋しいのだと、葵は感じた。そこには幼い、傷つきやすい心が見え隠れしている。七歳になるかならないかの子どもが、他人に嫌われていると——口にするなんて。テオの心情を想像すると胸が鋭く痛み、「嫌いだなんて」と葵は言った。

「テオはこんなに良い子なのに、そんなわけないだろ？」

「だってぼく、タランチュラじゃないから」

葵は、ドキリとしてテオを見つめた。テオはパッと葵を振り仰ぎ、「アオイはぼくのこと、きらいにならない？」と、不安げに瞳を揺らした。その顔にも言葉にも、葵は胸が詰まった。

「ならないよ。どうしてそう思うの？」

白湯を置き、静かに問うと、テオは睫毛《まつげ》を震わせて、ぼく……と続けた。

「レディバードスパイダーなんだ。……ぼくは兄さまと、お母さまもお父さまも一緒なのに、タランチュラじゃなかったの。……お母さまは、グーティでもタランチュラでもないから、ぼくを産んでないっていうの」

葵は一瞬、返す言葉をなくした。レディバードスパイダーは、日本ではイワガネグモと呼ばれる、ロウクラスのクモだった。赤と黒のとても美しいクモではあるが、小型で、ハイクラスでも、タランチュラでもない。

（それで……この子は小さいのか）

タランチュラの子なら、もっと大きいだろうと思っていたので、不思議ではあった。けれどそれにしても、と思う。

（グーティでもタランチュラでもないから、産んでないって……母親が言うのか？）

脳裏に、一度会ったきりのアリエナの姿が浮かんだ。

現実にはハイクラスの両親から、まったく違う種の、それもロウクラスの子どもが生まれるということはままある。先祖のどこかにそういう血が混ざっていたりすると、思い出したかのように起こる、さほど珍しくもない現象だ。けれどあのアリエナなら、平気で「私の子じゃない」くらいは言いそうだった。

（それにこの国は……グーティじゃないと、大公になれないんだっけ）

タランチュラですらないテオには、大公家に生まれながらも、なんの権限も与えられていないのかもしれない。アゲハチョウの葵を、使用人たちは毛嫌いしている。アリエナにも、下位種がケルドアにいるのが、不快だと言われた。テオだって、自分が頼んでも、使用人は言うことをきいてくれないかもしれない、と危惧《きぐ》していた。そういったことから、普段のテオの生活がどんなものか、透かし見えている。

「……みんなお前を、見えないみたいに扱う？」

そっと、どうしてだか葵は、そう訊いていた。葵がずっと、日本でそうされてきたように。

訊かれたテオの小さな肩がびくりと震え、やがて大きな瞳には、静かに涙が盛り上がってきた。

唇を噛んで、泣くのをこらえようとしているテオを見ていると、胸が摑まれたように痛み、葵は思わずその小さな頭を引き寄せて撫でていた。赤茶の髪から、子ども特有の、汗と石鹸の入り交じった甘い匂いがふわふわと香った。

テオは一瞬体を強張らせたけれど、やがて葵の腕に、怖々《こわごわ》と手をかけてくる。その仕草から、この子どもが大人から触れられ慣れていないことが分かって、葵はまた切なくなった。自分もこうだった。こんなふうだった——と、覚えているからだ。

ややあって、テオは涙を拭くと、今度は明るい声を出した。

「でもね、兄さまはちがうよ。テオドールって、兄さまがくれたなまえなんだよ」

「シモンが？」

葵は驚き、少し体を離して、テオを見つめた。テオは葵を見上げると、嬉しそうに頷く。

「ぼくが生まれたとき、だれもなまえをつけなかったから、兄さまがつけてくれたって。フリッツにきいたよ。兄さまはぼくをむししないし、話をしてくれるの。あのほんも、兄さまがくれたんだ」

葵は、サーキュレーターの風に煽られている本を見た。

あれを、シモンが？

（どんな顔してあげたんだろ……）

あのいつもの、無機質な無表情だろうか？　それともテオの前でだけは、笑ったりするのだろうか。とても想像がつかない。

「ぼくがドイツ語のよみかきがにがてだって泣いてたら、兄さまがそのほんをくれたの。それからすこしずつ、夜によんでくれたの。だから、新しいのじゃだめなんだ。そのほんじゃなきゃ」

「へえ……」

やっぱり信じられない。別の誰かの話ではないかと疑いたくなったけれど、嬉しそうに、頬を紅潮させて話すテオが、嘘をついているとはとても思えなかった。

「……シモンは優しい？」

訊くと、テオは即座に「やさしいよ」と答えた。

「アオイみたいにやさしいよ」

「……そっか」

相手が弟だと違うのかもしれないし、単にテオが素直なだけかもしれない。分からないが、テオにとってのシモンは優しいのだろう。

（なんだ、ちゃんと愛も情もあるんじゃないか。俺には出せないってだけなんだ……）

と、シモンをなじってやりたいような、一抹《いちまつ》の淋しさがあったけれど、テオに一人でも信頼できる大人がいることは、素直に嬉しかった。

少し時間が経ったので、葵は椅子から立ち上がり、テーブルに置いておいた本を確かめた。本は半乾きくらいになっていたので、サーキュレーターを止め、葵はテオを振り返った。

「テオ、あとはおもしと板で挟むよ。それでしばらく置いとくんだ」

テオはホットチョコレートをごくごくと飲みほし、ぴょんと椅子から飛び降りて駆けてきた。葵は挟んだペーパーを抜き取り、本を板で挟んで、おもしを載せた。

「しばらくってどのくらい？」

テオが心配そうに訊く。

「完全に乾くまで、十日はかかるかな。毎日見においで」

「いいの？」

テオは嬉しそうに眼を輝かせ、葵の周りを跳ねて回った。葵はそれが可愛くて、つい声をたてて笑った。

「……この本、星の本だろ。俺も星の本が好きで、一冊持ってきたんだ」

葵が言うと、テオが読みたい読みたいとせがんだので、葵は寝室から、大事に持ってきた一冊を見せた。小さな文庫で絵はないし、日本語なのでテオは首を傾げてページをめくっていた。

「ドイツ語のほんやくはないの？」

「うーん……この本、日本語じゃないと難しい表現が多いから、ないかもしれない。銀河を鉄道が走ってて、主人公の男の子が友達と一緒にその鉄道で旅をするんだよ」

教えると、テオは「わあ、おもしろそうだね」と眼を輝かせた。

「俺もこの一冊を何度も読んだから……大分よれてるだろ？　だから、テオが新しいのじゃいやだって気持ち、分かるんだよ」

葵はそう言い、子どものころから繰り返し読んだ文庫本の、くたびれた表紙を撫でた。

この本には、一人ぼっちで、世間から疎外《そがい》される淋しさや、大事な人に特別に思われたい悲しさが書いてある。その気持ちは葵が、小さいときから人知れず抱え続けてきた痛みとよく似ていた。

あの淋しさを、他の誰かも知っているのだ。

初めてこの本を読んだとき、そう感じた。淋しいのは自分だけではないのだと思うと、涙が出るほど救われた。だから葵は、この本をここまで持ってきてしまった。まるでお守りのように。

「にほん語をべんきょうしたら、よめるようになる？　アオイといっぱい話もできるね」

子犬のように懐いてくるテオに、葵はなんだか後ろめたさを感じた。

会ったばかりの葵にさえ、こんなにも懐くほどテオは愛に飢えているのだと思うとかわいそうで、同時に、自分の幼いころとテオは違うと、頭では分かっていても、どうしても重ねてしまうからだった。

翼《つばさ》に出会ったばかりのころや、ナニーを失ったばかりのころの、誰かに愛されたくて、愛されなくて、一人ぼっちで暗闇の中に放り込まれて、怯えながら灯りを探していたような――あの、小さな葵が、胸の中に蘇ってくる。淋しさが体中に満ちているのに、淋しいの一言を母に言えなかった……子どものころの自分が。

そしてテオの無邪気さや懸命さが、どうしようもなく愛しく思えた。もう自分の腰より少し上ほどには身長があるテオを、だから葵は思わず抱き上げていた。膝に乗せて椅子に座ると、テオは驚いた顔をしている。

これは幼いころの葵が、いつも誰かにしてほしかったことの一つだった。いつでも、毎日抱き上げてくれる腕を探していた。

(いつだって……子どもは大人に抱いてほしい)

葵はその切ない希求を、はっきりと覚えている。

――誰でもいいから、抱っこして。

抱き上げて、頭を撫でて、大きな胸に抱き締めてほしい。心の中にある、淋しさの空洞を埋めるように、隙間もないほどぎゅっとしてほしい。そう願い続けて、いつも叶わなかったあの悲しみが、息苦しい切なさの塊になって、葵の中へ蘇ってくる。

ロウクラスのテオは、まだ葵でも抱けるくらい軽い。もっともロウクラスでなくても――ハイクラスでも、大人でも、人は誰かに抱かれたいときがあるはずだ。抱き締められ、撫でてもらいたい日があるはずだ。少なくとも葵はそうだから。シモンがどうなのかは、分からないけれど、と思いながら、葵はテオの顔を覗いて微笑んだ。

「俺もケルドア語、勉強しようかな」

「ほんと？」

テオが嬉しそうに葵を見た。その頬は、抱き上げられた緊張にか赤くなっている。

「テオが教えてくれる？」

訊ねると、テオは眼を輝かせ、それからもう、たまらなくなったように何度も頷いた。そうして落ち着きなく、葵の顔を窺っている。その仕草から、もっとくっついてもいいのかと悩んでいるテオの心が知れて、葵は思わずテオを抱き寄せ、小さくて柔らかい背中をよしよしとさすってやっていた。

……よしよし、いい子いい子。

耳の奥に、十歳のときに聞いた、翼の声が蘇ってきた。泣いていた葵を膝に抱き、背をさすりながら、翼はそう言って慰めてくれた。

いい子と言われると、ホッとした。生きていていいのだ、そう、思えた。

「いい子、いい子……」

そっと繰り返すと、テオの小さな体に残っていた、最後の強張りが解けていった。

テオは小さな耳を葵の胸にぴたりとくっつけ、心音を聞いている。その顔は安心しており、今このときだけは幸福そうに葵には映った。

この子どもが愛おしい。胸に湧き上がってくる思いを、葵は一抹の罪悪感とともに感じていた。もしかすると、テオに優しくしているのもただ、自分のためでしかないのかもしれない。そう思いながら、葵はなついてくる小さな体を、突き放すことはできなかった。


翌日から、葵の日々は、見違えるほど楽しいものに変わった。

昼ご飯をすませてしばらくすると、家庭教師の授業を終えたテオが本を持って訪ねてくる。ケルドア語の絵本は少ないらしく、いつも同じ一冊だったが、それはむしろ勉強にはもってこいで、葵はテオと頭をくっつけるようにして、二人で毎日本を読み合わせた。テオが懸命にドイツ語と英語で本文を訳し、さらに葵が日本語に訳して、二人で発音した。

天気がいい日は庭で読み、メイドに頼んで飲み物とお菓子を用意してもらった。

温かいホットチョコレートやできたてのワッフルを、テオは丸いほっぺたを紅潮させ、いつも幸せそうに食べた。

「ぼくだけだと、もらえないの。だからうれしい」

テオは遠慮して、日中おやつがほしいと言えないらしかった。そんなテオがいじらしくて、葵は自分のぶんまでおやつをあげた。

雨が降っていなければ、勉強のあと、城内の庭を二人で散歩した。診察の日には、フリッツが加わることもあり、葵は落葉した葉やどんぐり、木の枝などを拾って、テオとお面を作ったり、リースを作ったりもした。

「アオイは保育所で働いてたのか？　子どもと遊ぶのが上手いな」

フリッツに訊かれて、葵は少し困った。

「テオに遊んでもらってるのは俺だよ」

実際、それは本心だった。これからどう生きていけばいいか分からず、悶々と悩んでいたところで出会えたテオは、少なからず葵の今後を決めてくれたのだ。この小さな子どもが喜んでくれるなら、葵はもうしばらくケルドアにいようと思えたし、テオを愛しむことで、不安定だった気持ちはずいぶん落ち着いた。これも自分のエゴかと時々悩んだが、テオが笑顔でアオイ、アオイと懐いてくれると、それは純粋に嬉しかった。

二人でいると、楽しいことはたくさん見つかった。

使用人たちはもしかしたら、あまりいい気分ではなかったかもしれない。なにか頼みごとをすると顔をしかめられ、そのたびテオは怯えたように葵の後ろへ隠れていたから。けれど葵は、周囲の冷たい態度には、あえて気付かないふりをした。どうせ空気のように扱われているのだから、こちらも同じようにするほうがいい。日本で学んだ、諦めの術《すべ》である。嫌われたら、期待しない。ただ、それはなぜか、シモンにだけはできなかった。会えない間も、葵はシモンのことを、時々ぼんやりと思い出していた。

「アオイは強いなあ……ぼくもアオイくらい強くなれたらいいな」

ある日テオは呟いた。けれど、葵はならなくていいよと言った。

「テオは十分、強いんだから」

小さな子どもなのに、針のむしろのようななかで頑張っている。願わくば、優しく柔らかな心を、この子が失わずに成長してくれればいい。それには大人の愛情が必要だと思えた。葵はいつまでここにいられるか分からない。なので毎日、テオを膝に乗せ、抱き締めて甘やかした。最初はおそるおそる、葵の反応を見るようにしていたテオも、五日も経つとすっかり慣れて、自分から葵にくっついてくるようになった。テオは七歳だったが、葵は甘やかすときには、もっと小さい子にするようにした。きっと、もっと幼いころにも、テオは誰にも甘やかされてきていないだろうと、思ったからだった。

やがて二週間が経ったが、その間シモンは一度も、葵を訪ねてこなかった。性交渉の必要がないので当たり前ではある。テオに、「お前は兄さまと毎日会うの？」と気になって訊いてみると、テオも毎日ではないらしい。

だがシモンは週に三度、寝る前にテオの部屋を訪れ、話をし、最後に本を読んでくれるという。週に三日とはいえ、シモンにしてみればかなりの回数だろう。それはもう、葵には想像を絶する光景だった。

「さいきんはね、いつも兄さまに、アオイの話をするんだよ」

テオが嬉しそうに言い、葵はドキリとした。
「兄さまが、アオイのことを好きになるといいな……ぼく、アオイとけっこんしてってお
ねがいしたの」
それは難しいだろうと思いながら、葵は苦笑いした。けれどシモンはテオの話なら、無
意味だからやめろなどとは言わず、最後まで聞いてあげるらしかった。
（シモンは、テオのことは愛してるのかな……）
そう思うと、やっぱり愛も情もあるじゃないか、と思えた。とはいえそれが真実かどう
かは、結局のところ分からなかった。
テオの、修繕中の本は季節のせいもあってかなかなか乾かず、葵は一日に一度取り出し
ては、ページとページがくっつかないよう空気を入れた。きれいになったのは、二週間が
経ったころで、そのころには葵もすっかり回復して、食事も普通になっていた。
新品同様になった本を渡すと、テオが大喜びしてくれたので、葵も嬉しかった。これか
らは毎日テオがそれを読んで、葵にケルドア語とドイツ語を教えてくれると約束した。
思いがけないことが起きたのは、そのまさに、翌日のことだ。
「出かけるぞ」
朝食を終えて本を読んでいた葵のところへ、そう言って訪れたのはシモンだったのだ。
最後に見たときと同じ、三揃えの上質のスーツに、無機質な顔、有無を言わさない淡々と

した命令口調で、彼は葵の部屋の、扉の前に立っていた。

「シ、シモン……？　なに。今日、なにかあった？」

あまりに顔を見るのが久しぶりで、驚いてしまった。つい初対面のようにまごつき、葵はテオと親しくしていることで怒られるのでは……と今さらのようにハラハラした。けれどシモンは「体調が落ち着いたら、市街の病院に行くようフリッツに言われていただろう」と言い、葵はハッと思い出した。

「私は昼から議会を見学するから、ついでに連れて行く。コートは？」

池に落ちて熱を出したので、その後体に変化がないか病院で内診したい、とフリッツに言われていたのだった。葵が元気になったので、フリッツがシモンに頼んだのだろう。

（それならそうと、前もって言ってくれればいいのに……）

とは思ったが、べつになんの予定もないので、断る理由はない。葵は慌ててクローゼットに駆け寄り、日本から着てきたコートを取り出した。

「お前のコートはそれ一枚きりか？」

「そうだけど……」

粗末な品ではないはずだが、シモンにじろじろと見られると落ち着かなかった。

「コートは自前だけど、服は用意してくれてたのを着てるよ。……見劣りするなら置いてくけど」

「そういうわけではない。お前は寒いのが苦手だろうと、フリッツが言っていた。およそナミアゲハは、温暖な気候を好むと。そのコートはこの国では薄すぎる」

「寒いのが苦手なのは、タランチュラもそうだろ？」

なにが言いたいのか分からずに首を傾げると、シモンは「欧州に住む種は既にその地に馴染んでいる。お前は日本から来たのだから、勝手が違う」とまとめてしまった。

それはそうだ。だからなんなのだろう、と思っているうちに、それ以上は言わずにシモンが歩き出して、葵は慌ててついていった。

階下のピロティに出ると、外は霧雨が降っており、ひんやりと寒かった。葵はぶるりと震えて、コートの前をかきあわせたが、シモンはスーツだけでも寒くないようだ。あれだけ筋肉質ならそうだろうなあと、葵はぼんやり思う。ピロティにはリムジンが停まっており、運転手がシモンに頭を下げている。開けられた後部座席へ乗り込むと、中は対面式で、運転席と座席は間仕切で区切られていた。シモンは既に座っていたので、葵はそのはす向かいにドギマギしながら腰を下ろした。

車が動き出したが、二人きりの空間でなにを話したらいいかは分からなかった。ちらりとシモンを見ると、なにやら薄い、ノート大の端末を見ている。ぎっしりと文字が詰まっていて、仕事の資料のようだ。チャコールグレーのスーツに、シャツの襟の外側へスカーフでアスコットタイをしているシモンは、胸が熱くなるほど格好良い。

（俺……この人とセックス……してたんだよなあ……）

今はそのセックスもない期間だが、改めて自覚すると恥ずかしくなり、頬が火照ってきて、葵はぱっと視線を窓の外へ向けた。

ちょうど車は橋を渡り終え、旧市街地に入ったところだ。石畳の続く美しく古い街並みはシンと静まり返り、相変わらず人気《ひとけ》がなかった。窓辺に人影が見えたので、生活している者はいるようだけれど、それにしても物音一つしない。

「……ここはいつも静かに見えるけど、みんな外に出ないのか？」

思わず、訊いてしまった。シモンに一瞥され、葵はまた意味のないことを訊くな、と言われるかもしれない――と身構えたが、シモンは「人口の八割が既に老齢だ」と答えた。

その驚くべき数値に、葵は眼を丸くした。

「狭い環境下では少子化が進む。近親婚が増えるからな。古いうえに、他種を寄せ付けない国だ。元をたどれば、どの家も親戚ということになる。……子どもが生まれにくくなり、高齢化が進む理由は納得いくだろう？」

問われて、葵はドキリとした。そうだね、と返す。

「……じゃあこの国にいる外国人って、俺だけってこと？」

「旧市街区内に在住しているという点でみれば、そうなるだろう」

なるほど、それなら使用人やアリエナに、あれほど自分が疎まれるのも分かる気がした。

アゲハチョウで、外国人。さらに性モザイクという中途半端な存在。もし葵が子どもを宿《やど》し、正妻になったところで、国民が喜ぶのか疑問だった。

「国の議会だっけ。俺を推薦したの……どうして俺なんか？　お前の国の人は、外国人が次期大公を産んでも、あんまり喜ばない気がするけど……」

つい本音が出た。けれど意外にも、シモンは怒らなかったし、無視もしなかった。

「だが国内の女には産めなかったのだから仕方がない。継嗣ができなければ、国民の動揺はもっとひどくなる。議会はそちらのほうがリスキーだと踏んだのだろう。……それに、議会といっても、閉鎖的な国状を憂えている派閥もある」

相変わらず切って捨てるように話すなあと思ったけれど、シモンと会話ができたことは、嬉しかった。テオのおかげかな、とも思った。テオは最近、シモンに葵の話をしていると言っていたので、シモンも葵を相手にしてくれるのかもしれなかった。

「……そういえば、池に落ちたとき、助けてくれてありがとう」

ふと、葵は思い出して言った。ずっと、いつかはお礼を言わねばと気にかけていたことだ。記憶の片隅にぼんやりと残っているのは、上等なスーツをびしょ濡れにしていたシモンの姿だ。周囲にてきぱきと指示を出していた。銀の髪からは水がしたたり、曖昧な記憶のなかでも美しかった。

「あのまま放っておいてもよかったのに、なんで助けてくれたの？」

嫌味ではなく、それは本当に素直な疑問だった。

シモンが端末から顔をあげ、ちらりと葵を見たので、葵はドキリとした。

「なぜとは？」

「いやだって……使用人を呼んでもよかったろうし……」

それに葵が溺れて死んだところで、さほどシモンには痛手ではなかっただろう。

「意味はない。あんな行動は条件反射だ」

シモンは端末に再び眼を落とすと、ぴしゃりと言った。

「眼の前で人が溺れていて、助けられるとふめば池に入るものではないのか」

淡々とした、いつもの冷たい口調。けれど、葵は妙にホッとした。

「そっか……。そうなんだな」

一人で頬を緩め、思わずにこにこしていると、シモンが眉根を寄せて、「なんだ」と眼を合わせてきた。昼の光の下では、その眼光は強くきらめき、烏瓜のあかりというよりも、サファイアそのものに見える。

「意味がないことでも、してくれたんだって思って。それが嬉しい」

葵は素直に言った。シモンは葵をしばらく見つめ、それからなにを言うでもなく、また端末に眼を落としてしまった。どうやら会話は終了らしい。少し淋しかったけれど、話せて良かったと思う。そうしてシモンと話せて、浮き足立っている自分を知ると、葵はまだ、この人を好きになりたい……そう思っていることにも気付く。

（やっぱり、ナミアゲハだからなのかなあ……）

　男寄りで生まれついたのに、女性としてシモンに抱かれた。ナミアゲハのメスの習性が色濃く出て、そのせいでこんなにも一途《いちず》に、諦めが悪くなってしまったのかなと、葵はぼんやり思う。

　車窓から外をみると、鉄門が開かれ、旧市街から新市街地へと出たところだった。

　人気のない、静かな街だったケルドールが、急に賑やかになる。金融街の前は外国人も大勢いて、忙しそうな人々で溢れている。ビルの階段を駆け上がるビジネスマン、カフェを片手に颯爽《さっそう》と歩いているブーツの女性。ヨーロッパらしい、新旧入り交じった建物の、オフィス街。

（そういえばこっちは、外国企業も参入できるってフリッツが言ってたっけ……）

「……あのさ、シモン。もしもグーティの跡継ぎができなかったら、その、ケルドアはどうなるの？　共和制になるとか？」

　ふと、葵は気になって訊ねた。次の大公がいないなら、必然的にそうなるだろうと思われた。端末から顔をあげたシモンに、眼を合わせられて葵はドキリとしたが、シモンは無視せずに「そうだな……」と呟いた。

「現在の、立憲君主制は通用すまい。ケルドアは豊かだが小さすぎる。隣国との同盟も組むことになるだろう。そうすれば国境はなくなる。外国からの人の流れは増すだろう」

「それは……昔からいる、ケルドアの人にはいやだろうね……」

ケルドア人といっても、葵が知っているのはシモンとテオの他には使用人やアリエナくらいだが、彼らは城の中に葵が一人いるだけで、あれだけ拒絶するのだから、きっとケルドア国民も同じだろう。

「だからこそ、国民の居住区をこの一帯と分けている。このあたりに勤める者は隣国から通勤してきているが、旧市街区に入ることはできない」

ふーん、と葵は頷いた。つまり本当に、この国に住む外国人は葵くらいということだ。だが、もし他国と同盟とやらを組めば、それも徐々に変わっていくだろう。

「……きっと、グーティ・サファイア・オーナメンタルって、神さまみたいだったんだろうな」

ぽつりと言うと、シモンが怪訝そうに葵を見た。葵はハッとし、自分のなんだか子どもみたいな言葉に恥ずかしくなりながら「あ、昔の人からしたらだよ」と付け加えた。

「この国が建国されるとき――どんなだったか、よく知らないけど。でも、お前の先祖のグーティって、きっとすごく美しくて、神さまみたいに見えたのかもって。だからみんなが王様になってほしくて、それでまとまってきたのかなあ……って」

葵は大公家の城の、古いタペストリーを思い出していた。

真っ青なタランチュラを頂きに据え、崇めているその他大勢のタランチュラ。青いタランチュラは神さまのように見えた。

「……進化の先端は環境の変化によって滅ぶ。そういうものだと思っている」

独り言のようにシモンが言い、葵はドキリとしてシモンを見つめた。

（滅ぶと思ってるなら……シモンは子どもを望んでない……？）

じっとシモンを見つめたけれど、それ以上の言葉は返ってこない。訊ねるのは踏み込みすぎているようで憚《はばか》られたし、そうだと言われれば、なんだか傷つく。

（やっぱりシモンのことは、よく分からない……）

どうしたら近づけるのだろう。近づきたい。もっと知りたい。けれど方法が分からない……。胸の奥が痛みに疼き、淋しい気持ちが湧き上がる。けれど葵はその感情に、そっと蓋をした。


リムジンは金融街を抜け、駅前広場をすぎると、今度はブランドショップやカフェが軒を連ねた洒落た街区に入った。病院はこの先だろうかと思っていると、シモンは車を停めさせて、突然降りた。葵にも「降りろ」と促す。よく見ると、葵とシモンが乗っていたリムジンの後ろからはもう一台、車がついてきており、シモンが外へ出るやいなや、ＳＰらしき屈強な男たちが四人、下車して路上に並んだ。

（あ……そうか、シモンは大公なんだっけ……）

国内とはいえど、城外に出るときは警護がつくらしい。葵は不慣れでどぎまぎしたが、シモンは彼らを見向きもせず、なぜか眼の前の建物に入っていった。慌ててついていくと、中は老舗のテーラーといった感じだった。

「これは殿下。ようこそお越しくださいました」

奥からは品の良い、七十路くらいの男性が一人、出てくる。七十路とはいっても背筋はぴんと張り、体つきもがっしりとして丈夫そうで、白髪の頭髪や口ひげも豊かだった。その体に似合う、洒落たスーツをさらりと着こなしている。

（この人もタランチュラかも……）

シモンの後ろから覗いて思っていると、不意に葵はシモンに腰を抱かれ、ぐいと前に出されていた。

「この前、城に入った私の相手だ。寸法は以前に注文をしたときと変わっていない。コートを二着、仕立ててくれるか。できるかぎり軽くて、暖かなものを」

えっと驚いたのも束の間、テーラーらしき男性は、葵を見つめて、すぐにニコリとした。

「これはこれは、お可愛らしい方ですな。分かりました。時間がおありなら、お好みの生地を選んでいただきたいのですが」

「ああ、構わない。アオイ、ここは大公家付のテーラーだ。コートが足りないだろう。二着作らせるから、生地を選べ。私は車で待つ」

（え？）

意味が分からず、シモンとテーラーの顔を交互に見る。テーラーは愛想良くニコニコしながら、早速分厚い布の見本帳のようなものを開いて、店の中央テーブルに広げている。どうしてシモンが、自分にコートを？　そう思っているうちにも、シモンは行ってしまいそうになっている。葵は慌てて、シモンのスーツの袖を摑んだ。

「シ、シモン。俺、大丈夫だよ。自分の持ってるから。勿体《もったい》ないよ」

オーダーメイドのコートなど、一着いくらするのか知らないが、とてももらえないと思った。部屋に置いてあった衣類は、借りている感覚でいたのだが、さすがにこうして生地から選ぶとなると——裕福な家で産まれたものの、肩身の狭い思いをして育ったので、お金をかけてもらいたいという欲求は少ない。むしろ怖じ気づき、慌ててしまう。そんな葵を見下ろし、シモンがため息をついた。

「お前はテオの本を直しただろう。その礼だ。受け取っておくがいい」

言われた理由に、葵は多少、驚いた。シモンがそういうことを——ようは、感傷的な類のことを気にかけるとは思っていなかったのだ。だからといって、高額なコートを仕立ててもらうのは気後れする。

「あれは俺が勝手にしたことだから」

「ならば池に落ちた本をとってもらった礼でもいい」

「それを言うなら、俺はお前に助けてもらったし」

「この問答には意味がない。いいから受け取れ」

面倒そうに言うシモンの袖を、葵は思わずぎゅっと握っていた。

「お、俺にお礼がしたいと思うなら、俺の喜ぶことをしてよ」

シモンが一瞬黙り、テーラーの男性が、ぱたりと見本帳を閉じる音が店内に響く。自分でも、大それたことを言った自覚はあった。次の瞬間、葵は頬に熱が集まるのを感じた。

「……お前の喜ぶこととは？」

けれど、シモンははねつけなかった。淡々と訊かれ、葵は取り合ってもらえたことに、思わず眼を丸くした。いつもどおりの冷静な眼差しで、シモンはじっと葵を見下ろしている。葵は、えっと、と口ごもった。もしかして、これは奇跡かもしれない。

そう、心の中で声がした。シモンが葵の希望を訊いてくれることなんて、この先あるとは思えない。なにか、できるだけ長く続いて、できるだけ嬉しいことを……と懸命に思考を巡らす。けれど焦っていて、すぐにはなにも浮かばない。

「その、えっと……」

「ないのか」

「あ、あるよ。その……」

　頭に浮かんだのはテオのことだ。週に三回、寝る前に兄さまが来てくれる、とテオは言っていた。それを羨ましいと思った。そのことが思い出される。

「毎晩、お前のベッドで、お前を待ってもいい？」

　シモンが一度、まばたきをする。店の奥で、テーラーが「ほ……」と呟き、ぱくん、と口元を手で押さえた。葵はダメだと言われる前に、急いで言葉を足した。

「お前はなにもしなくていい。その、週に三度、お前はテオのとこに行くだろ？　あとの四回俺のとこに来てなんて言ったら大変だろ？　忙しいだろうし。遅くまで仕事の日もあるんだろうし……俺はお前のベッドで待って、お前におやすみが言いたい……」

「……私のベッドでそのまま寝るつもりか？」

　シモンが少しだけ眉根を寄せる。

「い、嫌ならおやすみを言ったら出てく。ただ少し話せたらいいんだ。あ、なんのために、とかは訊かないで。どうせお前に言ったって、お前は意味ないって思うだろうし」

「べつに出ていけとは言わない。夜中に自室まで戻って、倒れられると手間だ。寝たいなら勝手に寝ろ」

「俺、いびきかかないよ。ベッドの端っこで眠れる。体もお前より小さいし。おやすみ以外話したくなかったら、べつにいいんだ。ただ俺が待ちたいだけだから」

ふむ、とシモンが息をつく。葵は焦って言葉を続ける。

「テオとの時間はこれまでどおりとってほしいんだ。むしろ毎日でも大丈夫だし、俺は三人一緒に寝てもいいけど。三人で出かけたりもしたい。食事も一緒に……一人で食べるのは淋しいし……俺は使用人以下かもしれないけど」

シモンはなにも言わずにただ「ふうん」と葵の話を聞いている。波立たない、静かな面持ちのままだ。

「コートだって俺を喜ばせたいなら、お前が生地を選んでくれたらいいのに……俺に似合う色を探すとか……こんなこと言うのめめしいかな……あ、今のは忘れて」

葵はまっ赤になり、口を滑らせすぎたとうつむいた。火照《ほて》った顔を思わず両手で覆う。するとさっきまで握りしめていた、シモンのスーツの袖が皺になっているのが眼に入り、慌てた。

「ご、ごめん。皺にしちゃった」

焦って袖を直そうとしたが、シモンは無視して踵《きびす》を返し、店の奥へと戻った。怒ったかと不安になり、その姿を眼で追うと、シモンは中央テーブルの前に立ち、生地の見本をぺらぺらとめくっていた。

「アオイの黒髪と同じ色のコートを一着、こちらは細身に作ってくれ。それから暗めのロイヤルブルーで一着。定番の形で」

本当にまともに見本を見たのか、と思うくらい、シモンが素早く言うと、テーラーは「畏《かしこ》まりました」と見本帳を閉じた。呆気にとられて立ち尽くしている葵のもとへ、シモンが戻ってくる。

「選んだ。満足か？　行くぞ」

疑問を差し挟む暇もなく、シモンはさっさと店の外へ出ていく。葵は走って追いかけながら、混乱しつつ「ま、待って」と声をかけた。

「い、今の選んだって言う？　適当に言ったんじゃなくて？」

「なぜ。黒はお前の髪の色だ。橙《だいだい》と瑠璃《るり》の瞳、両方と似合う」

「ロイヤルブルーは……」

リムジンにシモンが乗り込み、葵は急いでシートに座る。

「グーティ・サファイア・オーナメンタル・タランチュラ。私の色だ」

シモンが言い、リムジンの扉が閉まる。

——私の色。

その一言に、全身が貫かれたように衝撃を受けて固まる。言葉を失っている間に、リムジンは動き出した。

「……お前の色を、俺にくれるの？」

「似合う色を選べと言っただろう。不満なのか」

シモンの返答は素っ気ない。素っ気ないのに、葵の胸はドキドキと高鳴り、頬が赤く染まる。

「……ううん。嬉しい。ありがとう」

他に言葉もなく、葵はそう返した。返す声が、自分でも驚くほど柔らかく、優しく、濡れたように潤った声だった。シモンは相変わらず無愛想に、「ああ」と言うだけで、もう仕事用の端末を取り出している。葵になにを言われても、気にしていない様子だった。

「病院から戻ったら、私の部屋に案内させる。私が戻るのは早くとも九時以降になる。それでよければ好きに過ごしていろ」

しかもシモンは、そう付け加えてくれた。えっと思って顔をあげると、もはや葵の顔を見ることもなく端末に目を落としていた。

（それって……部屋で待っててていいってこと？）

まさか受け入れられるとは思っておらず、葵は固まっていた。心臓が痛いほど速く鼓動していて、息が苦しくなる。顔中まっ赤にしながら、葵は自分でも、どうしてこんなに胸が痛いのか分からなくなっていた。

七

それからの数時間を、葵《あおい》はほとんど覚えていない。

大事なはずの病院での検査は上の空だった。内診は異常なし、受精検査でも反応はなしと特に問題は起こらなかったからいいようなものの、診察中、フリッツには「どうした？」と何度か問われて、葵は慌てた。テオとの時間も落ち着かないまま過ごし、風呂を出て寝間着に着替えた葵は、九時を過ぎたころ、シモンに命じられたらしい執事に案内されて、シモンの寝室にやってきた。そのころにはもう、全身が心臓になったかのように、速く打つ鼓動が耳にうるさいくらいだった。

シモンの部屋は葵の部屋の、ちょうど真上にあり、寝室と居間の隣に浴室があるのは一緒だったが、広さは倍ほども違う。

葵は寝間着の上にガウンを着て、スリッパでここまで来ていたけれど、執事が行ってしまうと、どうしていいか分からずに立ち往生してしまっていた。心許《こころもと》なくて、ついつい持ってきてしまった、自室のまくらをぎゅっと抱き締めている。

(俺、どうして、こんなことお願いしちゃったのかな……)

つい勢いで言っていた。シモンと会えないのがずっと淋しかったし、会えるテオが羨ましかったからだが、それにしても大胆すぎる。

シモンの寝室は簡素で、キングサイズよりまだ大きい天蓋付のベッドと、二脚の椅子、円いテーブル。テーブルの上にはウィスキーの瓶とグラス、葉巻の箱の他には、小さなランプと、薪の爆《は》ぜる暖炉に時計があるだけで、装飾品も、個人的な趣味の品もなかった。

(シモンらしいけど……ここまでなにもないと、ホテルかなにかみたいだ)

居間のほうはどうなのだろう……と思ってちらりと覗いたが、そちらも似たような感じだった。もっとも暗くて細部までは分からない。

とはいえ、緊張のあまりそれらに思いを馳せている余裕もない。しばらくすると部屋の扉が開き、葵は跳ね上がりそうになった。見ると、寝間着姿のシモンが立っており、湯浴みを終えて濡れた髪をタオルで拭きながら部屋に入ってくるところだった。

「あ、シ、シモン」

名前を口に出すと、葵は急に恥ずかしくなり、頬が紅潮するのを感じた。心臓がドキドキと音をたてている。淡い灯りに照らされて佇むシモンは美しく、神秘的にさえ見える。緊張している葵と違い、シモンは青い瞳でちらりとこちらを見たきり、椅子の片方にどさりと腰掛け、葵そっちのけでウィスキーを瓶に注いだ。

どうしたらいいのか分からず、うろたえて固まっている葵に、ややあってシモンが、

「いつまで立っている。眠いならベッドに入っていろ」

と、言った。もしかすると、シモンなりに気遣ってくれたのかもしれない。と、思い至ったのは、数秒後だ。葵は「う、うん」と答えたが、結局勇気を出して、シモンの隣に向かった。明日はもう来るなと言われるかもしれないのだから、今日頑張らなくてどうする、と思う。

　空いたほうの椅子に座ると、シモンがちらっと葵を見た。しかし、なにも訊かずにウィスキーを舐め始める。複雑なカットのウィスキーグラスの中で、琥珀色の液体が暖炉の灯りに照らされて、きらきらと光っていた。

「……寝酒が日課なのか？」

　そっと訊いてみると、「そうだな」と返ってくる。どうやら質問に答えてくれる気はあるらしいと分かり、葵は少し、肩から力が抜けた。

「ケルドアならビールかと思ってた」

　ケルドアのある地方は昔からビールの生産が盛んなので、ウィスキーのイメージはない。シモンは「有名なのは隣の国だ」と言い、「あれは常温には向かない」と続けた。

　なるほど、寝る前に、簡単に飲めるのがいいらしい。

（……やっぱりこういうところを見ると、シモンは合理的なんだ）

大公という立場で、使えるものはふんだんにあるのだから、こだわりを持ってもいいように思うのに、実のところ、あまりないのかもしれない。そんな気がする。

シモンの横顔には、朝とは違って一日の疲労がうっすらと滲んで見える。出会った当初なら同じ無表情に見えたかもしれないが、なんとなく、本当になんとなくだが、葵にもそれが分かるようにはなった。

「あの……今日はありがとう。疲れてるだろうに、俺が来るのを許してくれて。……ほんとに良かったの？」

そっと訊くと、シモンが葵のほうを見た。

「お前は変わっている」

シモンの答えが予想外で、葵は眼を丸くした。

「強引に自分から要求してくるくせに、いざとなると急にしおらしくなる。お前が待たせろと言い、私はそれを受け入れたのだから、そんな質問は意味がないと思わないか？」

また『意味』論だ――と、葵はムッとした。

「だってお前が受け入れるとは思わないだろ。それこそ、こんなこと無意味だって撥《は》ねつけると思ってたし」

「それはそうだ。正直、お前のこの行動になんの意味も感じない」

ばっさりと言ってのけ、シモンは肘掛けに頬杖をついた。葵はさすがに言葉に詰まったが、シモンは「だが」と続けた。

「意味など問うな、なくてもそうしたいとお前は言った。これはそもそも、お前への礼だ。なら無意味かどうかは私の決めるところではないからな」

淡々と言うシモンは、いつもどおりだったが、常日頃の意味論については引っ込めてくれたらしいと分かると、この人は、自分なりに納得する理由さえあれば——融通もきくのかもしれない、と葵は思った。そういえば、テオが葵と一緒に過ごすことには、一度も口出しされたことがない。

「……お前はテオには、良い兄さんなんだよな」

ぽつりと言うと、シモンはちらっと葵を見ただけで、それにはなにも返してこなかった。否定しないということは、少なからず愛情があるからだろうかと、葵は思う。

「俺の家は大家族なんだ。兄と姉が十五人いる。俺は十六人め。……お前のとこと違って、みんな元気だけど。でも末っ子の俺は一人だけ落ちこぼれ。性モザイクで、長く生きられないって言われてたから、俺は母親に、いらない子扱いされてた……」

「贅沢なことだな」

シモンの感想はそれだけだった。十三人の兄たちが、次々早死にしているシモンなら、そういうふうに思うのも当然かもしれない。慰めではなかったが、葵はなぜか少し嬉しかった。シモンが自分の話を聞いてくれ、反応してくれたからだ。

「上の兄姉は、みんな十以上年が離れてて、俺はまともに話したこともないんだ。……アゲハはたくさんいるから、落ちこぼれにはみんな興味がない。黒髪でオッドアイだと、性モザイクだってすぐ分かるし……俺は学校でも、ずっと無視されてた。まあそれは、仕方ないからいいんだけど」

ただ、と葵は言葉を繋げた。

「ただ、そんなだから、お前が黒いコートが似合うって言ってくれて、嬉しかったよ」

黒など、誰にでも似合うような色なのだが。

お前の眼に合うと言われると特別な気がした。告白してしまうと、なんだか突然、そのときのことが思い出されて、胸の奥が温かくなり、葵はえへへと照れ笑いした。

「青い色をくれたのも嬉しかった。……俺、誰かになにか、選んでもらったことないから」

お前が初めて、と小さくつけ足す。シモンは無言で、グラスの中の液体を揺らした。美しい瞳をわずかに細め、小声で「そうか……」と、呟く。

「全然関係ないけど、テオから……お前が週に三度は、テオのところへ行ってるって聞いたとき、お前はテオには、優しいんだって思って」

「そうではない。意味があるからそうしている」

グラスをあおり、シモンは葵の言葉を遮るように言う。

「城内でテオを気にかける者は一人もいない。子どもを追いつめるのは簡単だ。孤独にすればいい。だがそれでは困る。私が行くしかないからそうしている」

　これは言い訳なのだろうか、と葵は思ったけれど、聞いているうちに、そうではない気がしてきた。静かなシモンの口調の底には、なにかやりきれない、行き場のない怒りのようなものが滲んでいた。小さな子どもを誰も相手にしない、この国と城と母親と、そうしたすべてに、もしかしたらシモンは怒っているのかもしれなかった。

（愛も情も、お前の中に、本当はあるんだろ……？）

　葵はじっと、シモンの顔を見つめた。その心の奥底を見たいような気がした。体の奥、心の底に、この人だって冷たいものだけではなく、優しいものや温かいものが、流れているのではないのか。それがなければ、子どもの孤独についてなど、思い至らないし、時間を割いてテオの孤独を癒そうとは、考えられない気がした。少なくとも、シモンは子どもを苦しめるのは、孤独だと知っている……。

「……けど、俺は兄さんや姉さんに、シモンみたいなことはしてもらったこと、ないよ」

　そっと言うと、シモンがちらりと葵を見た。葵は、だからシモンは優しいなと思った、とうつむいて、続けた。

「……お前が子どものころ、お前の淋しさを考えてくれた人はいた？」

　ふと、葵は訊いていた。シモンは葵を見返し、葵はシモンの青い瞳を見上げた。シモンはつと眼を逸らすと、

「……週に三日訪ねてくる者なら、いなかった」

それだけ、小さく答えた。

「だが、私を構う者は多かった」

「大勢の家庭教師？」

「それに母も。……子どもは愚かだから、母の執着が愛とは違うことには気付いていたが、それでもはっきりと自覚するのに数年はかかった。そんなものだろう」

葵は息を止めた。その言葉の裏に、ふっと透かし見えたのは、テオのように無邪気だったかもしれないシモンの少年時代だった。無邪気で、素直で、けれどいつもどこか不安だったかもしれない、少年の孤独だった。

(子どものころ、やっぱりお前も……淋しかったんじゃないの？)

そう思ったけれど、それを訊くより前にシモンはグラスを空にして立ち上がり、さっさとベッドのほうへ向かってしまう。葵も慌てて立ち上がり、ベッドサイドに立って、寝そべるシモンを見た。自分はどうしたらいいのか、分からずに戸惑う。もともと、部屋で彼を待って、おやすみと言いたいと願っただけだ。

「あのー……今日ありがとう。おやすみなさい」

枕を抱いたまま、ぺこりと頭を下げると、シモンが「なにをしている。さっさと入れ」と言って、上掛けをめくってくれた。葵はびっくりして、シモンとベッドを交互に見た。

いいの？　と訊きたかったが、訊けば、「そのつもりがなかったなら、帰れ」と言われてしまう気もして、葵は言葉を飲み込んでしまう。

せっかくなのだから入れてもらおう——どぎまぎしながら、葵はおそるおそる、シモンのベッドに入った。ガウンは椅子にかけ、枕は頭の上にぎゅっと押し込む。上掛けを掛けてくれる、シモンの手つきは思った以上に優しかった。別段そうしようとしているわけではないだろうに、上掛けの上を押さえ、葵の胸に乗せてくれる手の重さは心地よく、普段シモンがテオにどんなふうに接しているのかを、想像させるに十分だった。

と、葵が小さくくしゃみをしたのはそのときだ。隣のシモンが少し上体を起こしたので、葵は慌てて口元を押さえた。けれどくしゃみはおさまらずに、もう二回、続けて出た。

「ご、ごめん」

「冷えきっているではないか」

そのとき、不意に手を握られて、葵は息をつめた。シモンの大きな手は、冷たげな見た目に反して湯たんぽのように温かい。握られた葵の手は、今の今まで気付きもしなかったが、たしかにかじかんで震えていた。

「私の部屋では寒かったか」

顔を覗き込まれて、葵は動揺した。顔が熱くなり、鼓動はまたどくどくと速くなった。何度も抱かれたのになぜこんなことで、と思う。それなのに、狼狽して眼を合わせている

のが辛くなり、つい背ける。と、

「明日はメイドに、暖炉の火を強めておくようにことづけよう」

シモンがそう続けたので、葵は眼を見開いた。

（あ、明日も来ていいの？）

訊きたいが声にならなかった。それを訊くより前に、葵はシモンに抱き寄せられ、胸にすっぽりとしまい込まれたからだ。葵の頬がシモンの分厚い胸に当たる。強く抱き締められた葵は、全身湯たんぽにくるまれたようになった。シモンの体は外国人だからか、それともタランチュラだからか——しなやかな筋肉に覆われて、体温が高い。

葵には、シモンの行動は予想外で、心臓はうるさく鳴り、体が震えてしまった。どこにどう摑まっていいか分からず、宙に浮いた指がぎくしゃくとした。困惑し、慌てていた葵は、次の瞬間、頭の上からすうっと穏やかな寝息が落ちてくるのを聞いて、我に返った。

（シモン……もう寝てる）

葵を抱き寄せたまま、シモンは安らかに眠っていた。瞼を閉じると、銀の睫毛がいっそう長く、美しく白皙《はくせき》の頬に影を落としている。乾ききらずに湿った前髪が、その睫毛にかかっていて、時折うるさそうにぴくぴくと瞼が動くので、葵はそっと、指でそれを払ってあげた。

（なんだ、シモンは、俺にも優しくできるんだ……）

なんだ、とまた、心の中で思う。
二度目のなんだ、は、最初の言葉とは違う言葉が、後ろにくっついていた。
（……シモンは俺のこと、ちっとも意識して、ないんだ……）
がっかりとした気持ちが、胸に広がっていく。葵だけが一人であたふたして、一喜一憂《いっきいちゆう》
している。部屋に来て舞い上がっているのも葵だけなら、抱き締められて緊張しているの
も葵だけだ。シモンにとっては、葵を池から助けたときと同じ。眼の前で冷たい体の人間
がいて、たまたま一緒に寝ているから抱き締めた。そういう条件反射に過ぎないのだろう。
セックスもしたのに……結婚だって、子どもができればするのに。葵は、シモンを愛し
たいと言ったし、コートを選んでくれて嬉しかったとも言った。できるだけ素直に、気持
ちを伝えている。シモンを道具にしたくないからだ。けれどシモンにとっての葵は、やっ
ぱり初対面のときからそう変わっていないのかと思うと、落ち込む。抱かれてはいても、
それは公人のシモンが性モザイクとしての葵を必要としているだけで、個人のシモンが葵
自身を愛しているからではない。そしてそのことが、葵には悲しい。
なんだ、と、葵はまた思う。三度目のなんだ、は淋しさに満ちていた。
（なんだ……好きになりたいどころか……俺はもう、シモンを好きになってるみたいだ
……）
同じように意識してほしいという気持ちは、そうでなければ、説明がつかない。

——葵くんは、たぶん好きになっちゃうよ。一度好きになったら、もう嫌えないのに……。

ふと、耳の奥へ、いつか聞いた翼《つばさ》の囁きが返ってくる。

ほんとだ、と思う。

(俺、好きになっちゃったや。翼さん……)

けれど、愛していると言っても、受け取ってもらえないのならば、それが愛だと言い張ることは難しい。一方通行では、ただの押しつけのようで、するとそれはシモンを道具にしていることと、なんら変わりないようにも思う。

(淋しいなあ……)

と、葵は思った。愛しても、淋しいのかと思う。愛されたら、淋しさはなくなるのだろうか?

葵はシモンの胸に、そっと額を寄せてくっついてみた。厚い胸の皮下から、シモンの心音がとくとくとくと聞こえてくる。

幼いころ、一度だけ母と眠ったことがあるのを、葵は思い出していた。

高熱が出て、もう自分は死ぬのではと不安で、たまたま家にいた母に、一緒に寝てほしいと泣いてせがんだ。母はあっさり承諾してくれて、葵を抱いて寝てくれた。

……ママはぼくを、愛してくれている。

幼い葵は母の心音を聞きながら、そう思って安心したが、翌朝目覚めると、ベッドに一人残されていた。母は仕事で、早朝に家を発《た》ったと聞いた。

シモンの胸に耳をあて、葵はあのときと、同じ気持ちを味わっている。こんなに近くにいても、淋しさはなくなりはしない。けれど子どものときに感じたあの淋しさが――今、葵をシモンのそばに縛りつけている。そんな気がして、悲しかった。

翌日、葵はずっとぼんやりした気持ちで過ごした。なにをしていても、その日はシモンを思い出し、シモンを好きだと思うほど、静かな淋しさが葵の心に満ちてくるのだった。

朝起きたとき、シモンはもうベッドにおらず、身支度を整えていた。葵は母のことを思い出して淋しくなったが、シモンは葵にこう、声をかけてくれた。

「朝食を用意させた。私と食べるか？」

驚いたが、シモンは淡々とした、事務的な調子で葵と並んで食事をとり、その間も特に葵と話すわけではなく、新聞を読んだり、執事に一日のスケジュールを確認させたりしていた。まだ寝間着姿の葵は、ぱりっとスーツを着ているシモンの横で、時々こちらを見てくる使用人の眼にさらされて縮こまりながらも、シモンと同じ食卓につけたことは素直に嬉しかった。

けれど同時に、淋しくもあった。シモンは一緒にいても、葵を空気のように扱っていた。一人で部屋に戻るとき、メイドが小さな声で「はしたないこと。媚びるように殿下の寝所に……」と陰口を言われ、執事にも軽蔑したような眼を向けられた。

（べつに心配しなくても、お前たちの殿下は、俺に興味なんてないってば……）

心の中でひねくれた気持ちがわく。けれどシモンは、興味がないなりに、葵のことを慮《おもんぱか》ってくれたらしい。

その日、葵がいつも使っている食堂へ昼食を摂りに行くと、テオが待っていて、嬉しそうに抱きついてきた。

「兄さまが、今日から昼と夜は、アオイとたべていいって！　ありがとう、アオイ。ぼく、いつも一人でさみしかったの」

「ほんとに？　シモンが？」

葵はびっくりしたけれど、ふと、昨日テーラーで、一人の食事は淋しいとシモンに言ったことを思い出した。すると、朝食も気を利かせてくれたということだし、昼と夜をテオと一緒に、と考えてくれたのも、その延長だろうという気がした。

（……なんだ、やっぱり優しいんだな）

そう思う。それなのに、その優しさに葵はなぜか落ちこんだ。

シモンが優しいのは、葵を愛しているからではないと、分かってしまったからかもしれない。昨夜抱き寄せてくれたときも、朝食を一緒に食べている間も、シモンは葵を意識していなかった。

（……欲張りだなあ。シモンにも、俺といて嬉しいと思ってほしいって、思ってるなんて……）

自分でも、自分の欲深さに呆れ、葵は自己嫌悪に沈んだ。叶わないと分かっているのだから、恋心など自覚しなければよかったとすら、思ってしまう。

けれど午後から、テオと二人、部屋で絵を描いて遊んでいる間は、その憂うつを少し忘れることができた。テオが描いたのは、ピクニックの絵だ。七歳児のまだ不格好な線で、四人の人間が描かれていた。

「これは誰？　テオ」

訊くと、テオは端っこから順番に指さして教えてくれた。

「これはねえ、アオイでしょ、ぼくでしょ、兄さまでしょ。それからね、お母さま」

最後の母親は三人から離れて、小さく描かれている。遠慮がちに、それでもいてほしいように。葵は胸が、ぎゅっと痛む気がした。

小さなころ、自分も家族の絵を描くとき、いつも困った。兄姉は遠かったし、父は知らなかった。ナニーはもうおらず、自分と、それから母を描いたけれど、母を大きく描けなくて、いつも小さく描いた。そんなにたくさん愛されていないという思いが、母を大きく描いてはいけないという気持ちにさせたことを、葵は今でも覚えていた。

それでも絵の中から、はずすことはできなかった。母を愛していたし、愛されたかったから。ママが僕を好きだったらいいのに。いつも、そんなことを考えていた、あの淋しさが胸に舞い戻ってきて、テオの小さな体を抱き締めて、慰めてやりたい衝動に駆られる。もちろん、そんなことはしなかった。テオは今、楽しそうに笑っているのだから、それは葵の勝手な感傷だろうと思った。

「……ピクニックでなに食べる？」

かわりに葵はそう訊いた。テオは「ワッフル！　おさとうがいっぱいのやつ！」と元気に答えた。そう言うとき、テオは大きな瞳をいっぱいに輝かせていた。

「ホットチョコレートと、サンドイッチは？」

「もってくよ！　それにね、チョコレート・チョコレート・チョコレートも！」

葵はテオが可愛くて、思わず、くすくすと声を上げて笑っていた。

チョコレート・チョコレート・チョコレートはテオが最近考えた造語で、大好きなチョコレートが三つ重なっているお菓子ということだが、それはもうただの大きなチョコレートでは？　と思うのは大人の勝手で、テオからすると、大好きなチョコレートが三つも――とにかくたくさん――重なっている、とても美味しい、わくわくさせてくれる存在なのだ。架空のお菓子だけれど、テオの想像の世界で、チョコレート・チョコレートは豊かに息づいているらしい。その名前を口にするとき、テオの眼の中には楽しそうな光がいきいきと踊る。

「いいなあ、チョコレート・チョコレート・チョコレート……」

「うん。ぼくおとなになったら、アオイにつくってあげる」

呟くと、テオがニコニコして言う。安易な約束を取り交わすのも楽しかった。いつか本当にテオが大人になったら……そのとき幸せでいてほしいと、葵は願いをこめて丸い小さな頭を撫でた。

けれどそんな平和な午後を、廊下に響くヒールの音と、乱暴に開かれた扉の音が乱した。

「この恥知らず！　お前の話はもう知ってるのよ！」

甲高い叫び声に、葵以上に、隣に座っていたテオが怯えたように身を竦ませた。小さな顔が真っ青になっていくのを見て、葵は息を止めた。

乱暴に扉を開けて、入って来たのはアリエナだった。以前と同じように、レースをふんだんに使った白いネグリジェに、赤いハイヒールを履いていた。髪を振り乱し、彼女はネグリジェの裾を持ち上げたまま大股に葵のところまで歩いてくる。思わずテオを守るように立ち上がった葵の腰に、テオがぎゅっとしがみついて、「お母さま……」と囁いた。

葵の前まで来たアリエナは、憤怒《ふんぬ》の表情をしていた。

「アリエナ様……一体、どうなさったんですか……」

言葉を選びながら訊くと、

「どうですって？　この下等種が！」

アリエナは突然、白い手を振り上げて葵の頬をぶった。タランチュラであるアリエナは葵と同等の体格か、それ以上に大きい。その衝撃は思った以上に強く、はたかれた葵は足をもつれさせて、床に倒れ込んでいた。

「アオイ！」

テオが泣くような声で叫ぶ。葵は頭がぐらぐらし、眼の前がチカチカと揺れるのを感じた。頬を押さえても、初めは痛みがよく分からない。混乱している葵のもとへテオが泣きながら抱きついてきて、描いたばかりの絵が床に飛び散った。

「メイドから聞いたのよ、お前が私のシモンの寝床へ入ったと。なんていやらしいの、子どもができる期間でもないのに、お前ごときがシモンに抱かれようというの？　浅ましい、汚らしいアゲハ！　こんな淫売にグーティが産めるはずないわ！」

狂ったように叫ぶアリエナの言葉で、葵はなぜ彼女が怒っているのか気付いた。愛する息子――自分の産んだグーティに、必要以上に接触されたことが気に入らないのだ。それも、タランチュラでもない、ナミアゲハの葵に。

「出ておいき！　この国にお前のような下等種がいるなんて、耐えられない。ふしだらな人間に、大公家を穢《けが》されてはたまらないわ！」

アリエナは容赦なく、倒れている葵の肩を、ヒールで蹴り上げた。痛みが走り、皮膚が切れる。葵はあっと叫んで逃げたが、それでもシャツの肩口に血が滲んだ。

「お母さま、やめてください！」

テオが泣きながら言い、我慢できなくなったかのように、アリエナのネグリジェの裾にとりすがった。大きな眼からぼろぼろと涙をこぼして、テオはぶるぶると震えている。

「やめて……アオイはやさしいひとです。こんなことしないで……」

アリエナは眼をすがめ、ゆっくりとテオを見下ろした。嫌悪を浮かべた顔で、彼女は低く、冷たく訊いた。

「お前誰なの」

葵は、頭からざあっと血の気がひいていく音が聞こえるような気がした。全身が冷たくなる。大きな眼を見開き、母親から投げつけられたひどい言葉に、傷ついて固まっている、テオの顔が見えた。小刻みに震えている小さな体。大きな眼に絶望が映る——。

次の瞬間、葵は弾かれたようにテオに飛びつき、その体を抱き締めていた。そうして、アリエナの胸倉を、衝動的に摑んでいた。

「誰ってなんだよ……っ、あんたの子どもだろ！　なんで忘れられるんだ！」

喉が切れるかと思うほど、鋭い声が出た。アリエナの眼が見開かれ、刹那《せつな》、葵は部屋に駆け込んできた使用人によって、アリエナから引きはがされた。彼らは葵とテオを、容赦なく床に突き飛ばし、葵はテオを庇って、尻餅をついた。よろめいたアリエナが、メイドに支えられながら、怒りで顔をまっ赤に震わせている。

「わ、私の子ですって……？　そんな下等種、知るものですか！」

葵の腕の中で、テオが震えている。母親を見るのが怖いのか、葵の胸にぎゅっと抱きついて、顔を擦り寄せてくる。葵の瞼の裏に、ふと蘇ってきたのは自分の母の姿だった。無関心な声で、

――たくさん生まれる種だから、こういう子がいても、おかしくないわ。

と、言っていた。一人くらい、早く死んでも仕方ない。もし葵が早死にしても、傷ついたりしない。

母はそういう意味で言ったのだ。

（ならどうして、産んだんだよ――）

――どうでもいいなら、初めから産まなければよかったのに。産んでおいて、愛しもしないなんて、勝手だ。

勝手だ、ママは勝手だ。葵の内側に、ふつふつと怒りが湧いてくる。子どもはみんな、愛してもらえると信じて生まれてくるのに。

なのに最初の希望を、生きていくよすがを奪っておいて、好きに生きろと言うなんて……そんなふうに言うのなら、初めから産まなければいい。

（放り出されて、傷ついて……俺はこんな遠い国に来てまで、ママの気をひこうとして

──）

結局はひけなくて、もう愛されることは無理なのだと諦めながら、母に似たシモンの愛を、今度は乞うている。愛はどこにある？　どこに、どこかに、ないように見えてもきっとあるはずだと、なんとか探しだそうとしている……。

みじめで、滑稽で、悲しい──。

ドクンドクンと、心臓が強く脈打っている。

（もういい、もういいんだ。俺はもう十八歳で、ママに愛してなんて思わない。思ってない……思ってないけど）

テオをぎゅっと抱き締めて、葵は小さく震えていた。浅く呼吸をくり返しながら、眼の前のアリエナを睨みつける。

「なによ……なんだというの、アゲハ」

アリエナは睨まれて後ずさり、毛虫かなにかを見るような蔑みに満ちた眼で、葵を見下ろしている。

「自分が産んだ子を、愛せなかったら母親失格なんて言わないよ……そういう親はいくらでもいるし、愛しかたなんて俺も知らない」

言う声がかすれた。眼にじわじわと涙がこみあげてくる。

「ただ……ただ、せめてこれだけは分かっておいても、いいんじゃないの？　自分は自分の子どもを愛せない人間で……そのせいで、子どもは傷ついてる。愛せない親よりも、愛されない子どものほうが、ずっとずっと深く傷ついてるんだってことは！」

叫んだ瞬間、どっと涙が溢れた。腕の中でテオが小さく身じろぎする。立ち上がった葵は、「あんたより！　テオのほうがずっと傷ついてるんだ！」と怒鳴った。

扉口に誰かの立つ音がしたけれど、葵はそちらを振り返る余裕はなかった。

「テオのほうが、シモンのほうが……傷ついてるんだよ！」

ただ激しく、湧き上がってきた思いをぶつけるように叫んでいた。

テオのほうが。シモンのほうが――。

シモンだって、きっと傷ついている。幼いころ、きっと傷ついた。でなければ、子どもを追いつめるのは孤独だと、シモンが知っているはずはない。シモンは孤独を無意味だと否定したけれど、小さなころのシモンもそうだったとは、やっぱり葵には思えない。

「子どもは、親を愛したいと思うから……愛されたいって思うから、それはどれだけ諦めたって、心の奥底にずっと残るから……生まれてきて、一番初めに子どもを傷つけるのは、間違いなく親なんだ。子どもはそれを許すから、親は知らないだけなんだよ……！」

子どもは許す。最初につけられた傷を許して、許して、許し続けて大人になる。

大人になったとき、諦めるか見切りを付けるか、同情するか怒るか憎むか、反応は違っても、大人になるまでの長い長い間、子どもは許し続けるのだ――。それはただ、親を愛していて、愛されたいと願うから。愛されるはずだと、信じるからだ。

忘れられていてもなお、自分は忘れられなくて、ピクニックの絵に、どうしても母親の姿を描き入れてしまうように。

「許されて生きているのに……それも分からないなんて……あんたは、ダメな母親だ」

ぼろぼろと、涙がこぼれた。ダメな母親。自分の母に、とうとうそう言った気がした。

アリエナは青ざめて、震えていた。ワゴンの上に乗っていた水差しを、ひったくるように手にとると、彼女は葵に向かってぶちまける。葵はテオが濡れないように、反射的に庇い、頭からずぶ濡れになった。空になった水差しを振りかぶるアリエナの姿が、視界の端に映った。水差しは重たい陶製だ。ぶつけられる、と眼をつむったそのときだった。

「母上。そこまでに」

低い声がし、誰かがアリエナを止めた。おずおずと眼を開けて振り向くと、そこに立っていたのはシモンだった。シモンは水差しを持ち上げる、アリエナの腕を摑んでいる。

「シモン！　お放し！　この下等種が私に無礼を働いたのよ！」

「いいえ、母上。これ以上はやり過ぎです」

シモンは眼を細め、じっとアリエナを見つめた。サファイアのようなシモンの眼に、ぎらりと強い光が灯り、アリエナは悔しいのか、青ざめた唇をわなわなと震わせる。けれどその手からは力がぬけていき、水差しは床に落ちてゴトンと鈍い音をたてた。シモンが後ろに目配せすると、使用人たちがさっとアリエナを取り囲み、抱くようにして部屋から連れ出していった。

「誰か、タオルと着替えを。温かい飲み物と、湯も用意しろ」

シモンが言い、使用人たちは葵を立たせてタオルでくるみ、テオにも同じようにした。

暖炉の火が強められ、奥で湯が焚《た》かれる。ホットチョコレートが二つ、甘い湯気をたてながら持ってこられ、ようやく扉が閉まると、あたりはシンと静まり返った。

葵の髪からは、ぽたぽたと滴が落ちている。隣では、テオが小さくしゃくりあげていて、その声だけが部屋に響いていた。

「アオイ……ごめ、ごめんね。母さまが、ひどいこと……」

放心していた葵は、テオのために、一度すべての感情を押し込めた。今この場で、一番傷ついているのはテオだ。テオを慰めねばと思う。

「テオ……大丈夫？」

足許にしゃがみこみ、葵は目線を合わせた。幸いテオはほとんど濡れておらず、握った手は温かい。泣き濡れた顔を見るとかわいそうでたまらなくなる。急に、葵はアリエナに言い過ぎたことを後悔した。どんな親でも、テオにとっては、大事な母親には違いなかった。

「テオ、アオイにはまず着替えてもらおう」

後ろからシモンが声をかけたので、テオはハッとしたように顔をあげた。すぐ近くにシモンに立たれ、葵は緊張してうつむいた。さっきの、アリエナへの罵詈《ばり》を、シモンはどこから聞いていただろう。勝手にシモンの名前を出したことを、聞かれただろうか。もしそうならどう思われただろうかと、それが怖かった。

テオは「ブルーダー」と言って、ためらいなくシモンの足に抱きついた。体の大きなシモンが、軽々とテオを抱き上げると、テオはシモンの首に腕をまわして、しゃくりあげた。慣れたことのように、シモンはテオの小さな背をさすり、体を揺すってやっている。

「……湯につかれ。それから着替えてこい」

言われて、葵は頷き、のそのそと浴室に向かった。シモンの顔を、なんとなく見られなかった。ふと見ると、湿った床にぐしゃぐしゃになったピクニックの絵が落ちたまま、色鉛筆の色は、水に滲んで紙の上に溶けだしていた。

八

風呂からあがり、服を着替えて出ると、シモンもテオもいなかった。テオは泣いていたから、シモンは落ち着かせるために部屋に戻したのかもしれない。

葵《あおい》はぼんやりしながら、まだ濡れている床を拭き、ぐしゃぐしゃになっていたテオの絵をきれいに引き延ばした。

使用人を呼ぶ気は起こらなかった。メイドの誰かが、アリエナに告げ口をしたのだから、彼らは葵の味方ではないのだ。フリッツも来ない日だったので、葵は肩の消毒と手当も、自分でした。傷はじくじくと痛んだが、日本から念のために持ってきておいた絆創膏が役に立った。

それが終わると疲れ果て、葵はしばらく、椅子に座ってうとうととしていた。ハッと眼が覚めたときには、あたりはもう暗く、暖炉の火が小さくなっていた。

体は冷え切って震えている。

不意に、悲しくて怖くて、悔しくて切ない、ごちゃごちゃとした苦しい感情が湧き上がってきた。アリエナに打たれた頬も、蹴られた肩も痛かったが、心ない言葉や仕打ちを受けた心は、もっとずっと傷ついていた。言われた言葉にも、言い返した言葉にも、葵の心は衝撃を受けていた。ひどく混乱していて、なにも考えられない。

身じろぎもできずに座っていると、かたん、と扉の開く音がした。またアリエナかと、怖くなって体を竦ませた葵が見ると、立っていたのはシモンだった。

「……シモン」

どうしてここに？　そう訊くより前に、シモンは暖炉を見て、眉をしかめた。

「暖めるよう言ったのだがな……、メイドを呼ぼう」

ベルに手を伸ばしたシモンを見て、葵は思わず立ち上がった。

「い、いいよ。シモン」

かすれた声が出て、喉が痛んだ。胸が締めつけられるように痛み、葵はうつむく。振り向いたシモンの眼が、なぜ、というように見ていることに気付かないわけにはいかず、葵は「ちょっと……まだ……」とこもった声で告白した。

「怖い。……この城の人たちは、俺が嫌いだから……」

こんな情けないことを言って、呆れられないだろうか。そう思ったが、体は小刻みに震えていた。葵は、本来なら、チョウ種のトップ層に位置するハイクラスだ。けれどタランチュラに囲まれれば、非力で弱い小さな虫けらだった。

――それで風邪をひくほうが、無意味ではないか。

シモンにはそう言われそうで、葵は自分の発言も弱気も、くだらなく思えた。

けれど、シモンはベルへかけていた手を、そっとはずしてくれた。そうか、とだけ呟き、しばらく無言になる。無言のシモンがなにを考えているか分からず、葵は困った。おずおずと顔をあげて視線を合わせると、シモンは葵をじっと見つめ、それから眼を逸らしてしまった。その顔にわずかに困惑したような、そんな色が見えて、葵はどうしたのだろう、と逆に心配になってきた。

「テオは眠っている。……アオイの様子が心配だから、見てきてくれと言われた」

「あ、そうなんだ。だから……」

テオの優しさを嬉しく思う反面、シモンが葵のところへ来てくれたのは、シモンの意思ではないのだと知ると、少し淋しかった。けれど同じくらい、それはそうだろうなと納得もする。

「……母が悪かったな」

シモンは小さな声で言い、「怪我は平気か」と付け加えた。

「俺は平気。……それよりテオに、悪いことした」

そう言うと、シモンは不可解そうに葵を見た。葵はテーブルに置いておいた紙を、シモンに差し出した。シモンはなにも訊かずに、紙を受け取った。それはテオが描いていたピクニックの絵だ。濡れていたものを乾かしたので、紙は波打ち、色鉛筆の線がよれたりしている。

「……テオの絵だよ。俺と、テオとお前。それから、アリエナ様……」

ちょうどさっき、これを描いてたんだ。ピクニックの絵、と、葵が言うと、シモンがじっと見返してくる。

「アリエナ様がテオを忘れてて……カッとなって、つい……テオの前で、アリエナ様にひどいことを言った」

「――べつに構わないだろう。最初に暴言を吐いたのは母だ」

シモンは、静かに言ったが、葵は「だとしても、ダメだよ」と小さく、自嘲の笑みを浮かべる。

「……俺だって、自分の母親のこと、いい親なんてまるで思ってない。だけど他人にダメだって言われたら、やっぱり傷つくと思う。……どんな親でも、親だ。テオの前で、アリエナ様を……ダメな母親なんて……言っちゃいけなかった」

喉がきゅうっとしまり、葵は自分が情けなくて、涙がこみあげてきた。シモンは葵を見て、わずかに息をこぼした。それはまるで、戸惑うような息だった。これまでに、シモンがこぼしたことのないような息。

「だが母は……そう言われても仕方がない。実際、母親としての前に、人として異常だ。

……むしろ私は幼いころ」

そのとき、シモンが珍しく言いよどんだ。濡れた眼で見上げると、シモンは視線をさまよわせ、小さく、「幼いころ」と続けた。

「どう見ても異常な母を、誰か私のかわりに罵《ののし》ってくれたらと……思うことがあった。そうすれば、母を異常なのだと、割り切ることができる。だが誰も、言わなかった。父でさえも。……ならば母の私への執着は、愛なのかと、飲み込むしかなく」

シモンは眉根を寄せ、苦しそうにこめかみをおさえた。

「——お前がもし、幼いころ……そばにいて、テオにしてくれているように……してくれ、母を怒ってくれたなら、私なら……たぶん、己の、母への軽蔑を、あっていいのだと……安心、しただろう」

今となってはもう、よく分からないが、たぶん……と、シモンは口の中で、小さく繰り返した。

葵は驚いて、固まっていた。その言葉がゆっくりと、身にしみていく。シモンは自分でも、自分の言葉に困惑しているのか、大きな手で口元を覆った。

「……いや、意味のない話だ。もはや、そのころのことも、よく覚えていないというのに」

独りごちるシモンの声は、いつものの、切って捨てるような口調とは違う、あやふやで、どこか自信がない声だった。けれど葵には初めてシモンの心が——幼いころの、まだ柔らかかったかもしれないシモンの心が、ほんのわずかに見えた気がした。

……これは、この人の本心だ。本音だ。心の奥まった場所にある言葉だと、葵は思った。そうして同時に、はっきりと感じた。シモンは葵を、慰めようとしてくれているのだと。

「……意味なくなんて、ないよ」

慰めは、届いた。そう伝えたくて、思わず言った瞬間、なぜだか涙がこみあげてきた。

「意味なくなんて、ない。……ありがとう」

一瞬、言葉に詰まり、葵はうつむいた。

「……嬉しいよ。ホッとした。俺は、テオにひどいこと、したと思ったから」

涙声で言うと、シモンは顔をあげ、「まさか。お前は……テオを愛しんでくれている」と、口ごもった。それ以上なにを続けたものか分からないように、シモンはただ、その場に突っ立っている。その姿がなんだか頑是《がんぜ》なく、かわいそうに思えて、葵は涙を拭い、精一杯微笑んだ。普段の、ケルドア大公のシモンに、早く戻してあげなければと感じた。

「……今夜俺は、自分の部屋で寝るね。シモンはテオと寝てあげてよ」

「テオと？」

うん、と葵は強く頷いて、笑った。

「お前と寝ると、安心すると思う。テオは元気になるよ。俺だって、昨日お前と一緒に眠れて、嬉しかったもん」

シモンは黙って葵を見つめていたので、葵はその腕を摑んで引っ張った。大きな腕に触れると、体の奥がじんと熱くなり、この腕の中に包まれたいという気がした。そうやって安心したい。けれどそんな欲求は、とても口に出せない。葵は溢れてきた気持ちを振り払い、「行って、行って」とシモンを急かして扉口まで連れていく。シモンは葵に背を押されて、怒るかとも思ったが、どうしてかされるがままになっている。

「仕事忙しいだろ。来てくれてありがと。もう大丈夫。行って。な？」

シモンはなにか言いたげに口を開いたが、なにを言っていいか分からない、という顔をしている。扉口からその大きな背を押し出して、葵は手を振った。

シモンが部屋を出て行き、扉が閉まると、急に体から力が抜けていく。よろよろとベッドの中へ潜り込み、息をつく。全身が、ズキズキと痛んでいた。

瞼を閉じてしばらくの間、葵は何度も、シモンの言葉を思い返していた。

——お前がもし、幼いころ……そばにいて、テオにしてくれているように……してくれたなら。

たどたどしく発されたその言葉は、どんな愛の言葉より、葵を慰めてくれた。思い出すだけで、熱い涙で睫毛が濡れた。こんなに泣いていては瞳が溶けてしまいそうだと思う。けれど涙は止まらなかった。シモンの言葉は、葵の中へゆっくりと広がっていく。今、葵の長い長い淋しさが、どうしてだか報われたような気がした。

いてほしいと言われたのは、性モザイクとしてではなく、葵自身だった。たとえ話だとしても、ただの慰めだとしても、シモン個人が初めて、葵の心を欲してくれた気がしたのだ。

自分は、いていいのだ。生きていていいのだ。

葵にはそう、思えたのだった。

どのくらい眠っていたのか、眼が覚めると、まだ夜明け前だった。見ると、暖炉の火がパチパチと燃えている。夜中に誰か火を入れてくれたのだろう。

葵はそっとベッドを下り、窓辺に立った。外気は冷たいらしく、ガラスは白く曇っている。外は真っ暗で、灯り一つ見えない。喉が渇いて、空咳《からぜき》が出た。葵はガウンを羽織《はお》ると、なにか飲むものをもらってこようと、水差しを手にして、寝室と続きになっている居間へと出た。そこで、ぴたりと足を止めてしまう。

朝まだきの薄暗い居間には、小さなランプが灯り、ストーブが焚《た》かれている。

（シモン……？）

部屋の中央にある寝椅子に腰掛け、シモンが一人、なにか考え込んでいるように座っていた。

どうして、シモンがいるのだろう。これは夢か幻かと思い、葵は内心慌てた。もし幻なら消えないでほしくて、そっと近づくと、シモンがハッと顔をあげる。振り向いて、葵を見つめるその顔に、なにか言葉にならない戸惑ったような表情が浮かんでいて、葵はきゅっと唇を引き結んだ。

——どうしてそんな顔、するんだ？

そう思い、けれど下手に言葉にすると、なにもかも、それこそ幻のように消えてしまうのではと怖くて、葵はシモンから、少し距離を置いて立ち止まった。

シモンは寝間着の上に、ガウンを着ている。テオはどうしたのだろうと、それだけが心配になる。

すると、シモンは葵の疑問を察してか「テオはよく寝ている。……お前の部屋の、暖炉が気になって」と囁いた。一言一言を言うたびに、なにか、口の中に石でも含んでいるかのように、シモンは眉根を寄せて苦い顔をしていた。こんな言葉を言うことに、違和感を覚えている。まるでそう言いたげだ。

「あ……じゃあ、暖炉に火を入れ直してくれたのって、シモン……？」

「ああ、使用人はまだ、嫌かと……」

そうなんだ、ありがと、と葵は言ったが、胸がドキドキと苦しいほどに高鳴り、落ち着かなくなった。優しくされて嬉しい。気遣ってもらえて、嬉しい。変な期待をしそうで、浮かれそうな自分を必死に戒《いまし》めなければならなかった。

「……なにか、飲むか？　一応、紅茶をもらってきた……」

シモンが葵の抱えている水差しを見て、声をかけてくれる。

見ると、寝椅子のサイドテーブルにはまだ温かそうな紅茶のポットが置いてあった。シモンはティーカップに葵のぶんを注ぎ、椅子の端を空けてくれた。

まごつきながら、葵は嬉しさを押し隠して、水差しを近くのチェストに置くと、シモンの隣にそうっと滑り込んだ。

渡された紅茶は甘みのある、味の濃いものだった。鼻先に香る茶葉の匂いがかぐわしい。温度もちょうど飲みごろで、渇いていた喉にしみて美味しかった。

そのとき、隣から、「母にお前のことを告げたメイドだが、解雇した」と、言った。葵はドキリとして、シモンを見つめた。

「そんなことして、大丈夫なの？」

「またあんな勝手をされては困る。見せしめといっては言葉が悪いが、これでしばらくは、下手なことを言う者はいなくなるだろう。もっとも母はあの性格だ。またお前の部屋に乗り込んでくるかもしれないが……」

「……それは、俺も悪いから……。もっと上手く立ち回るやり方があるかもしれないのに、それができないし……」

「お前の性格で、母とうまくやれるとは思えないな。お前は基本的に、情が深い。その場限りの嘘も苦手だろう。第一、母はお前の話に耳を傾けたりしない」

「……」

お前と母は正反対だ、とシモンは独り言のように呟いた。

「テオのことなら気にしなくていい。生まれたときからこの環境にいる。辛い思いはしているようだが、眠れば元気になる」

「……子どもはすぐに元気にはなるけど、傷はなくなるわけじゃないよ」

そっと言うと、シモンが口を閉ざしたので、葵はうつむいた。

「一生、残るよ。それを乗り越えていくためには、他の誰かの支えが必要だ。……テオにはお前がいるから、よかったけど……母親の愛情がなかった事実は、ずっとその子の傷にはなる」

「――体験談か？」

訊ねられ、葵は黙り込んだ。その通りだったけれど、そうだと言うのもなんだかみじめだった。辛い思いなら、シモンだってしてきただろう。

「……俺、どうしたらいい？　テオやお前と関わると、アリエナ様は怒ってしまう。……これからは、お前の部屋に行ったりしないほうがいい？」

ずるいと思いながら、訊いてしまった。アリエナが取り乱したもともとの発端は、葵がシモンの私室を訪れたことにある。

もう来るなと言われたらどうしよう。そう思うと怖くなって、カップを持つ手が震えた。

シモンは数秒黙り、それから、「お前が来たくなくなったなら、それで……」と、言いかけた。葵は咄嗟《とっさ》に、「行きたいよ！」と返していた。顔をあげると、心持ち、シモンが眼を見開いているように見える。

「俺は……シモンと話がしたいし……毎日でも会いたい。だけど……」

言っているうちに恥ずかしくなり、声が小さくなっていく。シモンがじっと自分を見ているだけなのも、いたたまれなかった。

お前はどう？　俺に、ちょっとは会いたいと思ってくれる？　そう言いたくなる気持ちを、ぐっと押さえた。

「……ただ、俺の気持ちだけで行動して、テオを傷つけるのはいやだ。お前に迷惑をかけるのも、不本意だ。……お前はこの国の大公で、俺は……子どもができない限りは、ただの……居候っていうか……道具、みたいなものだろうから」

口にすると胸が苦しくなり、それ以上はなにも言えなくなる。自分で言っておいて、自分で傷ついてしまう。シモンからの、道具ではないという言葉を、期待しなかったといえば嘘になる。けれど数秒の重苦しい沈黙のあと、シモンは他のことを口にした。

「……テオは」

シモンはまた、なにかに戸惑っているように、ゆっくりと言葉を紡《つむ》ぐ。

「昨夜、私にお前を追い出さないでくれと頼んでいた。母が出て行けと言ったから、私が追放しないか、心配したらしい。……私とお前に、仲良くしてほしいと言っていた」

葵は顔をあげた。テオらしい言葉だ。自分が母親に無視され、あれだけひどく傷つけられたあとに葵を思いやってくれるなんて、と思うと、その健気さに涙が出そうになる。

「お前は、それになんて答えたの？」

葵が訊ねると、シモンはしばらく黙っていた。

「……追放はしないと言った。すると仲良くしてほしいと言われたので……努力する、と、伝えた」

「……努力」

葵は眼を丸くしてしまった。シモンが？　そんな、意味のなさそうなことを、どうしてすると言ったのだろう。

シモンは視線をさまよわせ、ため息をついた。口元に手をあて、またしても「自分の発言に違和感がある」という顔をする。

「母があいう人間だから」

と、シモンは言いづらそうに口を開いた。

「私には、お前の心の機微《きび》は分からない。だが、テオとお前はよく似ている。……昨夜、テオに一緒に寝ようと言ったら……泣きながら嬉しいと言われた。本当はいつもそうしたかったと……それで、私はようやく、普通の子どもというものは、庇護者《ひごしゃ》と寝たいものなのだと気付いた……」

私は、想像もしなかったのだ、とシモンは喘《あえ》ぐように言った。

「——誰かと寝て安心など。子どものころ、時折母が寝床に入ってきたが、私は恐ろしくてたまらなかった。……母は寝ている間中、譫言《うわごと》のように恨《うら》み辛《つら》みを言い、かと思えば急に金切り声をあげて叫びだした。悪魔が私を、奪っていくと思い込んで、怯えていたのだろう。突然壁に向かって物を投げ始めたり……私を抱き込んで震え、パニックになって、近づいてくる使用人がいれば片端から蹴りつけるような日もあった。……あるときは、とっくに大きくなった私に、乳房を吸うよう強制した。……私は母が気味悪く、軽蔑していた……」

こめかみに指をあて、シモンは眉根を寄せて苦しそうにした。

「母のあれが愛だというなら、この世のすべてがおぞましく見えた。醜《みにく》く、憐《あわ》れで、愚かで……お前には悪いが、私は今も、お前の言う愛や情を理解できない……愛とは、エゴではないのか……？　少なくとも、国を率《ひき》いるために——あんなものが必要だとは、とても思えない……」

話をじっと聞いている葵の瞼《まぶた》の裏に浮かんできたのは、まだ幼い小さなシモンが、愛という大義名分のもとに、理不尽な怒りや束縛をぶつけてくる母親へ、小さくなり、怯えている姿だった。実の親がやってくるたびに恐れなければならない生活とは、どんなものだったのだろう？

――お前がもし、幼いころ……そばにいて、テオにしてくれているように……してくれ、母を怒ってくれたなら。

昨日の昼間に聞いた、シモンの言葉が蘇る。

あれはただの慰めではなく、シモンの中にまだ残っている、小さなシモンから発せられた、ＳＯＳだとしたら？

時を超えて、過去から、無力な子どもが葵に呼びかけているのだとしたら――。そう思うと、いてもたってもいられない気持ちになる。小さなシモンを抱き寄せ、理不尽な愛のすべてから、守ってあげたいような、そんな感情がわいてくる。

誰かと眠りたいとすら、シモンは思わなかったという。普通の子どものように、誰かに抱き上げられたいとも、思っていなかったかもしれない。アリエナはシモンを何度も抱き締めて、そうしてシモンの望まない言葉を、いくつもいくつも浴びせかけたかもしれない。

「……何歳のときに、お母さんはおかしいと、思ったの？」

そっと、葵は訊いていた。シモンは遠い眼をし、ぎこちなく体を動かした。一秒、二秒と沈黙が続き、やがて一分も経つかというころ、ようやくシモンは答えを返した。

「よくは覚えていないが……七歳だったかもしれない。……その年の誕生日の祝いの席で、母が一番目の兄の写真を、私に見せたのだ」

たどたどしく、言葉を探すようにシモンは言う。

「二歳の誕生日の写真だった。私ではないのを、私は知っていた。けれど母は、それが私だと言い張り……私は言った。『それは最初のシモンです。僕はあなたの、十四番目のシモン』と……」

シモンの声がかすれる。シモンは唇を震わせ、じっと床に眼を落とす。

「……母は私の頭がおかしくなったと騒いだ。私が狂ったと言い、私しか産んでいないと怒鳴り、用意されていた誕生日のケーキを床に投げつけて、ぐちゃぐちゃにした。……私の子ども時代の写真は、本当は一枚しかないのだ。産まれたときに、執事が撮ったものだ。母は兄たちの写真を、すべて私だと思っている……ことあるごとに、私にはない思い出を話す。それらはすべて、兄たちとの話だ——母がまだ、正気だったころの……」

話すうちに、シモンは眼もとを片手で覆い、うつむいた。呻《うめ》くように、忘れてくれ、とシモンは呟いた。

「私も忘れていた。……こんなことは、必要のない、無意味な話だ——」

生きていくのに。

必要ないと、シモンは続ける。いいや、覚えていては生きていけなかったのだと、葵には分かった。悲しみや苦しみにいちいち立ち止まってしまえば、大公という重たい仕事を、引き受けられない。

個としてのシモンはどこにもいらない。ただ、グーティとしてのシモンだけが、大公としてのシモンだけが、いつでも過剰なほど必要とされる世界で、シモンが正気を保つには、愛など忘れるしかなかったのかもしれない。

葵の眼に、熱いものがこみあげてくる。息が苦しくなり、問いかけたことを後悔した。一方で、話してくれたことが、たまらなく嬉しかった。

「無意味なんてこと、ないよ」

葵は気がつくと、シモンの背に、そっと手を添わせていた。慰めるように、優しく撫でる。そのまま体を寄せると、自然とうなだれたシモンの頭を抱く形になる。美しい銀の髪が、胸元で擦れて音をたてていた。

「そんなお前だから……テオを抱いてあげられる。お前がいるから、テオは……愛を知ってる。俺だって……」

言ってはいけないと思う。思うのに、機械のように無機質なシモンからは想像できない、打ちひしがれた姿を見ては、もうとても胸におさめておけなくて、涙が頰を転がった。

「俺だって、そんなお前だから……好きなんだ」

とうとう、言っていた。シモンは顔を覆っていた手を解いて、訝《いぶか》しげに葵を見る。その眼に、なぜという言葉が浮かんでいる。なんでだろうなと葵は小さく、泣きながら笑った。

「意味なんてない。だけど……お前が好きだって思うよ」

キスもしたことないのにな、とちょっとおかしくなって言うと、

「……一度しているだろう。池で助けたとき」

シモンがややあって反論した。

葵は一瞬考え込み、それからあっと気付いた。そういえば、あのとき、シモンに口伝いに空気をもらったのだ。

「でもあれは人工呼吸だから……カウントされるの？」

「なら、今するか？」

問われたことが分からず、葵は息を止めた。じっと見つめてくるシモンに、頰が紅潮する。次の瞬間、大きな体が近づいてきて、腰をとられる。

「あ……」

なにか言いかけた唇を、温かく、大きな唇で塞がれて、葵はぎゅっと眼をつむった。

シモンの唇は柔らかく、その見た目と違って熱っぽかった。角度を変えてもう一度啄《ついば》まれ、葵は唇を開けた。その隙間に、分厚い舌がぬるっと入りこんでくる。

「ん、ん、ん……」

甘いタランチュラのフェロモン香が鼻腔いっぱいに広がり、腰から力がぬけて、葵はシ

モンの胸にすがりついていた。体がうずうずと疼き、肩胛骨《けんこうこつ》の間がぶるぶると震える。普段隠している翅《はね》が、どうしてか今、反応しているのだ。

歯の上や下、口蓋を舐めとられると、ぞくぞくと甘酸っぱいものが背筋に走る。寝間着の下で性器がぴくんと揺れ、陰部が湿るのが分かった。

「ん、ふ……」

感じた声を出す自分が恥ずかしくて、葵は首までまっ赤になった。ちゅるちゅると唾液を吸われ、耳たぶや頬を撫でられると、薄い肩がびくっと跳ねる。

ようやく唇を離されたときには、葵は荒い息をしていた。シモンは自分の下唇を薄く舐め、それから葵の額と瞼、頬へと口づけてくれた。細めた眼には、いつもより輝きを増した青い光が灯っている。

「シ、シモン、も、もうこれくらい、で……」

これ以上されると、下半身の変化が隠せなくなりそうで、葵は慌ててシモンの胸に手をついて離れた。けれどシモンは葵の手首をとり、

「もう一度……」

と、囁いてきた。その声は甘く、まるで子どもにねだられている気がして、葵はつい抵抗できなくなる。じっと葵を見つめてくるシモンの眼も、まるで迷子のように、少し困って見えた。まごつきながら、結局はゆっくりと眼を閉じる。

ほんのわずかに、シモンの微笑《わら》う気配がした。もっともそれは勘違いかもしれない。どちらにしろ再び重なってきた唇に、葵は翻弄《ほんろう》され、それを確かめることはできなかった。


「やあ、アオイ。水くさいじゃないか。俺はついさっきまで知らなかったぞ」

十一月に入ったばかりのその週、往診でやって来たフリッツは葵を見るなり上機嫌で言った。なんの話かと首を傾げると、

「最近、シモンと仲良くしてるそうじゃないか」

と、返されて、葵は一気に頬を赤くした。その反応を見て、葵の正面に座ったフリッツは、ますます笑みを深めている。

「いや、そうか。だが本当に、きみがシモンの心を溶かしてくれるとは……」

「ち、違うよフリッツ。シモンが、少し、譲歩してくれたってだけで、仲が良いわけじゃないよ……」

フリッツはどこからなにを聞いたのだろう。葵は慌てて、訂正した。

アリエナが葵の部屋に乗り込み、出て行けと騒いでから五日ほどが経っていた。その間、シモンは葵とテオの部屋を交互に訪れて、夜は二人のどちらかと眠るようになった。

この五日、葵はまたアリエナに乗り込まれはしないかと不安に思いながら過ごしていた

が、メイドの解雇が利いたのか、あるいはシモンのほうから葵を訪れているせいか、あれから使用人の告げ口はないようだった。

とはいえ、たまにメイドとすれ違うときなど、あからさまな嫌味を言われることはある。下等な種は品のないこと。図々《ずうずう》しさばかりは図抜けてらっしゃる……。葵はまだ使用人が怖かったが、なるべく気にしないことにしていた。怖がってばかりいると、いつかのようにシモンが葵の部屋の暖炉を起こすことになりかねない。それでは迷惑をかけてしまう。

五日のうち三日、シモンは葵の部屋を訪ねてくれていた。それがどういう風の吹き回しなのかはよく分からない。一度だけキスをしたけれど、それ以来性的な接触は皆無で、二人並んで眠るだけというごく健全な夜を過ごしているのだ。

「なるほど。そういうわけか……」

経緯を聞いたフリッツが、納得したように頷いた。

「でもきみら、今日からまたセックスするんだろう？」

と、聴診器とカルテを出しながら、フリッツは続ける。それなのだ、問題は――と、葵は心の中で独りごちた。

葵はまた今日から、妊娠しやすい周期に入っている。なので今夜から、シモンとセックスすることになっていた。

先月も抱き合ったというのに、今さらのように緊張し、葵は朝からずっとそわそわと落ち着かないままだった。考えれば考えるほど、どう振る舞えばいいのか、分からなくなる。

「……フリッツ。実は俺、その……」

胸の音を聞き、カルテになにやら書き込んでいるフリッツへ、葵は小さな声で切りだした。

「その……俺、五日前に、シモンに言っちゃったんだ。……好きだって」

フリッツが眼を見開く。葵は自分がいかにも愚か者のようで、頬を熱くした。

英語なので、あれは友達の好きだったとか、そんな言い訳は通用しない。葵は愛していると言ってしまった。フリッツは一瞬固まり、それから、

「それで、シモンはなんて？」

と訊いてきた。葵は首を横に振った。

「なんにも。そのときも、それからも、特になにも言われてない。……だから忘れられてるのかも」

「忘れてはないだろう。……忘れたふりはするかもしれないけどな」

「……忘れたふり」

葵が繰り返すと、フリッツは肩を竦めた。そうする必要がある場合は、と小さくつけ足され、葵はやっぱり、告白は余計だったろうかと不安になった。

五日前の明け方は、葵もかなりセンシティブになっていたが、シモンもいつもとは違っ

ていた。だからシモンはキスしてくれたのだろうが、それをどう感じているかは読みとれない。もしかすると後悔しているのか、たまに視線を感じて顔をあげ、眼があうと、ふいっとそらされてしまう。そういうことが、この五日で何度かあった。

一緒に眠るときも、肩が触れたら、シモンは葵から距離をとってしまうようになった。以前は、抱き締めて眠ってくれたというのに。

（少しは意識されてるのか……単に、キスしたことを後悔してるのか……どっちなんだろ）

あの夜以来、シモンはまた元のように、無機的でつけいる隙もなくなったので、葵にはあのときの頑是なかったシモンが、幻だったのではと思ってしまう。

「……でも友人として、きみがシモン個人を好きになってくれたなら、嬉しく思うよ」

フリッツは腕組みし、ため息まじりに言った。

「俺は十代のとき、寄宿舎でシモンと一緒になったんだ。隣国同士、境遇も似てる。いつかケルドアもヴァイクのように大公制度を廃止して、シモンの家も一貴族になる……なんて言われてたから、親近感を持って近づいたんだけどさ」

フリッツがカルテを鞄へしまい、そんな話をしはじめる。初めて聞く話なので、葵は思わず眼を丸くした。

フリッツの家が、元大公家であり、時代の流れに逆らえずに共和制をとったことは、葵もうっすらと知っている。三男のフリッツは自由気ままにすごしているそうだが、長男にあたる彼の兄は、元大公として、共和制になったばかりの不安定な国状を調整するのに、いまだに東奔西走《とうほんせいそう》しているという。

「ところがシモンはうちの兄よりもよほど、大公様って感じだった。個人の感情がないように見える。俺は面白くも、可哀相にも思って、今日まで勝手にくっついてきたが、あいつは変わらないいんだよなあ。でもそれは、周りも悪いんだな。シモン個人を大事にする人間が、あまりにいないいんだ」

だから、アオイの気持ちは嬉しいよ、とフリッツは続け、小さく苦笑した。

(でもシモンが俺を愛するなんてことは、ありそうにないけど……)

シモンは愛をエゴだと言ったたし、それは違うと言えるほど、葵も愛について知らない。

黙り込んでいる葵を励ますように、フリッツは笑顔になり、ぽんと肩を叩いてきた。

「ま、悩んでるなら尚さら、子作りを頑張ることだな。子どもができれば、きみは晴れてシモンのパートナーだ。一生そばにいられるんだから、さすがにそれだけ時間があれば、あの唐変木《とうへんぼく》もきみを愛してる、って言うかもしれないぞ」

(そうかなあ)

とは思ったが、葵のすることは決まっている。シモンを好きだと思った以上、日本へ帰国する気持ちは失せた。ならばグーティを宿すしかない。そうすれば、少なくともシモンの隣にいる理由ができるのだから。

そしてその日の夜、自室でシモンを待っている間、葵の心臓は痛いほど脈打ち、緊張で体が強張っていた。

湯浴みを終えて柔らかなバスローブを着たあとは、ベッドの上に座っていたけれど、自分が一ヶ月前、一体どうやってシモンを待っていたのか思い出せなかった。ちゃんとセックスできるのか、そもそもシモンは告白した葵を抱くのは嫌じゃないのかと不安になり、薄い体は震えている。

悶々としているうちに、やがて扉が開き、音もなく大きな影が入ってきた。ドキドキして顔をあげると、ローブ一枚着ただけのシモンが立っていた。

「あ、こ、こんばんは……」

つい、挨拶してしまう。その声は緊張でかすれていた。シモンは葵の挨拶をいつものように無視したが、そんなことも気にならないほど葵は気が張っていた。足の感覚がなく、全身がなんだかふわふわしている。

「あ……な、なんか久しぶりだけど、お前は大丈夫……？」

無言でベッドに乗り上げてきたシモンに、思わず訊く。慌てているのがすぐにバレそうな、焦った口調になってしまった。けれどシモンは前と変わらず、ごく淡々と葵に向き合う。瞳は今日も静かに輝き、やっぱり、烏瓜のあかりみたいだった。その眼に引き込まれ、動けない。薄い肩を、シモンの大きな手で包まれる。そっと体重をかけられると、葵は簡単にベッドへ沈みこんだ。もはや心臓は、皮膚から飛び出しそうなほど強く鼓動していた。

「シモン……」

声が震え、視界が潤んだ。恥ずかしい。初めて抱かれるような気がする。全身がシモンの甘い香りに包まれて、それだけで背筋にぞくぞくしたものが駆け上がる。

ローブの紐を解かれ、胸を露わにされると、葵はまっ赤になって眼をつむってしまった。シモンが、どんな顔で自分を見下ろしているのか――もしほんの少しでも、つまらなさげにされていたら傷ついてしまいそうで、怖くて、葵は顔をあげられなくなってしまった。

「……私が大丈夫、とは?」

そのとき不意に、葵のローブを脱がせていたシモンが訊いてきた。葵はうっすら眼を開け、シモンを見返した。感情の見えない静かな顔だったけれど、じっと、葵の答えを待っているのが、気配から分かった。あまりに震えているから、気を使わせたのだろうかと、慌てた。

「お、俺がお前に、す、好きなんて言ったから……お前はやりにくいかと思って……」

どう弁解すればいいのか分からず、葵はついまた、口を滑らせて「好き」と言ってしまった。けれどそれが掛け値なく本音なので、他に言いようもない。全身羞恥で赤くなった葵を、シモンはしばらく無言で見つめていた。

「いや……それは」

シモンは戸惑ったようになにか言いかけ、やがて答えを探すような、困っているかのような表情になる。それは五日前、初めて葵が見た、あのどこか頑是ないシモンの顔と一緒だった。一瞬ドキリとした葵だったが、シモンはムッと眉をしかめて、黙り込んだ。小さく頭を振り、「悪いが、それは一旦、忘れておく」と続ける。どういう意味だろう。思わず上目遣いでじっとシモンを見つめると、

「……それを気にすると、いつものようにできそうにない」

シモンはそう呟き、眉根を寄せた。

そうして、葵を見つめ返す。その瞳にはなにか正体の知れない強いものが混ざった。うなじから頤《おとがい》へと、するりと手をあてられる。顔をわずかに持ち上げられた葵は、小さく震えた。シモンの唇が、わずか数ミリの距離にあった。このまま、五日前と同じようにキスしてもらえる――？　そう思ったけれど、不意にシモンは葵から眼をそらし、顔を離してしまった。

失望を含んだ「なんだ……」という気持ちが胸に広がる。けれど、すぐさまシモンの指が葵の乳首に触れ、くるりと撫でられたので、葵は「あ」と声をあげた。柔らかな胸の肉

を揉まれ、頂きの乳首を両手で捏《こ》ねられ、引っ張られる。先月は前戯《ぜんぎ》は糸任せだったのに、今回はシモンの手で触れられて、葵はまごついた。

「シモン、あ、あ、う……」

少しの刺激で性器が勃《た》ちあがり、陰部も後孔も濡れてくる。下腹部にじわじわと快感が広がり、不意に桃色の乳首をちゅっと吸われて、葵はびくんと跳ねた。

「あっ、んん……っ」

そのうち粘ついた糸が伸びてきて、ぬらぬらと陰部と後孔を撫で、中に入り込んでくる。ゆっくりと解され、どちらも左右に開かれて、陰部にはシモンの親指が、後孔には残りの指がゆっくりと入りこんでくると、葵は自然と股を開き、下腹をきゅうっと締め付けて、「あん、あん……」とあられもない声をあげて、喘いでしまった。

シモンの指で、じかに触ってもらえている。キスはしなかったのに、どうしてと思うが、やっぱり嬉しくて、それだけで全身が甘く崩れていく。淫らな声が止まらず、秘部に入れられた指と糸で、感じる場所を刺激されると、葵の、小ぶりの性器からぴゅくぴゅくと白濁が飛んだ。

「あっ、あ……っ、ダメ……ッ」

シモンが空いた手で性器を包んだので、葵はびくりとして上体を起こした。けれど軽く擦《こす》られると、それだけで性器は震え、葵は吐精《とせい》してしまった。

「あっ、あー……っ」

「イったのか……男の機能もあるんだな」

小さな声で、この日ほとんど初めて、シモンが葵の体への感想を漏らした。けれどそれは褒め言葉ではない。キスをやめたのだから、シモンは葵を好きではないのだ――。

一度達すると冷静になり、葵は悲しくなってきた。まっ赤な顔を両手で覆い、

「み、見ないでよ……そこ、触られるの嫌だ……」

そう言うと、じわっと目尻に涙がにじんだ。

「なぜ」

訊いてくるシモンは、性器に触れていた糸と手の動きを止める。

「だって……俺、女の子じゃない。お前の、前の二十八人と、比べられたら……勝てないもん」

情けない――けれど、張れるような虚勢《きよせい》は、もう葵にはまるきり残っていなかった。腹を見せた犬と同じで、お前が好きだと二度も言ってしまった。そうして好きだと自覚すると、以前シモンが抱いたという女性のことが気になってしまう。昔のことだと分かっていても、相手はみんなタランチュラの女性で、ケルドア人で、きっと葵とは違って完璧に美しかっただろう。使用人であるメイドにも、葵は敵わないと感じるくらいなのだ。

みじめな気持ちを吐露したとたんに、秘部から指を引き抜いたシモンが、己のローブを

はだけた。顔を覆っていた手を緩め、おずおずと見ると、シモンの怒張は既に張り詰めて、硬くなっていた。これまでは、いつも何度か自分で擦らないと、勃起していなかったのに――。

驚いてシモンを見ると、その頬には、どうしてかわずかな赤みが差していた。

「アオイ」

突然名前を呼ばれ、葵は息を止めた。面と向かって呼ばれたのは、初めてだ。心臓がぎゅっとなり、ドキンドキンと鳴る。精を吐いて萎えていた性器が、正直にも再び持ち上がる。そうして葵の陰部へは、シモンの性がゆっくりと入ってきた。同時に後孔へも、同じだけの質量の糸が、怒張の形を模すようにして挿入された。

「あ……っ」

二ヶ所の淫部を刺激され、葵は背を反らした。大きな性をすべて飲み込むと、お腹はきついくらいになる。糸が葵の胸元を這いずり、乳首に巻き付いてきゅんと引っ張る。

「あ、あん、あ……」

シモンは葵の尻を持ち上げ、緩やかに律動しはじめた。中で性器を回され、引き抜かれ、また入れられる。奥を優しく突かれると、葵の秘部はしとどに濡れ、いやらしいつゆが丸い尻をぐっしょりと濡らしていくのが分かる。

「……どちらの孔も洪水のようだ。自分で分かるか？」

囁くシモンの声がかすれていて、葵はそれにすら感じ、下腹を締め付けていた。入れられたものの質量が分かると、それに感じて、自然と腰が揺らめいてしまう。

「あ、や、あ、あ、あっ」

涙眼になり、葵はどうしよう、と思った。

（どうしよう、俺、嬉しい――）

嬉しい。シモンに名前を呼ばれて嬉しい。優しく抱いてもらえて、嬉しい。胸がぎゅっと絞られたように苦しくなり、涙が溢れてくる。

アオイ、ともう一度呼ばれると、不思議な全能感《ぜんのうかん》が体を包み、葵はしゃくりあげていた。麻薬のような多幸感《たこうかん》が押し寄せてくる。

「……なぜ泣いている」

泣き濡れた視界の中で、シモンは戸惑ったような顔をしている。まるで、泣いている葵を心配してくれているような、そんな表情に見える。

「体が辛いか……？」

そっと訊いて、シモンは葵の目尻から、涙を拭ってくれる。

（お前、そんなこと気にしてくれるの……？）

嬉しくて、葵は目尻にあたったシモンの手に、すり、と顔を擦り寄せた。

「違うよ、お前に抱かれて……嬉しくて……」

そう言った次の瞬間、激しく中を穿《うが》たれた。

「あっ！　ひぁっ！」

シモンが葵の細い体をぐっと抱き締め、葵は足を折りたたまれるような体勢で、何度もシモンの性を受け止めた。強く突き上げられて、陰部も後孔も皮膚の感覚がなくなり、ただ体の芯から溢れてくる、浮遊感と快楽に蕩《とろ》かされる。

皮膚と皮膚のぶつかる音が、部屋中に激しく響く。

「シモン、あ、あっ、あ、強……、あ！」

泣きじゃくりながらシモンの背にしがみつく葵を、シモンは抱き締め、何度も頻にキスしてくれた。嬉しい、嬉しいと思っているうちに、抽送《ちゅうそう》はどんどん激しくなり、不意にシモンが止まる。中にシモンの精が放たれ、葵は夢中でシモンの腰に足を回してぎゅっとしがみついた。一滴残らず注いでほしい。そう思うのと同時に、頭の芯がチカチカし、葵の体は小刻みに痙攣《けいれん》しながら達していた。

「んっ、ん、ん、あ、ふぁ、ああ……っ、んんっ」

さざ波のような快感が幾度も体に押し寄せては、ひいていく。深く甘すぎる快感。これは明らかに男の絶頂ではなく、女の絶頂だと思った。二つの孔がどちらもぎゅうっと収縮し、入れられている性と糸を、さらに奥へと誘うように蠢《うごめ》いた。

「あ、赤ちゃん、できるかな……」

思わず呟いたのと、シモンの性器が、硬度を取り戻すのは同時だった。葵はドキリとしてたじろいだ。

「すまない」

耳元でシモンが呟いたと思うと、葵は体を持ち上げられ、ぐるりと回されていた。中に入った性器で媚肉《びにく》が擦られ、葵は「ああんっ」と悩ましい声をあげる。と、気付けばうつぶせにされ、尻だけを抱え上げられていた。

「あっ、あん！」

前立腺を擦られ、同時に陰部を太い茎で穿たれて、葵は腰砕けになった。甘く強い快感に耐えきれず、顔をシーツに押しつけて震える。内腿《うちもも》がわななき、とても体を支えられない。けれどシモンの抜き差しが激しくて、体がずり落ちるより前に、パン、と音をたてて中へ入れられ、葵はまるで宙づりで犯されている気持ちだった。

「あーっ、あー……っ、あああー！」

口の端からはだらしなく唾液がこぼれる。さきほどたっぷり精を注がれた中は、突かれるたびに恥ずかしい水音をたて、耳まで犯されているようだ。

「アオイ」

シモンが葵の両手首を持ち、ぐっと引っ張りながら腰を突き上げて、名前を呼ぶ。呼ばれると、葵の後ろはきゅんと締まる。自分でも、恥ずかしいほど素直な反応だった。

「アオイ、私との子どもが、ほしいか……?」

何度も葵を揺さぶりながら、シモンがそう囁いてくる。葵はばかのように喘ぎ続けながら、必死になって頷いていた。

「うん、んっ、ああ、ん、ほし、ほしい……っ」

そうしたら、シモンと家族になれる。ずっと一緒にいられる。

ただそれだけの理由で、あまりに浅ましいかと思ったけれど、それでもシモンと自分の間に、子どもがほしい。それは深いところで、互いに混じり合い、愛し合うことを許されたような、そんな証《あかし》になりそうで——。

シモンが、国のことや、種の運命や、そんなものとは関係なく、一番大事なものを葵にくれたような……そんな気持ちになりたいと思った。

「ほしい、よ、シモン、俺、お前と、ずっと、一緒にいたい——」

「そうか」

シモンはもう一度、そうかと呟く。そうして後ろからぎゅっと、抱きすくめる。

「……もし、お前から産まれたら」

シモンは、聞こえるか聞こえないかのような小さな声で囁いた。

「お前が母親なら、子どもは、どんな気持ちだろうな……」

「あ、あん、あー……」

葵は仰け反り、声をあげた。シモンの二度目の精を、激しく内側に叩きつけられて、葵もまた、体を震わせて昇りつめていた。

九

（今月も、陰性だった……）

ケルドアにやってきてから、半年が過ぎるころ、葵《あおい》は毎日、胃が痛むような不安を感じるようになっていた。

月日は流れ、いつの間にか年を越し、季節は三月。ケルドアにも、遅い春が訪れようとしていた。

夜、シモンと眠る習慣は続いていた。七日のうちの四日が葵で、三日がテオ。時々、三人でも眠った。

二人きりでも、シモンは相変わらず素っ気ないが、時々他愛ない話をするようになった。一日にあったささやかなことばかりだったが、そんな変化でも葵には嬉しかった。アリエナはおとなしくしているらしい。あれからは部屋にやってこず、葵は一応ホッとしていた。

そしてこれまでに六度あったセックス期間は——回数を重ねるごとに、濃密《のうみつ》に、甘やかになっていくように思われた。葵の中に五回出す、という作業そのものは変わらないが、シモンは最中にアオイと名前を呼んでくれるようになったし、終わったあと、体を洗ってくれるのも、今では使用人ではなくシモンだ。義務で抱かれているのだとしても、以前よりはずっと良い。時には、愛されているような錯覚にさえ陥《おちい》った。

それでも子どもは、できなかった。その日も受精検査を受けた葵は、簡易な妊娠検査薬が陰性と出たのを見て、落ち込んでいた。

自分でもどうしてか分からないが、この数ヶ月、シモンを好きだと思い始めてから、「陰性」の言葉を聞くたびに眼の前が真っ暗になるほど、がっかりするようになった。フリッツには、男女間でも低い確率なのだから、気長にやれと励ましてもらったけれど、葵の心は晴れなかった。半年。この節目にこだわってきたのは、理由があったからだ。

初めて会ったとき、葵はシモンにはっきりと言われていた。

――半年経っても兆候がなければ、私は次の相手を探し始める。

つまりあと一年半、葵に猶予《ゆうよ》があったとしても、相手が見つかれば、葵と同時並行でシモンは他の相手を抱くということだ。それはどうしても嫌だった。好きな相手が、たとえ国のためとはいえ、自分以外を抱いているのは辛い。せめて契約期間の二年だけでも、自分だけを相手にしてほしいと思ってしまう。

けれどその間に子どもができる保証など一切ない。もしこのままできなければ……と想像すると恐ろしく、葵は刻一刻と迫ってくるタイムリミットに怯えるようになっていた。

そうして、とうとうその半年目を、葵は子どものできないまま迎えてしまったのだ。

「アオイ、げんきないね。どうしたの？」

その日夕飯が終わったあと、葵は部屋でテオと遊んでいた。一緒に本を読んだり、絵を描いたりしていたが、無意識のうちにため息をついていたらしい。顔を覗き込んでくるテオの心配そうな顔に、葵は慌てて笑みを作った。

「なんでもないよ、大丈夫」

まさかシモンとの子どもができなくて、不安だとは言えない。誤魔化していると、扉が開いて、寝間着姿のシモンが入って来た。今日は珍しく早いのかと思ったが、時計を見ると九時半を過ぎていた。

「テオ、部屋に戻りなさい。アオイを休ませてやれ」

シモンに言われ、テオは慌てて立ち上がった。こういうところは育ちの良い子どもらしく、テオは素直に聞き分けるし、三人で寝たいとわがままを言ったりもしない。西洋の子どもは、基本は一人で眠るものだというのもあるだろう。テオはアオイにおやすみの挨拶をし、出て行くときにシモンに声をかけた。

「兄さま、アオイがげんきないの。やさしくしてあげてね」

葵は気まずい思いになったが、テオに悪気はない。テオが出て行くと、シモンは「どうした?」と訊いてくれる。その声は、以前と比べるとずっと優しくなった。葵は絆《ほだ》されて、俺以外抱かないで……と言いそうになったけれど、すんでのところでそれを飲み込んだ。なんでもないよと笑いながら、テオの散らかした絵本を拾って歩く。けれど後ろから、シモンは追い打ちをかけるように訊いてきた。

「受精検査が、陰性だったからか? ……先ほど、フリッツから連絡があった」

葵はぎくりと強張り、喉がきゅうと細く、締まるような気がした。

おそるおそる振り返ると、シモンは葵の顔を、少し困ったように見ていた。その表情は、このごろ、シモンがするようになった顔だ。以前なら見せなかった顔。けれどシモン自身、どうして葵にそんな疑問を投げかけたのか、と戸惑っているようだった。こんな問いは無意味だと、シモンは思っているのだろう。

葵はシモンを安心させるために、「そんなことはない」と言おうとしたけれど、できなかった。シモンの青い眼に見つめられると、なにもかも見透かされそうで、嘘をつけなくなってしまう。

葵は視線をさまよわせ、結局は「うん……」と、頷いた。

「……お前、もう、他の相手って探してる?」

拾い上げた絵本を胸に抱き、思わず、訊いてしまう。シモンは「いや……」と言ったが、

「だがそろそろ、探すことになるだろう」と続けた。それに、心臓が強く鼓動を打つ。

「そっか……」

自分でもはっきりと分かるくらい、しょげた声が出た。

「……嫌なのか」

問いかけてくるシモンの声も、ぎこちない。きっと無意味だと思っているシモンと、葵を気遣うシモンの二人が、彼の中で葛藤《かっとう》しているのだ。葵には、そう思えた。

「嫌、だよ。そりゃ……だって」

葵は手に冷たい汗が滲んでくるのを感じた。

「俺は……シモンとしか寝ない。お前が好きだから……。それでも、やめてっていえないけど……でも……シモンは俺が他の誰かと寝ても、平気？」

訊いた瞬間、後悔した。平気だと言われたら、傷つく。シモンは青い眼を見開き、固まっている。葵はぎゅっと眼をつむった。今のは忘れて、と続けると、シモンは小さく息をついたが、それ以上はなにも言わなかった。

「ごめん、俺が口出しすることじゃなかった」

小さな声で言い、片付けを再開することで、なんとかシモンから顔を逸《そ》らす。気まずい沈黙があたりに流れ、葵はなぜ、こんなことを言ってしまったのだろうと情けなくなった。

「……分かった」

と、喘ぐようなシモンの声がした。

「あと一年半だけ、お前一人にしよう」

相手を探すのは、やめる、とシモンは続け、葵は驚いて顔をあげた。まさか、聞き間違いではないかと思った。シモンがそんなことを言うとは、とても信じられなかった。

信じられないのはシモンも同じようで、ベッドに座ったまま、凝固《ぎょうこ》している。白皙《はくせき》の顔はもはや青ざめ、シモンは自分でも自分の言葉を疑うように、口元に手をあてた。

「……お前の感情と、子作りはべつの問題だ。私には関係ない」

どこかうろたえた声で、シモンは言う。

「国にとって……私にとっても、お前の要求は無意味で、不利益だ……情事はすべて、グーティという種が滅亡するか否かの……賭けでしかなく……」

「シモン？」

シモンの声音が頼りなく、葵は不安になり、そっと声をかけた。シモンは顔を歪め、

「だが」と言葉をついだ。

「……一年半くらいなら、変わらないだろう……お前が、そうまで辛《つら》いなら……」

そこまで言うと、シモンは声にならない呻《うめ》き声をこぼした。まるで頭が痛むように、こめかみを押さえ、背を丸める。

「……だが、なぜだ？」

そして突然、シモンは強い声を出した。その声に、怒りが混ざっている。葵はじっと、シモンを見つめた。顔を伏せ、しばらく固まっていたシモンの肩が、わなわなと震えだす。

やがてシモンは、「なぜ、お前と私の事情が、天秤《てんびん》にかけられる？」と、呟いた。

「おかしくはないか……？　なぜ、私はお前のために……十二年も続けてきたことを……生まれたときから望まれてきた生き方を、変えねばならない？」

シモンの声に、だんだんと荒々しい響きが混ざる。信じられない、どうしても納得がいかないという煩悶《はんもん》が、その声に現れている。

「お前が私を好いていることと、私が他の相手を抱くことには、なんの関係が？　そもそも、私が誰かを抱くのは子どもを作るためだ。愛情の確認ではない……」

シモンは顔をあげた。そこには、困ったような表情は消え、怒りに染まった、『大公』としてのシモンの表情がある。それは一瞬の、そして劇的な変化だった。

葵は思わず震え、一歩、後ずさった。

（なに……？）

額にじわっと冷たいものがふき出る。本能的な恐怖が、腹の底からせりあがってきた。シモンを怒らせた——。それだけが分かり、足がぶるぶると震え始める。

「お前は『愛』という言葉で、私を縛ろうとしていないか？　まるで……母のように」

じっと葵を見つめるシモンの眼の中に、怒りが灯り、それはギラギラと光っていた。母のように。シモンはそう言うとき、心底葵のことを、嫌悪し、軽蔑しているかのような声を出した。心臓がどくどくと音をたてる。

(待って。俺は、アリエナ様じゃない——)

けれどその言葉は、口からは出て来なかった。次の瞬間、シモンが聞いたこともないほど、激しい声で怒鳴ったからだ。

「私はお前の要求を呑み、お前と眠り、食事もとっている。それなのに今度は、私の継嗣《けいし》問題にまで、口を出すのか!」

「……ちょっと、ちょっと待って」

葵はようやく、口を挟んだ。冷たい汗が、たらりと額を垂れた。

「俺は……そんなつもりない。ただ、正直な気持ちを言っただけ。お前が好きだから……他の人を抱いているのは悲しい。……それって、当たり前じゃないの?」

「やめてほしいと言われて、私がやめられる立場だと? 無理だと知っているのなら、伝えるのは卑劣《ひれつ》ではないのか? 愛していればなにを言ってもいいというのか。こうして毎夜、私をいいようにしておきながら!」

シモンに苛立たしげに切り返され、葵は戸惑った。そういう話ではない。それについさっき、一年半だけならいいと言ってくれたのは、シモンだったはずだ。けれど同時に、その答えそのものが、シモンにとって不本意で、不愉快で、激しい自己嫌悪のもとになったのだと、葵には察しが付いた。困惑し、戸惑い、葵はでも、でも、と喘いだ。

「じゃあお前は……こんなふうに夜、一緒に過ごすのが嫌だったってこと？　嫌々、仕方なく、付き合ってくれてたの？」

声が震え、心臓が痛い。シモンは眉根を寄せ「そうは言ってない」と答える。

「だが喜んでやっていたわけでもない。強《し》いて言うならなにも感じていない」

「……なにもって」

葵は絶句した。同時に、嘘だとも思った。そんなはずはない。時々シモンが見せる、困ったような顔。あれは、明らかになにか感情の揺れている顔だ。

「嘘だよ。だって、お前は、優しくしてくれた。抱いてくれるときも、名前を呼んでくれる……。なにもないなんて、俺にはお、思えない」

上擦《うわず》った声で言うと、「そんなことに大した意味はない！」とシモンが怒鳴り声をあげた。地団駄《じだんだ》を踏み、シモンは立ち上がる。苛立ち、荒れ狂う嵐のように激しい声だ。

「お前が勝手に意味を見つけ、ややこしくしている！　私が誰かを抱くのは国の考えだ。議会がお前を推《お》した。だから私は抱いている。私がお前を、好きで選んだのではない！」

なのに、とシモンは喘いだ。

「お前が私の感情を……乱《みだ》し、私の行動を制限する。お前はなにがしたい？　……愛の名を使って！」

後半の、シモンの声は震えていた。

――なにを言われているのだろう？

葵は理解が追いつかなかった。視界の中で、シモンの姿が揺れている。美しく冷たいその顔が、不快そうに歪んでいる。

「俺はただ……、お前が、好きだから」

喉が詰まり、上手く声にならない。震える声で言うのと、シモンが苛立たしげに息をつくのは一緒だった。

「その愛にどんな意味があると？　愛すれば子どもができるのか？　この国の抱える問題が解決するのか？　私の立場が変わるのか？　お前一人の愛の問題を、私に押しつけるな！」

葵は声が出せずに、ただシモンを見つめて、固まっていた。

こんなに激しく怒るシモンを初めて見た。青い瞳は今、サファイアよりも強く爛々《らんらん》と燃えている。声を張り上げ続け、シモンは息さえ乱している。

「……私はお前のために――愛の真似ごとをする自分に、嫌悪を覚える……」

唾棄《だき》するように、シモンが言った。

「……自分の気持ちを、否定、するの？」

気がつくと、そう言っていた。シモンが葵の言葉に、苛立ったように眼をすがめる。葵は無意識に拳を握りしめていた。

「お前の中に、愛や情はある。……傷ついた心も、淋しかった気持ちも。国のことは仕方ない……でも、でもお前だって。シモン個人だって……大事だよ。幸せになったって、いいだろ……？」

自信なく声は弱り、震えていた。シモンは舌打ちし、「だから……私個人など、意味がないと、初めに伝えた」と呟いた。苦々しく、辛そうに。

「なぜ、分からない。……なぜ、個人ではない私を否定する。愛や情など、無意味だ。この国を治めていくのに不要だ。むしろ邪魔だ。それなのに、お前の愛とやらのために……お前は、私の生きるただ一つの意味を否定するのか。……それが、それがお前の愛だというのか……？」

遠くで、耳鳴りがする。

――なぜ、個人ではない私を否定する。

頭の中に、その言葉が何度も響いた。シモンはもう怒っていない。ただ吐き出すように、どこか苦しんでいるように、そう言った。理解してくれない葵を、もどかしく感じている。そう見えた。

「お前は私だから愛しているわけじゃない。ただ眼の前の、淋しげな相手なら誰でも――誰でも愛したはずだ。そうだろう？」

問われて、葵はなにも返せなかった。違うと言えない。体が震え、指先が白くなっている。

「……俺がアリエナ様みたいに、お前にした？」

アリエナのように、自分の望むシモンの像を、葵はシモンに押しつけていただろうか？

シモンが葵を見る。その眼がわずかに揺れ、シモンは「違う」と、呟いた。

「だが……愛を理由に、私自身を認めようとしない」

愛は私には、不要だ。必要ない。

そう、シモンは続けた。

「……これが私だ。シモン・ケルドアだ。……だがお前が認めている私は、ありもしない個人の……幻だ。そうだろう」

そうだ。そうかもしれないと、葵は思った。国のために複数の相手を抱くシモンを、自分以外を抱くシモンを、愛を不要だと切り捨てるシモンを……葵は結局認めていないし、受け入れていない。

どこかにシモンの愛はあり……それを自分に向けてくれるはず。シモンだって淋しかったのだから。そう思い込んでいる。けれどそれは、国のために個を殺して生きるシモンを、認めていないということにもなる。

「……俺を、どうやっても、愛せない？」

震える声で、葵は訊いてしまった。シモンが一瞬、言葉に迷い、けれどやがて「そうだ」と、肯定した。

「私は、お前を愛していないし……これからも、愛さない」

愛さない。

その言葉に、シモンの強い意志が透けて見える。

「そっか……そう、だよな」

と、葵は言って、小さく笑った。ごめんな、とつけ足す。

「俺また、勘違い、してたな」

声が震え、こみあげてきた涙が一筋、こらえきれずに頬を伝った。

苦しい——。愛しても、愛されないことが、たまらなく悲しい。

そしていつか愛されると思っていた自分の姿を、シモンに見透かされていたと思うと恥ずかしくて、葵はとうとう踵《きびす》を返した。足許《あしもと》がふらつく。

シモンがハッとして顔をあげたが、葵はうつむいて、なるべく急いで扉へと向かった。

後ろからシモンが追いかけてきて、葵の腕を摑む。

「どこへ行く？」

なぜか焦ったような、シモンの顔が見える。さっきまでの厳しく隙のない顔とは違う、困惑を浮かべた表情。けれど、こんな顔をシモンはもうしたくないのだろうと、葵は思った。葵を気遣うことで、シモンは自分の感情が揺らされることを、嫌悪している。本当は、反吐《へど》が出そうなほど憎んでいる。だからたった今、嵐のように怒ったのだ。

「べつの部屋にいく」

「なぜだ。ここがお前の部屋だろう」

「お前といたくないんだよ」

葵はもうこれ以上、取り繕《とつくろ》うこともできずに答えた。いたくないのだ。そう言うと、シモンがわずかに、青い眼を見開いたように見える。

「……だってお前は……俺にいてほしいとは、思ってないんだろ？」

シモンはなにも答えず、葵を見つめていた。うろたえた眼。困惑と動揺を映し、シモンはなにか言葉を探していたが、結局はなにも言わずにいる。

頑是《がんぜ》ない子どものような顔を、葵はじっと見つめた。

それでも、いてほしい。そういう言葉はシモンからは出てこない。

やがてその手が、するりと葵の腕から落ちていく。葵は扉を開けて廊下へ出た。頭がズキズキと痛み、体が震えて、上手く歩けない。

どこへ行くかあてもなく、葵はふらつきながら歩いた。どこでもいい。一人になれる場所を探した。扉の向こうで、シモンがなにを考えているのか、想像するのが怖かった。

葵の前で、子ども時代を思い出し、苦しんで見えたシモン。あれは嘘ではない。けれど同時に、そんな自分はいらないと言うシモンもまた、本当なのだと感じた。

葵は突然、湧き上がってくる苦しい気持ちに耐えかねて、立ち止まった。

冷たい石の階段には、外で風が吹くと冷えたすきま風が入りこんでくる。スリッパを履《は》いただけの足が、かじかんで感覚をなくしていく。

——私は、お前を愛していないし……これからも、愛さない。

シモンの言葉が耳にこだまし、引き裂かれたように胸が痛い。こみあげてきた涙で、視界が霞《かす》み、にじむ。他の人を抱かないでほしいなんて、言わなければよかったと思った。

口出ししなければ、あと一年半、シモンの静かな優しさを、享受できたかもしれないのに。

けれどその優しさは結局、いつかは消えてしまう。葵に子どもができなければ、シモンは葵を捨てるのだから。

（……そうか。俺が負けた相手は、国なんだ）

そのとき不意に、葵はそう気が付いた。

ケルドアという国。グーティという種。シモンはそれらを支えるために、葵の愛情が、邪魔なのだから。

突き刺すような鋭い痛みが、胸の中を通り過ぎていく。

葵はその場にうずくまり、しばらくの間、声を殺して泣き続けていた。

眼が覚めたとき、葵は薄闇の中にいた。

起き上がると、体があちこち痛んでいた。葵は寝間着にガウンを着ただけの格好で、廊下の寝椅子に寝転んでいた。そこは寒々しく、底冷えしている。

（六時……まだ日が出てない。そうか、俺昨日、あちこちうろついて、そのまま廊下で寝ちゃったんだ……）

昨夜のやりとりが、脳裏に蘇ってくる。すると水を含んだように、体が重たく感じた。ひんやりするスリッパに足を突っ込み、窓辺に寄りかかると、窓の外は白い霧に覆われ、庭はぼんやりと見えるだけだ。濃霧《のうむ》というよりは、さらさらとした薄い紗のような淡い霧だった。春先の地下の地熱が、外に漏れ出ているからだろう。

（昨日の夜、シモンは俺のこと、追いかけてこなかった……）

当たり前かと思いながらも、落ち込んだ。心の片隅で、追いかけてきて、悪かったと、お前の望みを受け入れると言ってもらえると——ほんのわずかには期待していた。けれど同時に、そんなことはありえないとも分かっていた。

（……バカなのは俺だ。シモンには義務がある。なのに、そのシモンを受け入れて、愛せないのは俺のほうなんだ）

結局、国と血統を背負ったシモンを、丸ごと受容《じゅよう》できないのだから、葵の愛情など狭いものだという気がした。

　重たいため息をついたとき、ふと、葵は視界の端をなにやらふわふわとしたものがよぎるのを見た。窓硝子に額を押しつけて眼をすがめる。すると、薄い霧の中を、一人の女が歩いているのが見えた。

　白いネグリジェに、長い金髪。アリエナだ、と気付いた葵は、彼女が一人で歩いているらしいと知り、思わず窓を開けた。冷たい空気が、ただでさえ冷え冷えとした廊下へと入り込んでくる。寒さに体を竦めながら、身を乗り出して見るが、アリエナはやはり一人きりで、庭の奥へと歩いていった。その姿は木の陰に隠れて、見えなくなる。

（……いつもはお付きのメイドがいるのに。一人で……大丈夫なのか？）

　彼女の歩いていった方角は、たしか鬱蒼《うっそう》とした森になっており、葵も立ち入ったことのない場所だった。天気の良い日はテオと散歩する葵だが、歩くのは整備されたところだけにしていた。以前にテオが、庭の奥は森になっており、そこからさらに行くと、断崖に出ると教えてくれたからだ。

　――断崖の前に、城壁があるだろ？

　ケルドアの城はたしかに深く抉《えぐ》れた崖の上に建っているが、ぐるりと城壁が囲んでいるはずだから、そう言うと、テオは一部途切れている場所があると教えてくれた。それは正面の橋からは見えないし、深い森とあわせて、城の後ろは大公家の私有地なので、さほど知られていないという。

まさかとは思うが、アリエナがそこへ歩いて行ったのだとしたら?

(そんなわけないか。彼女はこの大公家に何十年もいるんだし……)

けれど、付き人がいないことと、アリエナの情緒が常に不安定なことが、葵の頭に引っかかって、無視できない。

(くそ、これは俺のためだ。俺が気になるから……)

葵はぐっと息を呑み込み、それからスリッパのまま階下へ下りた。途中で使用人に会えれば、アリエナが庭を一人で歩いていたと言うつもりで静まり返った朝の城内を歩くが、物音一つ聞こえなかった。慣れた通路を使って、庭へと出ると、冷気の中、淡い霧が広がり、木々の根元にはまだ雪が残っていた。かじかむ指に息を吹きかけながら、葵はアリエナがたどったであろう道を歩いた。あたりを見回しても、アリエナの姿は見えない。やがて整然としていた庭は途切れ、針葉樹《しんようじゅ》の森が現れた。地面は根雪に覆われ、常緑《じょうりょく》の葉にはきらきらと氷が光っている。木々は背が高く、空は見えずにあたりは鬱蒼《うっそう》としており、気温も数度、下がった気がした。

(やっぱり部屋に戻って、着替えてくるんだった……)

薄着で来たため、体が凍える。

自分の軽率さを悔やみながら、葵はしばらく森の中を歩き、「アリエナ様……」と呼んでみた。声は木々の中に吸い込まれてしまい、あとには静寂がどこまでも続いている。見知らぬ場所に放り出されて怖くなって、一度戻ろうと踵を返しかけたとき、葵は目の端に、白いものが動くのが見えた。

（アリエナ様？）

遠目に、林立する木の隙間を、アリエナのネグリジェが通っていくのが分かった。葵は慌てて駆け足になり、その影のほうへ向かった。森はいっそう暗さを増し、気がつくともう来た道が分からなくなっていた。

「アリエナ様……っ」

時折白い影が見え、葵は何度か名前を呼んだ。森の中はやがてミルクのような濃い霧に覆われていき、葵はとうとうアリエナの姿を見失った。どうしよう、どっちに、とあたりを見回し、数歩駆け足をしたところで、突然足を滑らせた。根雪が凍り付き、つるつると滑るようになっていたのだ。強《したた》かに体を打ち付け、起き上がろうとするより先に、葵は下半身がずるっと滑るのを感じた。

（……え）

息をつく暇もなかった。重力に引っ張られ、うつぶせになった姿勢のまま、葵はずるずると下がり始めた。そこは急斜面になっており、摑むものもない。全身を恐怖が包み、葵は無我夢中で、手に当たったものを握りしめる。とたんに、がくんと体が止まったが、腹から下は宙に放り出され、足は頼りなくぶらんぶらんと揺れていた。

（なに？　なに……っ？）

自分の状況を理解するのに、数十秒はかかった。風が吹くとやや霧が晴れ、葵は自分が断崖絶壁の縁《ふち》にいて、下半身が宙ぶらりんのまま、ようやく木の根にしがみついているのだと知った。

おそるおそる目線だけ後ろに向ける。瞬間、頭から血の気がひいていった。

真下は霧に覆われた深い谷。崖の対岸は青くかすむほど、何十メートルも遠くにある。しかも人家はなく森だった。木の根から手が離れれば、このまま葵は谷に落ち、死ぬだろう。

体がわなわなと震えてくる。しがみついている木の根はいかにも頼りなく、体を支える葵の腕も、既に痛み始めている。なにか、なにか摑まるものはないかと懸命に見たが、なにもない。雪に覆われた斜面の向こうにあるのは森で、それは手を伸ばして届く距離ではなかった。もちろん、大声を出して誰か助けに来てくれる場所でもない。城からはかなり離れている。全身に、どっと冷たい汗が噴《ふ》き出る。

（どうしよう……このままじゃ……俺）

落ちてしまう――。震えていたそのときだった。

「なにをしているの？」

頭の上から声がし、葵はドキンと心臓が跳ねるのを感じた。斜面の上に、ネグリジェ姿のアリエナが立っていたのだ。ヒールのある靴で、どうして滑らないのかと不思議だったが、彼女は冷たい眼差しで、じっと葵を見下ろしていた。

「……ア、アリエナ、様」

葵は震える声を出した。

「お、落ちそうなんです。あの、だ、誰か助けを……」

喘いで言う葵を、アリエナは無表情で見つめていたが、やがて眉をしかめると、「まあ、嫌よ」と、あっさりと言った。

（え？）

なにを言われたのか分からず、葵は口を半開きにしたまま固まる。アリエナは片手に古びた人形を持っていた。青い瞳に銀の髪の、子どものような人形だ……。

「私は可愛いシモンとお散歩をしていたの。楽しい時間なのに、なぜお前のような下等種のために働かねばならないの？」

彼女は「落ちればいいじゃないの」と、いとも簡単に言ってのけた。

「お前なんて落ちてしまえばいいわ。そうしたら気味の悪いチョウがいなくなる」

これは冗談だろうか？

葵は頭の隅で思った。けれどすぐに、そうではないと知った。アリエナはくるりと踵を返し、木立の中へと消えていったからだ。

「ま、待って……」

か細い声が出たけれど、アリエナには届かなかった。落ちてしまえばいい。そう言われた事実が、心を引き裂く。とたんに、指から力が抜け、葵の体は十センチほど下がった。

「うわあああっ」

葵は叫び、咄嗟《とっさ》に木の根を握り直した。下降は止まったが、さっきより無理な体勢になり、腕がガクガクと震えている。全体重が、細い腕二本に載っていた。こぼれた土と雪が、パラパラと音をたてて谷底へ落ちていく。

（死ぬの？　俺、死ぬの……？　どうして……タランチュラじゃないから？　この国の、人間じゃないから……？）

体が震え、息が荒くなってくる。汗がだらだらと垂れて、こめかみを流れていく。

しばらくの間、それでも葵は、アリエナが戻ってきてくれるか、誰か助けを呼んでくれるのではないかと期待していた。けれどどれだけ待っても無駄で、本当に助けは来ないのだと思い知った。

時間の経過はよく分からなかった。一分が一時間にも二時間にも感じられる。やがて日が昇り、霧が晴れていったので、七時を過ぎたのは分かったが、それから先はただただなにもなく、時折下方から吹いてくる風に、ガウンと寝間着がパタパタと揺れ、葵はそのたびに震えた。腕と手の感覚はどんどんとなくなっていき、冷たいのか熱いのかさえ分からなくなってきた。全身がじんじんと痛み、血管がありえないほど膨れている感じがする。

（もう、これ以上は……）

耐えられない。葵はごくりと息を呑み、最後の賭けに出ることにした。肩胛骨《けんこうこつ》の内側に、アゲハとしての翅《はね》がしまわれている。葵はぐっと力をこめて、四枚の翅をそこからばっと大きく広げさせた。黄色と瑠璃と橙色の、美しく鮮やかな翅は――けれど、後翅の途中から爛《ただ》れていた。性モザイクで生まれ、子どもが産めるようにと治療を続けた結果、葵の翅は歪《ゆが》んでしまったのだ。

強い風に煽られて、不完全な翅はぶるぶると震え、今にも折れてしまいそうだ。それでもなんとか体を持ち上げようと、葵は渾身の力をこめてはばたいた。

けれど、ほんの一瞬体が浮かぶと、とたんに谷底から吹き荒れてきた風にさらわれ、頼りない翅はそちらへ加勢する。むしろ葵は渓谷へ引きずり込まれそうになり、叫び声をあげて翅を小さく閉じていた。

必死に木の根へ摑まりなおした指が、がたがたと震えている。もう一度、翅を大きく広げる勇気はなかった。

（助けて……助けて……）

心の中で呼びかけると、脳裏にはすぐにシモンが浮かんだ。会いたい、もう一度会いたいと思う気持ちがこみ上げ、苦しくて、葵はとうとう泣きだしていた。嗚咽を漏らし、しゃくりあげる。鼻水が出ても、拭うことすらできない。このまま死んだら、シモンはどう思うだろう？　少しは、葵のことを惜しんでくれるだろうか……。

もう、腕の力を抜いてしまおうか。一瞬そんなふうに思った。今ここで死のうが、少し先の未来に死のうが、同じではないのだろうか？

性モザイクなのだ。初めから、長生きはできない。それに葵は――自分のような人間は、誰にも必要とされていないのだから、と思った。だから、早くに死んでも構わない……。

そのとき、ふと人の気配がした。霞んだ視界に映っていたのは、朝に見たのと同じ、アリエナの姿だった。違うのは、片手に抱いていた人形がないことだけだ。

「アリ……エナ様……」

声を出したけれど、それはもう枯れていて、喉がヒリヒリと痛かった。誰か助けを連れてきてくれたのか？　そう思ったけれど、彼女は木の脇に立ったままで、他に誰かくる気配もなかった。

「アリエナ……様、どうか、助けを……」

葵は必死に声を出した。けれどアリエナは面白くなさそうな顔で、「まだ落ちていなかったのね」と言った。

「それになんてものを見せるの。アゲハの翅なんて。気味が悪いわ、さっさと落ちてしまいなさいな」

あまりにひどいことを言われると、人は思考停止するものらしい。葵は呆然として、声も出なくなった。それが気に入らなかったのか、アリエナは不意に履いていた靴を脱いだ。

「お前がいないって、城でシモンが言っていたわ。使用人に探させてるようだけど、誰も本気で探してない。お前なんて、この国では誰もいらないの」

アリエナは手に持っていたヒールの靴を、葵の頭に向かって投げた。

「落ちろ。落ちろ」

冷たい、白けた声でアリエナは言った。彼女の靴が、葵の閉じた翅の、付け根に当たった。細いヒールが鋭く翅を傷つけ、葵は激しい痛みを感じて叫んだ。同時に、体がずるっと数センチ下がる。スリッパは脱げて、谷底へ落ち、鱗粉《りんぷん》がぱらぱらと散っていく。

指がわななき、じんと痺れる。葵はもう、身動きもとれなかった。ああ、ここで死ぬのだと思った。次の衝撃がきたら、もう耐えられない。

「お前みたいな下等種が、私のシモンの相手だなんて。いっそ私があの子の母親じゃなければ。それなら、私があの子の花嫁になって、あの子の子どもを産んであげたわ。私はグーティが産めるの。私は高貴で、選ばれているの。この世で一番愛してるあの子に、私だけが幸福を与えられる……」

アリエナの眼に、憎しみに似たなにかが宿る。狂気を宿したその顔に、葵の胸は震えた。

幼いころ、シモンはこの母親に育てられたのか。

狂気じみた仕打ちのすべてを、愛だと言ってのけるこの人に……。鋭い痛みが全身を駆け抜けていく。アリエナ様――。気がつくと、葵は震える声で、言っていた。

「あなたが愛してるのは、シモンじゃない。あなたは、シモンを、愛してない。……グーティを産んだプライドだけを、あなたは愛してる」

愛など分からない。

愛など、葵だって知らない。葵だって、シモンを本当には愛していないのかもしれない。けれど、けれどそれでも、これだけは分かる。

アリエナの愛は、愛ではない。

自分の名前さえ持っていないシモン。そのシモン・ケルドアを、そっくりそのまま、愛している人間はどれだけいるのだろう？

「お黙り！　さあ、落ちてしまいなさい！」

アリエナがヒステリックに叫んだ。赤いヒールの靴が落ちてくる。それは葵の額にあたり、その衝撃に葵は顎を反らした。もはや感覚のなかった指が、木の根から滑る。あっという間に、葵は空中へ放り出されていた。

雲間から、やわやわと優しい陽が射してきて、それが葵の額をぬくめた。死ぬのだ。最後に見えたものが、美しい景色でよかったと思った。

そのとき、誰かが葵の名前を呼ぶ声がした。

「アオイ！」

なにかが腕に巻き付く。そうして葵は、突然ものすごい力で引き戻され、引っ張り上げられていた。

「アオイ！」

初めに見えたのはシモンの顔だった。いつもの無表情からは想像がつかない、真っ青な顔色で、明らかに動揺し、その眼に恐怖が映っている。

「アオイ！」

シモンは叫びながら、糸をたぐり寄せた。葵の腕に巻き付いたのはシモンの糸だったのだ。葵はされるがまま、数秒あとにはシモンの腕の中へ、しっかりと抱えられていた。

荒い息が耳元で聞こえる。葵の呼気も荒れていたが、シモンもそうだった。全速力で走った直後のようにぜいぜいとしていて、その体はスーツごしでも分かるほどしっとりと汗ばんでいる。ぼやけた視界に映るシモンの顔は、まるで地獄を見たあとかのように土気色で、唇は青ざめて震えていた。次の瞬間、葵はきつく抱き締められる。

もうなにが起きたのかも分からず、葵は黙り込んだままだった。残っていた涙が一粒、頬を落ちていく。

「なぜ助けるのシモン！」

と、静かな森の中へ金切り声が響き渡った。アリエナが怒りに顔をまっ赤にし、地団駄を踏んでいる。その瞬間だった。葵を抱いたまま、シモンが立ち上がった。たった二歩で、母親との間を縮めたシモンは、空いていた手で、彼女の頬を打った。

利き手ではなかったけれど、容赦のない平手だった。森にはパンと鋭い音が響き渡り、アリエナは吹き飛んで、横の木に背中を打ち付けた。キャアアと叫んで地面に落ちた彼女の頬はまっ赤になっている。

「なにを……なにをするの！　親に手をあげるなんて……！」

頬を押さえ、アリエナがわめき散らす。けれど痛みはさほどでもないのか、彼女はすぐに立ち上がった。

「あなたなど、親ではない！」

わめいていたアリエナの動きが、シモンの言葉にぴたりと止まる。信じられない言葉を聞いたように、彼女はわずかに眉根を寄せる。

「……なんて言ったの、私のシモン」

震えるアリエナの声に、シモンが同じように震える声で答える。

「あなたのシモンではない。私は、あなたの子ではないし、あなたは親ではない。だから今ここで、あなたをその谷に蹴り落としてもなんの罪悪感もない。アオイが、アオイがあなたに、なにをしたというのだ？」

眼には烈《はげ》しい怒りをにじませ、シモンは激昂を押さえているような、かすれた声で言う。葵を抱く腕はぶるぶると震えている。

「……アリエナ、今日を限りにあなたをこの城から追放する。永遠にだ」

唾棄するような言い方。アリエナは呆然とし、「そんな、嘘でしょう。なにを言うの、ねえ」と繰り返している。

「その下等種の毒にあてられたのよ。だからおかしなことを言うのね。アゲハは毒があるものだもの」

「毒というならあなただ！」

その言葉に、シモンがカッとなって叫んだ。

「アオイは……アオイは違う。アオイは全然、全然違う。あなたには分かるまい、分かるわけがない。あなたのような人間を——アオイが何回、何百、何千回と……許して、許して、許し続けて生きてきたことが、分かるはずがない……」

シモンの眼の縁が、赤かった。泣きそうなのかもしれないと思いながら、葵はじっと、シモンに抱かれていた。体に力が入らないのだ。けれど麻痺《まひ》したようになにも考えられなくなっていた心に、シモンの言葉がしみてきた。

——アオイが何回、何百、何千回と……許して生きてきたことが……。

（お前、知ってたの？）

葵は瞼を閉じながら、そう胸の中でシモンに訊いていた。

（……俺が傷つけられるたびに、許すしか、なかったこと。お前、知っていたの……）

自分を無視する母に、兄姉に、学校の教師や同級生に。

傷つけられるたび、葵は許して諦めた。期待するほうが悪いのだ。自分が愚かなだけなのだ。彼らは誰も、悪くない。だから怒ってはいけない。憎んでもいけない。受け入れ、許し、諦めねば……。

そうやって生きなければ、自分の心は恨《うら》み辛《つら》みに塗りつぶされて、いつか本当に誰にも愛されない、人でさえないなにかになりそうだった。

必死に許し続けたのは、ただ、誰か愛してみたかったからだ。いつかは、愛されてもみたかったからだ。愛されるような心で、せめて、いたかった。

（お前も、同じだった……？）

葵はそう訊きたかった。シモンが葵の心を、理解してくれているのなら。

（お前もやっぱり、許すしかない、子どもだった……？）

けれど、そんなことを訊くより前に、いつしか、葵は気を失っていた。

十

長い夢を見ていた。七歳の葵《あおい》は銀河を走る鉄道に乗っている。ふと見ると、前の座席にはシモンが座っている。それは二十六歳の大人のシモンではなくて、葵とさほど年の変わらない、七つ八つのシモンだった。

どうして会ったこともない、幼いシモンがここにいるのだろう？

そう思ったけれど、ビロード張りの座席は優美で、窓の外には星々がきらめいて美しく、そんなことはどうでもよくなった。

——次は白鳥座の駅だ。

膝に円《まる》い星座の早見表を持ったシモンが言い、葵は窓に貼りついて外を見た。三角標がきらきらと輝く、濃紺の星空が、どこまでもどこまでもいっぱいに広がっている。シモンの瞳は、烏瓜《からすうり》のあかりの色。

——シモン、一緒に降りよう。プリオシン海岸があるんだよ。化石も見つかる。ぼくが、全部教えてあげるよ。

だから、手を繋いでいこう。どこまでも一緒に行こうね。

子どものころから繰り返し読んだ本の一節をなぞらえるように言う。シモンは微笑み、そうしようと言った。葵はホッとして笑った。七歳のシモンのそばに、これからもずっといようと心に決めた。そうやってすぐ近くで、ずっと彼を愛していれば……シモンはもう、かわいそうな子どもではなくなる。愛も情も、彼は持つことを許されるのだ……。

そんなふうに思った。

葵が眼を覚ますと、あたりは暗く、暖炉の火だけが煌々《こうこう》と照っていた。見覚えのあるベッドの天蓋《てんがい》に、ここが自室だと知らされた。視界の中、点滴の袋が映っている。どうやら自分は寝ていたらしい。

眼だけを動かして見ると、ベッドサイドにシモンが座り、頭を低く垂れていた。スーツはくたびれ、タイはしていない。スラックスと靴には、あちこち泥汚れがついたまま、着替えてもいない。膝の上についている両手は、ぎゅっと握りしめられ、かわいそうなほど震えている。前髪の間から見える顔色は暖炉の灯だけでも分かるほどに青ざめ、なにかに苦悶《くもん》していた。

（シモン……）

声をかけたかったが、まだ意識が完全に覚めきっていないのか、葵の感覚はふわふわと頼りなくて、声がうまく出ない。広い肩が小さく震え、シモンはやがて両手で顔を覆った。彼は煩悶するように、暗闇の中でも底光りする銀の髪を、ぐしゃぐしゃとかき混ぜる。

「すまない……」

搾《しぼ》り出すような声で、シモンが言った。

「すまない……私は……私は、どうしたら……」

遠くから、雨の音がしてきたのはそのときだった。

ああ、外は雨なのか。そう思ったのと同時に、葵はまたとろとろと意識を溶かされて、瞼を閉じていた。まだ眠りたくない。シモンの手を握り、背をさすり、肩を抱いて大丈夫だよと言いたい……。

大丈夫。お前は悪くない。お前は、いい子だよ。

——いい子、いい子……。

そう言って、いつまでも抱き締めてあげたいと、葵は願った。

はっきりと意識が戻ったのは、それから二日後のことだった。起きると朝で、フリッツがそばに座っていた。

「半年の間に二度も寝込むなんて、アオイも人騒がせなやつだな」

フリッツは冗談交じりに言い、葵は自分が三日ほど意識を失っていたのだと教えられた。

気がつくと、背中に切り傷ができていた。昏睡したときに、無意識に翅はしまったようだが、怪我を負ってしまったらしい。

葵はベッドに座り、白湯《さゆ》をもらって飲んでいたが、渡してくれたのはフリッツだった。メイドが葵の部屋のすぐ外まで持ってきてくれたが、中には立ち入らず、それが少し、葵には不思議だった。

「三日も……」

白湯を舐めながら、葵はなんだか情けなく、ため息をついた。

「まあきみは、性モザイクだから。ショック症状ってところさ。死にかけたんだし」

言われてやっと、葵は自分が断崖絶壁に引っかかり、アリエナに靴をぶつけられて谷底へ落ちかけたことを思い出した。

（……そうだった。俺、死ぬと思ってた。あのとき助けてくれたのは、シモン……）

不意に、葵を助けてくれたシモンがアリエナの頬を打ち、城から追放すると言い渡したことが、記憶に蘇ってきた。

「フリッツ。シモンは……アリエナ様はどうなったの？　実は、あの、あのとき、シモンがアリエナ様にすごく怒ってたみたいで……」

訊ねると、フリッツが「ああ……それなあ」となにやら歯切れ悪そうに呟く。

「隠しても仕方ないな。彼女はケルドア郊外の別荘へ移された。表向きは静養ってことになってるが、シモンはもう城に迎えるつもりはないだろう」

葵が眼を見開くと、フリッツは「まあ、仕方ないんじゃないか?」と肩を竦めた。

「シモンから話を聞いたが……シモンは彼女が、きみに靴を投げつけているところを、見てしまったらしい。人を一人、殺そうとしたんだ。そんな人間を、城内に置いておくわけにはいかないだろ」

普通なら警察行きだ、とフリッツが言うのに、葵は心臓がドキドキと痛くなってくるのを感じた。左胸に手をあてて、ぎゅっと寝間着を摑む。シモンがどんな気持ちでそうしたのかを考えると、どうしていいか分からない、不安な感情に襲われた。

——私は、あなたの子ではないし、あなたは親ではない。あなたは私を愛していない。

不意に頭の中に、シモンの声が返ってくる。それは怒りに染まっていたが、同時に震え、今にも泣き出しそうに聞こえた。

……あなたのような人間を、アオイは何回、何百、何千回と……許して生きてきた……。

(あれは、どういう意味だったんだろう)

意識が消える間際に聞いたシモンの言葉が、耳の中へこびりついている。

(シモンも、そうだった。そうやって生きてきた……だから俺を理解してくれた。……本当はずっと、理解してくれてた……そう、思ったけど)

シモンに訊いてみたいと思ったが、彼は葵が眼を覚ましてから、まだ一度も姿を現していない。夜には来てくれるだろうか？　葵はたまらなく、シモンに会いたいと感じた。

「あの……そういえば、テオは？　フリッツ」

姿を見せないことが気になって訊くと、フリッツはため息をついた。

「実はな、テオは昨日、俺の国に預けられた」

「え……っ？」

思いがけない言葉に、葵は今度こそ眼を瞠《みは》り、混乱した。

「どういうことっ？」

身を乗り出すと体が痛んだが、構ってはいられなかった。心配で顔が青ざめていくのが分かる。なぜ突然、自分が寝ている間にテオが国外に預けられたのか。

「まあ落ち着いて聞いてくれ。悪い話じゃない。テオにとって、この城の環境はあまりに過酷だろ？　俺の国には、俺とシモンが卒業した学校がある。俺の家からは徒歩で通えるし、大学まで一貫教育だ。だからうちで預かろうかとずいぶん前から話はしてたんだ」

「……フリッツの家に？」

「うちは両親とも子どもも好きだ。特に、ロウクラスの子どもは大好きだ。大公時代から慈善活動ばかりしてた。三人いる息子どもは全員どら息子でまだ孫もいないし、生まれてくる予定もない。そもそもうちはもう共和制になって、貴族とはいっても継嗣がいなきゃ困るって状態でもない。隠居した両親は暇でたまらないから、テオのことをちらっと話してからは、いつ連れてくるんだって毎日せっつかれてた」

フリッツの両親。その人たちが、テオの面倒をみてくれるというのか。自由な雰囲気のフリッツを見れば、階級など分け隔てない両親なのだろうということは分かる。

「テオをちゃんと、愛してくれるってこと……だよね？」

「ああ、もちろん。あんないい子を好きになるなってほうが無理だろ？　アオイがとりわけ心配するだろうから、あっちで落ち着いたら、手紙くらいは書かせるよ」

まあ、出国前にきみに会えなくて泣いてたけどな、とフリッツは言い、葵は胸が痛んだ。

「……テオのためになるなら良かったけど、なにもこんな急じゃなくても……俺も、挨拶したかったよ。そのうち会いに行ける？」

フリッツは「うーん」と苦笑いし、「弱ったなあ……」と続けた。そのときだった。外でなにやら、ガタガタと物音が聞こえた。

「部屋には入るなと言っただろう！」

続いて聞こえた怒鳴り声は、シモンのものだ。葵はドキリとし、フリッツがため息をつく。扉の向こうからかすかに、使用人が「水差しの水を取り替えようと……」と言う声が聞こえた。かぶせるように、シモンがまた怒鳴った。

「貴様らはアオイに近づくな！　何度言えば分かる？　母になにか言われて様子を探っているのなら、貴様も解雇する」

唸《うな》るような声に、葵は戸惑った。横に座ったフリッツが「もう三日、あんなさ」と呟く。

「……城の人間が、きみを殺すんじゃないかって、シモンはぴりぴりしどおしなんだ」

まさか。どうして……？

眼を丸くして葵がフリッツを振り返るのと同時に、扉が開く。

葵は息を止めた。入って来たのは、スーツ姿のシモンだ。持っている水差しを、どん、とサイドテーブルに置くと、シモンは「フリッツ、毒味しろ」と言い放った。

「ええ？　勘弁してくれよ。俺なら死んでもいいのかい」

その声は無視して、シモンは葵に近づいてくる。

（どうしよう、なにから言えば――）

葵は慌てた。アリエナのこと？　テオのこと？　それとも助けてくれた礼から？　いや、それよりもなぜ、シモンはこれほど怒っているのだろう……。

葵が固まっていると、ベッドから数歩離れた場所で立ち止まり、シモンが口を開いた。

「これから、お前には日本に帰ってもらう」

突きつけられた言葉の意味が、最初、葵には分からなかった。

（なに……？）

――日本に帰ってもらう。

たった数語の英語が、頭に入ってこない。固まっている葵に構わず、シモンは淡々と続けた。

「荷物は日本に送ってある。実家ではなく、医師のスミヤに任せた。お前の体調が不安定だから、あちらへ着くまではフリッツが同行する。空港まではリムジンで寝たまま行ってもらう。飛行機はプライベートジェットを飛ばす。中にはベッドも、十分な医療設備もある」

日本に着いてからだが、とシモンは言葉をつぐ。

「実家には、すぐに戻りづらいだろう。とりあえず連絡は入れていない。スミヤに頼んで入院手続きをとった。費用はこちらでもつ。そこで体力を回復させてから、今後のことは考えるといい。当初の契約金はもちろん支払われる。こちらの都合で期間を早めた詫びとして、約束した金額の倍を用意した。好きに使え」

（……なに？　なんの話……）

葵は混乱し、ただまじまじとシモンを見つめた。分からない。分かったのは、シモンがアリエナやテオと同じように、葵のことも、この城から出そうとしていることだけだ。

「……俺を、追い出すのか？　どうして？」

かすれた声が出た。シモンは口を引き結び、なんの感情もないような顔をしている。

「あと一年半、残ってる。……俺が出て行くって言わない限り、二年間は……置いてくれるんじゃなかったの？」

「事情が変わった」

「なんの……、なんの、事情だよ！」

気がつくと、震える声で怒鳴っていた。持っていた白湯のことも忘れ、身を乗り出そうとした葵の膝から、カップが転げて落ちていき、ベッドを濡らす。シモンは眼をすがめ、けれど淡々とした、機械のような声で言った。

「この国に……この城の中に、他種を入れたのは間違いだった。お前が崖から落ちて死んでいれば、ともすれば国際問題になりかねない」

我が国も、国連加盟国だ、とシモンが続け、葵はわけが分からなくなった。

「ならないよ……俺は、誰からも無視されてきたんだし……澄也《すみや》先生と翼《つばさ》さんしか……どっちにしろ、そんなこと、今関係ないだろ？　俺は嫌だ。出て行かない」

上掛けを握りしめ、葵はシモンを睨んだ。胸の中に悔しさと悲しさが、一息に押し寄せてくる。なぜ自分たちの間に、国際問題などという言葉を持ち出すのだろう。そんな事務的な、葵の気持ちとも、シモンの心とも関係のない言葉で、片付けられるのが苦しい。

聞きたいのも、話したいのもそんなことではなかった。

「どうして？　俺が……お前を、好きって言ったから？　……他の人を抱いたら、嫌だって、言ったから……？」

訊く声が震えた。

「俺が、邪魔になった？　俺が、お前を縛ろうとしたから……俺を、アリエナ様みたいに感じたの……？」

けれどそう言った瞬間、シモンが「違う」と葵の声を遮った。

「お前と……母は違う。まったく、まったく違う……」

それは思いがけず、取り乱した声だった。

「だが……お前がいると……私は義務を果たせない。……お前の愛が、私には……重い――」

葵は言葉にならない、なにか熱く、痛い感情がこみあげてくるのを感じた。

「……お別れ、するの？　もう、一生……会えなく、なるの？」

葵の言葉に、シモンはうつむいた。眉根を寄せ、葵から眼を逸らす。体が震え、鼻の奥がツンとなる。ここを出たら、もう二度と、一生、シモンに会えない。シモンに会えない。それが、たまらなく怖い。

「俺、もうわがまま言わない。お前の言うこときくよ。お前が誰か、他の人を抱いても……お前が他の人と結婚しても、文句言わない。俺を愛してくれなくて、構わない。……お願い、お願いシモン」

熱いものが眼の縁に盛り上がり、頬をこぼれ落ちる。

「お願い、俺、他の誰も、もう好きになれない」

愛せない。……葵は女のように、シモンと交わった。ナミアゲハのメスは、生涯にただ一羽のオスとしか、愛し合わない。葵もシモンしか、もう愛せない。

「愛してるって、二度と言わない。なにもいらない。だから……そばに置いて」

……俺を、そばに置いておいて。

葵は手を伸ばし、震える指で、シモンのスーツの袖をとった。たぐりよせて、ようやくしがみつく。シモンは眼を背けたまま、じっと黙っている。その顎が、小さく小刻みに、震えていた。

「……言葉にしなければ、想いがないとでも、思うのか」

聞こえるか、聞こえないかのような声。けれど次の瞬間、シモンは静かに、事務的に言い放った。

「二時間後に車を手配してある。……半年の務めについては、労《ねぎら》おう」

残っていた涙が、ぽろりと頰にこぼれた。それだけ？　と、思う。

顔をあげた葵の手を、シモンは振り払った。

シモンはもう顔を逸らし、踵を返して行ってしまう。

待ってと言おうとして、けれど言えなかった。呆然とする葵を残し、シモンは立ち去り、重たい扉はがたんと音たてて、閉ざされてしまった。

およそ半年間を過ごした、ケルドアでの日々は、こうして唐突に終わりを告げた。

葵は車いすで運ばれ、リムジンの座席に横たえられた。その間も、フリッツ以外は運転手が手伝いに出てきただけで、使用人は誰一人、ちらとも姿を見せなかった。

車は走り出し、葵はあっという間に城を出された。曇天の下、車の窓からは、何百年も前から同じようにそびえているという、尖塔《せんとう》がいくつか見えた。あの中のどれかに、シモンはいるのだろうか？

考えられたのはただ、それだけ。

葵はショック状態のまま、車に揺られ、やがて国境を越えて隣の大国に入っていた。

「……シモンのこと、許してやってくれ」

空港に向かう途中で、向かいに座っていたフリッツがそう言った。

「グーティ・サファイア・オーナメンタルってのは……ごく限られた、小さな環境でしか生きていない種だ。進化の極みとも言うような神々しい姿をして、大きく逞しいが、わずかな土地にしか適応しないせいで絶滅寸前になった」

窓の外を眺めながら、フリッツはそんな話をした。葵は思わず、フリッツの方を向いた。

「……生き抜くために進化の先端まで極めてしまうとな、それを支えていた環境が崩れはじめた瞬間から、種は滅亡に向かっていく。……シモンは、きみを道連れにしたくなかったんだよ」

——それも、愛だと思ってくれないか。

葵はぼんやりと、その言葉を聞いていた。

空港で飛行機に乗ると、フリッツがよく眠れるという睡眠導入剤を処方してくれ、葵はそれを飲んだ。疲れていたのだろう。昏々《こんこん》と眠り続けて、起きるとそこは日本だった。懐かしい日本の空気はケルドアに比べて湿り気を帯び、気温は大分高かった。

フリッツに付き添われて、葵はすぐに病院に運ばれた。一番良い個室に入れられ、寝かされる。すぐにスミヤが来る、俺は飲み物を持ってくるから、とフリッツが言い、出て行く直前、

「ああ、そうだ。アオイ。これ、預かってたんだ。渡してくれって」

と言って、ベッドに座っている葵の膝に、なにかを置いていった。

扉が閉まったあと、葵はそれを持ち上げた。ごく普通の洋封筒だ。開くと、中には折りたたんだ大きな紙が入っている。広げた葵は、心臓が跳ね上がるのを感じた。

紙には、絵が描かれていた。幼い線には見覚えがある。それはテオが描いたらしい、ピクニックの絵だった。

葵と、テオと、シモンの……。三人の真ん中には、大きな茶色の固まりがあり、覚えのあるつたないテオの字が添えられている。

『アオイへ　げんきになってね　この茶色のは、チョコレート・チョコレート・チョコレートだよ！　ぜんぶアオイにあげる。

テオより』

突然そのとき、麻痺《まひ》したように動かなくなっていた心が、動いた。

体の奥から熱い、痛いものがこみ上げてきて、喉がひりつく。目頭が熱くなり、どっと涙がこぼれた。


「……っ」


嗚咽《おえつ》が喉から溢れ、我慢しようとしたのに、無理だった。

悲しみが津波のように葵の心をさらっていった。チョコレート・チョコレート・チョコレートだよ、と笑うテオの可愛い声が、耳の奥に聞こえてくる。

ケルドアの城の中の、小さな一室でそんな話をしていたころ。あのころは今よりも幸せだったのではないか……。そんなふうに思う。

愛がどんなものかは知らない。けれど、自分の大切なものをぜんぶあげると言えるこのテオの気持ちが、愛なのは分かる。

そうして不意に葵は、自分も、シモンに自分のぜんぶをあげたかったのだと気付いた——。それなのに拒否され、受け取ってはもらえなかったのだということも。


「……う、うう、う……っ、うぇ……」

葵はもうなにも構わず、ベッドにうつぶせて号泣した。子どものように泣いた。苦しく

て辛くて、いくら泣いても涙が止まらない。扉がノックされ、入ってきた澄也が驚いたように固まっていても、葵は気遣うことすらできなかった。

これからどうやって生きていこう？

また誰か、愛せるのだろうか？

澄也の後ろから翼がやってくる。翼は泣き出しそうな顔で駆け寄って、葵を抱き締めてくれた。葵は翼の胸にしがみついて泣いた。涙が枯れるまで泣き続けた。

予期せぬ吐き気を感じ、念のためにと受けた検査で妊娠が確認されたのは、それから三日後のことだった。

葵は、シモンの子どもを宿していた。

十一

十九歳の葵《あおい》が、赤ん坊を抱いて、夜の町をあてもなくさまよっている。

赤ん坊は泣いている。わんわんと泣いている。夜の静寂のなかに、赤ん坊の声が響く。

その体は発熱でまっ赤になり、葵は深夜外来でかかった近所の病院から、憔悴して出てきたばかりだった。

産褥《さんじょく》で、葵の体はもうこの数ヶ月、ずっと微熱が続いていて、体はうごくたびに痛くてたまらない。妊娠中も、性モザイクの葵は、ずっとつわりで苦しんだ。やっとの想いで産んだけれど、今度は一刻の猶予《ゆうよ》もなく、命を削《けず》られるように子育ての日々が始まった。

赤ん坊は毎日のように熱を出したり、発疹したりと、休む間もなく葵を心配させるのだ。

それでも発熱以外に目立った症状がなく、近所の病院では、一日分の解熱剤を処方されただけで終わった。

首はすわったがまだ一人ではハイハイもできない赤ん坊は、泣き声だけは大人顔負けだ。

泣き叫ぶ子どもをつれて、葵は途方に暮れてしまった。

このまま連れ帰れば、住んでいるのは壁の薄いアパートなので、隣家からいつものように壁を叩かれ、うるさいと言われるだろう。

けれど早く、早く、解熱剤だけでも入れてやらねば。

葵は「よしよし、いい子、いい子」と声をかけながら、赤ん坊の、頼りない小さな背を優しく叩き、慰める。けれど今はもう、すっかり疲れてしまい、ぼんやりと、線路沿いの道に突っ立っているだけになってしまった。

どうやったらこの子は泣き止むのだろう?

どうしたら、この子は熱を出さなくなるのだろう?

グーティの子どもは弱い。三歳を超えるまで病気がちで、それも原因不明の高熱が多く、場合によっては死んでしまうという。

そう聞いていたから、葵はいつも必死に看病し、おかげでこの数ヶ月、ほとんど寝ていない。

このままこの子が死んでしまったら、自分が未熟で、親としてなにか足りないからだという思いに責め立てられて、葵はもう一歩も歩けなくなる。

(ママにも、シモンにも愛されなかった俺が、子育てなんて無理なんだ……)

——このまま、線路の中に立ち入って、始発がくるまでこの子と二人、寝ていようか。

電車にひかれて、死んでしまえば、楽になれる……。

そんな不穏な考えが頭をよぎるほどに、葵は追い詰められていた。けれどすぐに、ごめんね、と呟いて赤ん坊を抱き締めた。こんなお母さんでごめんね。ダメなお母さんでごめんねと泣くと、赤ん坊はますます大きな声で泣く。

この子が愛しいのか可愛いのかも、よく分からない。

それでももう、勝手に死ぬこともできない。これが愛かも分からないのに、もう心も体も限界で、バラバラになりそうなのに、この子どもを放り出すことはできない——。

この子どもを、自分の命にかえても守り、生かしたい。

本能に似たその想いだけが、葵をギリギリのところで、支えていた。

……その夢は、子どもの空《そら》が三歳をすぎてから、時々葵が見るようになった過去の記憶だった。

途方もない孤独のなかで、立ち往生《おうじょう》していた記憶。

空が三歳を超えるまでは、そんな夢を見る暇もなかった。空はしょちゅう熱が続いたし、熱がない日でも、葵は夜中何度も眼が覚めて、隣に寝ている我が子が息をしているのか、心配になって耳をすませていたからだ。

妊娠が分かって、悩んで、けれど堕《お》ろせなかった葵は、一人ぼっちで空を産み、一人ぼっちで育てた。

世間から逃げるように、隠れるようにして、ごく親しいわずかな人以外には、空のことを明かさず、必死なままに、いつしか四年が過ぎていった。

四歳になるころ、空は急に大きく、元気に、強くなった。見違えるほど。なりすぎるほど、強くなってしまった。


「お疲れ様です」

仕事が終わり、葵はバタバタとロッカールームへ入った。

都内にある高層ビルの清掃員として働いている葵の勤務時間は、朝の八時半から夕方四時半だった。ビルのフロアは五十階以上あり、常勤《じょうきん》している清掃員の数も多いが、仕事は山ほどあり、一日働いているとくたくたになる。それでも、保育園で自分を待つ空のことを思うと、休んでいるわけにもいかず、葵は仕事が終わると、いつも急いで着替えを済ませていた。

清掃員用の狭いロッカールームに入ると、今日も同じ時間であがる中年女性が三人、雑談していた。彼女たちはみなロウクラスで、葵より背が低い。葵は男寄りだが、性モザイクで子どもも産んでいるので、会社からは女性扱いされ、着替えも同じ空間でしていたが、相手も葵も慣れていて、もうまったく気にしない。

「ねえ、テレビ見た？　ケルドアの大公様ってすごいハンサムよね。グーティなんてタランチュラ、いたのねえ」

清掃員の一人がそう言うと、他の二人も「みたみた！」「王子様ってああいうのなのね」と興奮気味に賛同した。葵は彼女たちの話に、思わず緊張し、心臓の音が大きくなるのを感じた。

（ケルドアの大公……シモンのことだ）

それは五年前別れたきり、一度も会ってもいないし、もう会うこともないだろう男。葵にとっては初恋の相手であり——愛するわが子、空の父親でもあった。

ケルドアは、ヨーロッパの小さな国だ。

普段の日本では、話題にのぼることすらないその国の名前が、ここ連日テレビで取りざたされている。それはケルドアの大公、シモンが、昨日から初来日しているからで、その美貌に、日本の女性はみんな興味津々なのだと、朝のニュースでも流れていた。もっとも葵は、シモンの姿が映ったとたんに、空の眼に入るのを恐れてチャンネルを変えたけれど。

「ねっ、そういえば葵ちゃん。空くんって、あの大公様とよく似てないっ？」

一人親家庭の葵を、いつもなにかと気にかけてくれる清掃員の一人が、楽しげに言ってくる。彼女には、携帯電話の待ち受け画像に設定してある空の写真を、不注意から見られたことがあった。

「ええ、並木《なみき》さんのお子さんて、あんな美男子なの？」

「見たい見たい」

　悪気があるわけではないのだろうが、単純な好奇心から騒ぐ彼女たちに、葵はたじろいだ。今日、携帯忘れてきて、となんとか誤魔化し、似ているという言葉には、

「タランチュラがお父さんだからかな……ケルドアの大公もタランチュラでしたよね」

と言い訳してから、そそくさとロッカールームを出る。そうして葵は、思わずため息をついていた。

（やっぱり……他人から見てもすぐ結びつくくらい、シモンと空は、似てるのか……）

そう思うと、胸の奥に鈍い痛みが走った。唇を噛みしめ、葵は足早に駅へと向かった。

葵がシモンとの、半年間の契約期間を終えて、日本に帰ってきたのはまだ風の冷たい三月のことだった。

　妊娠が分かったのは、帰国してすぐ。

　葵は主治医の澄也《すみや》に、産むか堕ろすか、またシモンに知らせるかどうかを、よく考えるようにと言われた。思い悩み、苦しんだけれど、ずっと子どもがほしいと思っていたから、堕ろすことはできなかった。子どもがほしいと思うのもエゴだと分かりながら、そのエゴでできた子を、エゴでなくすことも、やっぱりできなかったのだ。

そして産んだことは、シモンには言わなかった。ひどい別れ方をしてきたから、最悪、子どもだけ奪われてしまうかもしれない……と思うと、それが怖かった。

葵は結局、澄也と翼《つばさ》、そしてフリッツにだけ、真実を伝えた。フリッツには、シモンに知らせたほうがいいと言われたが、葵は頑《がん》として受け入れなかった。

「ならせめて、俺だけでも力にならせてくれ」

するとフリッツはそう言って、この五年、たびたびヨーロッパから来てくれていた。

葵は実家にも、なにも連絡しなかった。帰国したことも、子どものことも言っていない。恨んでいるというわけではなかった。たぶん、なにもかも話せば、母は協力してくれるだろうと分かっていた。実家に住まわせてくれて、お金も与えてくれるだろう。けれどもし万が一、空がモデルに使われ、それがシモンの眼に触れたら……と想像すると怖かった。だから葵は一人で産んで、一人で育てた。

空は三歳まで体が弱く、葵は相当な苦労をした。

高卒以外資格のない葵は、産んですぐに仕事を探したが、給与のいい職にはつけなかった。そもそも性モザイクというだけで、すぐにはねられてしまう。

シモンからは相当な額の契約金が支払われていたが、今後どこまで長生きできるか分からない以上、その蓄《たくわ》えにはなるべく手をつけたくなかった。いざ自分が死んでも、空には、大学まで進めるだけの余裕を持たせたかった。

空という名前は、シモン譲《ゆず》りのサファイアのような瞳にちなんだものだ。父親を知らないこの子に、せめて空だけは遠いケルドアとも繋がっているのだと、そんな想いもこめた。シモンの分も、めいっぱい愛そうと決めて。

もっとも、自分の育て方に、自信などない。それでも葵はこの四年、惑い、迷いながら必死に空を育ててきた。

(……やっと空も体が丈夫になったのに。なんでこのタイミングで、シモンは日本に来るかなあ……)

電車に乗り込み、立ったままうつらうつらしつつ、葵はぼんやりと考えていた。

帰宅の途中、気が抜けるのは最寄り駅に着くまでの電車内だけだ。駅についてからは空のお迎え、夕飯作り、遊んだり風呂に入れたり、寝かしつけたりと、やることがいっぱいで息をつく暇もない。

帰宅ラッシュの車内は混んでいて、眼の前に座っている中年サラリーマンがスポーツ新聞を読んでいる。新聞にはシモンの写真が載っており、サラリーマンは隣に座った同僚らしき相手に「朝からこの大公様の話題ばっかりだな」と話しかけている。

「この顔じゃ、ニュースに載せないわけにはいかないだろ。しかしケルドアなんて国があるの、初めて知ったよ」

話しかけられた同僚が答え、サラリーマンは新聞を折りたたんで、「それが親善でもなんでもなく、政治の話で来日してるってことだぞ」と言う。

「政治って？」

「ケルドアって国は、お家騒動があるらしい。大公制度をなくすなくさないで揉《も》めてる最中だから、親交のある国を回って、根回ししてるって話だ」

「へえ。日本に根回しして、なんかいいことあるのかね」

そりゃあお前、一応同じ国連加盟国ってことだろう、と相手が言い、遠い国のお家事情ぐらい、なんだっていいよなともう一人が笑い返す。

（……ケルドアがどんな国かなんて、この人たち知らないんだよなぁ……世界でも上位の経済国なのに）

小さな国の利点を生かし、首都の一部を外国企業に解放して、ケルドアは昔ながらの資源頼みの経済から、金融を扱う現代的な経済体制に変わろうとしている最中だった。しかし古い考えの保守派はその動きに慎重で、革新派と諍《いさか》いが絶えない。大公であるシモンには実質的な政治行使力はなく、せいぜいが議会の決定に意見を添えるくらいのようだ。それはもちろん、それなりの力を持つらしいが、継嗣《けいし》ができないうちは保守派への影響力は低まる。と――これらの事情を、葵は日本に戻ってから、ニュースサイトやネットの記事を読み集め、なんとか知った。

フリッツに訊けば、なんでも教えてくれそうだったが、ともするとフリッツは今でもまだ、空の存在をシモンに知らせたがっていて、葵はフリッツの前では、シモンの話題は出さないように気をつけていた。

今も時折葵は、シモンに言われたことを思い出す。

……愛があれば、この国の問題が解決できるのか。

別れる前に聞いた、怒りに満ちた叫びだ。今なら、愛ではどうにもならないと答えられる。愛のために惑わされていては、大公であるシモン・ケルドアは成り立たないのだとも……。

けれど同時に、葵は胸の中のシモンに、そっと話しかける。

（……愛じゃどうにもならないけど。愛でお前を、支えたかったよ……）

今でもまだ、シモンを愛している。

葵の瞼の裏には、天を突くような尖塔の並ぶ、厳めしいケルドアの城が浮かぶ。その中で生きているだろうシモンが――今もまだ、誰も愛していないのかどうか。それさえも、もう、知る術《すべ》はないのだった。

電車を降りて保育園に着いたのは、五時半を少し過ぎたころだ。自転車を駐輪場に停め、駆け足でバタバタと保育園に入ると、た。
「あおいーっ」
四歳児クラスの扉を開けたところで、空がてててっと走ってきて、葵の膝にしがみつい
「空……ただいま」
たとえようのない幸福を感じる瞬間だ。胸がいっぱいになり、全身に詰まっていた苦し
い疲れが一瞬だけ、消えてなくなる。葵は空の小さな体をぎゅっと抱き締めた。ふくふく
とした体からは、お日様と汗と、砂埃と石鹸の匂いが甘く混ざって香る。
けれど空の顔を覗き込んだ葵は、ドキリとした。空のおでこに、大きな絆創膏が貼って
あったのだ。胸の奥が、ひやりとする。
「並木さん、あの、ごめんなさい」
担任の先生が、恐縮した様子で寄ってくる。彼女は、今日オモチャの取り合いになって。
と、よくある話をしはじめた。
「空くんは譲ろうとしてくれたんですが、相手の子が興奮してて。ガッてひっかいちゃっ
たの。空くんはやり返さなかったから、相手の子は大丈夫なんだけど……」
……ああ、またか。
話を聞いているうちに、喉元になにか重たいものがぐっと詰まるような感覚を覚えた。
またか。また、空だけ、我慢したのか。そう、思ってしまう。

空は子ども同士の喧嘩になると、いつも必ずやられっぱなしになる。ハイクラスで、理解力が他の子どもよりずば抜けていて、身体能力も高い。三歳までは病弱で、いつも泣かされていたけれど、四歳からは急に健康になり、一気に体が大きくなってから、一度だけ、空は噛みついてきた子を突き飛ばしたことがあった。

力が違いすぎたのだろう。相手の子は倒れ、頭を打って血を出したのだ。それはさほど大きな怪我ではなかったが、空を怯えさせるには十分な事件だった。

それからというもの、空は自分より小さなクラスの子に遠慮し、彼らを傷つけることを恐れ、いつも縮こまって園の隅っこにいることが多くなった。

「相手の子になにもなくて良かったです」

葵は精一杯、取り繕った。けれど胸はじくじくと痛み、やりきれない気持ちが迫《せ》り上がってくる。

「あの……差し出がましいとは思ったんですけど……」

と、そのとき先生が、なにやら冊子を差し出してきた。それはハイクラス向けの幼稚園や、小学校の案内で、喉元に詰まっている塊が、ぐぐっとまた大きくなった気がして、葵は唇を強く引き結んだ。

「一応、眼を通したほうがいいかと思ったの。……空くんのために」

先生には悪気などまったくない。きっと普段から、自分より小柄な子どもたちに遠慮して、小さくなっている空のことを不憫《ふびん》に思ってくれているのだろう。それが分かるから、葵は頭を下げ、ありがとうございます、と言って園を出た。もらったパンフレットは薄いのに、分厚い辞書かなにかのように、ずしりと重たく感じられた。

（俺が、ダメだから……？）

ふと、自己嫌悪と不安が、胸をよぎる。

葵が親としてダメだから、空は縮こまり、のびのびと育っていないのだろうか……。

空を自転車の後部座席に乗せながら、知らず知らずため息をつくと、「あおい、どうしたの？」と空が気遣わしげな眼を向けてくる。葵は慌てて笑顔を作り「なんでもないよ」と言った。

「さ、帰ろ。空は今日のご飯、なにがいい？」

「ミートボール！」

それは昨日食べただろ、と葵は笑ってしまった。空は無邪気に、

「ま、い、に、ち、たべたーい、みーとぼーるっ」

と、自作の歌を歌った。葵は今度は本当にくすくすと笑いながら自転車を漕《こ》ぎ出した。

街は夕焼けに染まり、遠くで電車の走る音がする。

（やっぱりもう、無理なのかな……）

けれどもふっと、葵の頭の中にさっきもらったパンフレットのことが浮かんだ。いつま

でもロウクラスの地域で、空を育てるのは難しいかもしれない。性モザイクの葵は、ハイクラスにしては小柄だし、フェロモンもそう強くないので隠れていられる。けれど空は違う。起源種はグーティ・サファイア・オーナメンタル・タランチュラ。屈指のハイクラスなのだ。

葵がハイクラスの園を避けてきたのは、お金のこともあるけれど、もっと大きな問題があった。それは、ハイクラスの大人には、空の起源種がすぐにバレるかもしれない……という危惧《きぐ》があるからだった。

ロウクラスなら、言われなければ空がタランチュラかどうかすらよく分からないだろう。けれどハイクラスが集まる園、小学校、中学校と進学すれば、やがて親だけではなく同級生にも、空がタランチュラで、さらに言えば日本では見たことのない異様な種を起源にしていることが感じ取られてしまうに違いなかった。

(もし、グーティだって知られたら……)

どこかで空の存在が、シモンの耳に入り、空は連れ去られてしまうかもしれない。葵はそれを一番恐れていた。

シモンのことは今も好きだ。愛しているとすら思う。

この五年、気が弱るたびに思い出し、会いたいと、そしてもう一度やり直したいとさえ思うことがあった。けれどそのシモンにも、空を奪われることは許せそうになかった。空は葵が一人で産んだのだ。苦しい思いをしながらも、必死に育ててきた。

　空は今や、葵のすべてだった。これが愛なのか、自分がいい母親なのかなど、まるで自信はない。けれどたった一つたしかなのは、空のためならば、葵はすぐにでも命を断てるということだった。空が死ぬくらいなら、迷いなく自分が死ぬ。なんの躊躇《ためら》いもなく、そう思える。同時に、空がいるからこそ石にかじりついてでも生きてやるという、そんな意地が湧いてもくるのだ。

　葵の生きる意味、理由、希望のすべてが空にあり、葵の願いはただ、空が一人で生きられるようになるまで、自分が育て上げたい。それだけだった。

　けれど一方で、こうも思う。

（俺の意地のために、俺が空を苦しめてるんだろうか……）

　自分が育てないほうが、空は幸せではないのか。ケルドアで、シモンの息子として育てられれば――少なくとも、今のような肩身《かたみ》の狭《せま》い思いも、貧しい暮らしもしなくていいのではないか？

　けれどいくら考えてもその答えは見つからなかった。普通の母親ならこうするものだという「普通」が、葵には、はなから当てはまらないのだから。

　アパートに帰ると、葵はバタバタと部屋に入った。時計を見ると、もう六時半。夕飯を食べさせて、風呂に入れて……と考えると時間はまるで足りていない。

「空、手、洗ってな」

六畳二間の２ＤＫのアパートは狭く、キッチンも小さなものだ。その日の空は珍しく、ぐずぐずと靴を脱いでいた。なにか見つけて遊んでいるのかもしれないと思い、今のうちだとばかり、葵は洗濯物を取り込んでカゴに入れると、今度は急いでキッチンに立つ。予約していった米は炊けている。エプロンをつけ、手を洗いながら夕飯の作業の手順を考える。

まずはカボチャを切り、出汁と一緒に煮ながら、フライパンで味噌煮の準備をする。下処理した鯖を二切れ、沸騰した煮汁に入れる。味噌汁の準備をしているうちにカボチャに火が通り、味噌煮もできあがった。あとは簡単なサラダを作り、葵は自分と空のプレートになるべくきれいに盛りつけた。

その合間にも洗濯機へ汚れ物を入れ、風呂の準備をしたりしていた葵は、ふと、空がいつものように部屋のオモチャをひっくり返したり、テレビをつけて子ども番組を見たりしていないのに気がついた。かといって、よくあるように、踏み台を持ってきて葵が調理する手元を覗き込んだりもしていない。

「空？」

忙しさにかまけ、空への意識がなくなっていた。慌てて声をかけると、空はなぜか洗濯機の置いてある脱衣所のほうから出てきた。なにかおかしい、と思ったが、どこがおかしいか分からない。

「どうかしたか？　テレビ見ないの？」

葵が訊くと、空は「なんにもなーい。テレビみるっ」と言って、居間のほうへ行ってしまう。なにか違和感を覚えながらも、家事が忙しく、葵は慌てて小さな食卓の上を片付けて、食事を出した。

「空、手、洗った？　おトイレは？　終わってたらご飯食べよう」

「うん！」と寄ってきた空が椅子に座る瞬間に、葵はあれ、と気づいた。

「空、靴下脱がないの？　いつも、靴下きらーいって脱ぐのに」

空は帰ってくると、すぐに靴下を脱ぐ。感触が嫌いなのだそうだ。それなのに今日は、しっかり履いたままだ。

「うん、いいのー」

と、空は言い、わざわざ椅子に正座になり、やたらともじもじしている。

「足、どうかしたか？」

「なんにもない」

空は言ったが、葵は違うと気づいた。母親の勘というのか、子どもの嘘はなぜかすぐに分かる。不意打《ふいう》ちで、空のほうへ回り、バッと足を掴んだ。空はぎょっとし、「やだ！はなしてよっ」と怒った。けれど無理矢理隠されていた足を引っ張りだして、それから葵はぎくりとした。靴下の両足親指のところが、血に染まっていたのだ。まだ新しい血だ。空は涙目になって、「あおいのばか！　なんにもないっ、なんにもないっていったのにっ」と、わめいている。

けれど靴下をそっととると、まだ小さな可愛い足の親指の爪が割れて、血が出ていた。子どもは痛みに強いとはいえ、これは相当痛かったろうに——。葵はそれを見ただけで、胸がつぶれそうな気がした。

「空、なんにもなくない。血が出てるよ。おくつ、痛かった？　小さくなったのか？」

訊くと、空の眼にはみるみる涙が盛り上がってくる。

「ちっさくない、そら、あたらしいのいらない」

葵の胸が、鋭く痛む。空の靴を、真新しくしたのはほんの一ヶ月前のことだった。成長の早い時期とはいえ、空の体はロウクラスの子よりよほど早く成長する。貧しい家計を気にして、空があれがほしいこれがほしいとわがままを言わなくなったのは、四歳になる少し前からだった。

（物分かり、良すぎるよ、空……）

そうさせているのは自分なのかと、罪悪感と、後ろめたさと、なんともいえない切なさが募る。子どもらしくのびのびと、愛情いっぱいに育てたい。そう思っているのに、いつもどこかで無理をさせている。

（俺が、ダメな母親だから……）

遠い昔、他の人に吐いたその言葉が、跳ね返ってきて自分を突き刺すようだった。

葵は空を膝に乗せて、背中をとんとんと叩いてやった。ぎゅっと抱き締め、安心させる。

「大丈夫だよ、空。靴なんてすぐ買える。お母さん、明日にでも買ってあげる」

明るく言うと、泣いていた空が赤くなった眼を葵に向け、「くつ、ひゃくえんくらい？」と訊いてくる。

ひゃくえんという単位はどこから出てきたのだろう。そんなに安いわけはないが、葵は微笑み、頷いた。

「そうそう。百円っていったら、ネギくらいだよ。だから靴買うかわりに、しばらくネギはなしだなあ。お味噌汁はネギやすみー」

子どもはひょんなことで笑いだす。空も葵の言葉をきくと、なにがおかしいのか、「ネギやすみ」という言葉がツボに入ったらしく、泣いていたはずがけたけたと笑い始めた。

「おみそしるはねぎやすみー」

床を転げて、キャッキャと笑う空の声が可愛い。その声を聞いていると癒《いや》され、ホッとする。

葵はその日は久しぶりに、空を膝に抱いたままご飯を食べさせた。四歳でも、赤ちゃんみたいにしたい日はあるもので、甘やかしてやれる日くらいは、甘やかしてやりたいと、葵も思うのだった。

それくらいしかできない自分が歯がゆく、淋しくもあったけれど……。


ケルドア大公の帰国が報じられたのは、葵が空の靴を新しくした、翌日のことだった。職場の女性たちは、「帰っちゃって残念」と言っていたが、葵は半分安堵し、半分落胆した。

(シモンに、会えなかったな……)

と、思う気持ちが、ないわけではなかった。

もちろん、会うつもりなどまるでなかったけれど、それでも会おうと思えば会えるかもしれない距離にシモンがいると思うと、数日間、葵は落ち着かなかった。

(それにしても……どうしてシモンは、わざわざ日本に来たんだろ……)

国連加盟国であり、現在、ケルドアが共和制に向けて舵《かじ》を切るのに諸外国の力を借りたいというのは建前だろう。日本のような遠い国に来る理由は、特にないように思えた。

仕事の帰り支度をしながらぼんやり考えていると、作業服のポケットに入れてある携帯電話が鳴った。取り出すと、画面に会社の社長の名前が出ていて、葵は驚いた。社長といっても清掃業者の社長なので、葵のような末端の従業員でも、口をきくことは時々ある。

「はい、並木ですが……」

電話に出ると、初老の社長が、慌てたように「あ、並木くん。よかった、繋がって」とホッとした声を出した。

――あがり間際にほんとに悪いんだけど、そこのビルから急ぎで、ステートホテルに清掃入ってくれないかなァ。いや、英語対応のお客様でね、いつもの担当の子が階段から落ちて捻挫《ねんざ》しちゃって。

「え、大丈夫なんですか？」

驚き、葵は思わず声をあげてしまった。社長が言うには、葵が常勤で清掃に入っているビルから、徒歩二分の場所にある高級ホテルの、最上階フロアの清掃員が、仕事の途中で非常階段から落ち、清掃が終わっていないままだという。

「ホテルってことは、客室ですか？　フロアじゃなくて……」

――そうなんだよ。もう、宿泊のお客様が戻ってるんだけど、水回りだけでも清掃してほしいんだ。英語対応できるスタッフが、今ちょうど出払ってて。

社長が、子どものいる葵にまで電話をかけてきたのは、かなりの窮状《きゅうじょう》ということだ。葵は迷ったが、三歳まで空が発熱するたびに休ませてもらっていた恩もある。とりあえず行きます、とだけ返事をして、すぐに保育園に電話をかけることにした。認可保育園は夕食の申し込みに締め切りの時間があり、突然の延長となると、もう間に合わない。その場合は軽食だけが出るので、空には悪いが今日一日、頑張ってもらうしかない。ところが、葵が電話帳を開いているうちに、すぐにまた着信があった。見ると、保育園の名前が表示されている。葵は慌てて電話に出た。

——あ、並木さん。すいません、空くんなんですけど、ちょっとだけお熱が高めで……お迎え早めに来てもらえますか？

言われて、葵は焦った。

（今、延長入れようとしたところなのに……）

かといって、熱を出している空を、放っておくわけにもいかない。葵は胃が痛むような気持ちで、「その、ちょっとすぐには……職場に確認してからでいいですか？」と、一度電話を切った。子どもというのは、なぜ都合の悪いときに申し合わせたように熱を出すのだろう。けれど、どうしよう、どうしようと立ち往生している葵のところへ、今度はぽんとメールが飛び込む。

『元気？　翔《かける》の部活の試合で、葵くん家の近所に来たから寄ってもいい？　まだ仕事先だよな。俺が空くんのお迎えしとこうか』

それは翼からのメールだった。

翼の息子、翔は今二十一歳で、大学でスポーツをやっている。試合は郊外で行われることが多いので、翼は応援にいくと、時々こうして葵に連絡をくれ、親戚代わりのように空を迎えに行ってくれたりするのだ。性モザイクの身で、タランチュラの男の子を一人、育てあげた先輩でもあるし、頼れる者のいない葵にとって、翼は本当にありがたい存在だった。

『翼さん、実は仕事が入って……延長しようとしたら、空が発熱しちゃって……』

悩みをそのまま書くと、返信はすぐに返ってきた。

『それくらいなら俺がみておくよ。仕事はどこで？　なにかあったら連絡するし、必要そうなら病院にも連れてくよ。まあ空くんももう四歳だし、タランチュラの子だから、たぶんすぐ治ると思うよ』

翼がいてくれて、本当に助かった――。葵はホッとし、仕事も気になるので、甘えることにした。空も翼には懐いているし、心配ないだろうと思ったのだ。

念のために急遽入った仕事の内容と、自宅アパートの鍵の隠し場所を翼に教えて、葵は胸の中で空にごめんなと謝った。けれどそれ以上もたもたしているわけにはいかない。葵は急いでロッカールームを飛び出し、作業服のままホテルへと向かった。

ホテルに着いたのは午後六時前だった。つい先ほど、翼から『お迎えしたよ。熱、もうないみたい。一時的に体に熱がこもったんだろうね。あとは心配しないで』と、メールをもらっていたので、葵もホッとしていた。

夕暮れ時の高級ホテルは人気も少なく、静かだ。葵は指定された最上階にあがると、清掃道具を持って客室へ入った。

『恐れ入ります、清掃の者ですが、入っても構わないでしょうか？』

最上階フロアはスイートルーム一室で、扉口にはフォンがついていた。中に向かって英語でそう問うと、男の声でどうぞ、と言われ、オートのカギが開いた。ホテルの客室掃除は初めてではないが、客がいる状態での清掃はまずない。葵は緊張しながら中へ入る。

室内は広々としており、五部屋はありそうだ。格式高いアンティークの調度がそろっている。葵はおそるおそる中へ進み、入り口に貼られた室内マップを見て、すぐにバスルームのほうへ向かった。奥の方から声がしたが、それは遠い。客と顔を合わさないよう、急いで片付けてしまうことにした。

洗濯物はもうまとめてランドリーに出されていたので、浴槽と洗面所をぴかぴかにすると、あとは備え付けの簡易キッチンだけだ。物音をたてないよう、二間続きの居間の一方に据え付けられた、キッチンカウンターへ移動する。

奥へと入ったために、キッチンからだと声がはっきり聞こえる。どうやら二人か三人の男がいて、なにやら言い合っているようだ。なるべく気配を消してカウンターを磨き始めた葵はふと、彼らがドイツ語を喋《しゃべ》っている、と気付いた。

（英語圏の人じゃなかったのか）

葵はケルドアに半年いたので、ドイツ語もヒアリングだけはできるようになった。テオにずいぶん教えてもらったおかげだ。ふっと懐かしい面影が瞼《まぶた》に蘇り、葵は一人で微笑んだ。テオは元気にしているだろうか。たまに連絡をとるフリッツから様子を聞く限りでは、フリッツの両親から実の子のように可愛がられており、最近では寄宿学校へ入ったらしい。葵はテオからもらった手紙をまだ大事にとっていて、時々会いたいなと思う。

　空をあやしているときにはふと、テオを思い出したりする。子どもを愛しむことで幸福な気持ちになれると、葵に最初に教えてくれたのはテオだった。

『わざわざ十二時間もフライトして来たのはなんのためだ？　きみがアオイに会ってもいいと言うから、俺は保守派の連中を説き伏せたんだぞ』

　不意にそのとき聞こえてきた声に、葵はぎくりとして手を止めた。

　聞き取ることしかできないドイツ語。だから一瞬、聞き間違いかと思った。

『あれからきみは、誰とも子どもを作ろうとしない。このごろじゃ、相手探しもやめてしまった。共和制にするにしたって、きみの子どもはいなきゃ話にならないんだ。せめて、作る素振りくらい見せないと』

　最初に聞こえてきた声が、そう続ける。どこか、聞き覚えのある声。けれどドイツ語で聞くのは初めてで、まさか、と思う。しかし次の瞬間、葵は雷に打たれたようなショックを受けて、固まった。

『もういい、フリッツ。……だからといって、なぜ私がまたアオイと子作りすると思う？』

　アオイ、と言うその声に、はっきりと覚えがあった。心臓がどくんと鼓動を打ち、葵は知らず、息を止めていた。

『殿下、ですが議会としては……あの方とは半年しか交わらなかったのですから、もう一年半呼び寄せてみても……という考えは、一応、あるのです』

　聞いたこともない男の声が、そこに混じる。ため息まじりの、困ったような声だ。

『なにより他のお相手では気乗りなさらないなら……せめて、国民を安心させるために、グーティはまだ生まれてくるのだという姿勢を、見せていただかなければ』

『ばかばかしい。共和制のために、他人を巻き込めと言うのか』

　切って捨てるような声。そのあと、がたんと誰かが椅子を立つ音がした。同時に、なにか甘い、スパイシーな香りが、ふっと隣の部屋から流れ込んでくる。

　葵は震え、カウンターの隙間から、そっと窺《うかが》い見た。背の高い男の影が、こちらへ歩いてくる気配がある。

『お前だって、アオイに会いたいから、日本からの招聘《しょうへい》を受けたんじゃないのか？　でなければこんな東の国、来る必要ないだろ？』

　知っている声が、その影を追いかけてくる。

『お前がうるさく言うから、受けただけだ。議会の言い争いにもうんざりしていたしな』

『シモン』

今度こそ、葵はショックに打たれ、なにか、とんでもない夢を見ているのだと思った──。追いかけてくる男──フリッツが、もう一人の男を、シモンと、たしかに呼んだ。

『俺は黙っていたけどな。もしも子どもが生まれても、三歳までに亡くなったりしたら……それこそあの子はお前の国で、つるし上げられると思って』

フリッツの言葉に、葵はハッとした。もう一人の男が、立ち止まる気配がある。

『だがもう、四つだ。それも心配ない。だから言うが、きみはそろそろ、アオイに責任を取るべきときがきているんだぞ──アオイはな、たった一人で、きみの子を……』

頭から、冷たいものを浴びせられたような衝撃。

やめて。葵は思い、それからほとんど反射的に「フリッツ！」と、怒鳴っていた。

怒鳴り、そうして立ち上がる。持っていた雑巾がぽたっと手からこぼれ、カウンターの向こうに立つ、二人の男が眼を見開いて、こちらを見るのが分かった。

ほんの、一メートル。

一メートル先に、シモンがいた。

銀髪に輝石のような青い瞳。五年前と変わらず、夢のように美しい男。彼は呆然と、葵を見つめている。

背後にいたフリッツが、呆気にとられたような顔をしている。

『アオイ？　なんできみがここに？　いや、これは俺のせいじゃないぞ』

フリッツがシモンの視線を受けて、慌てたように言う。葵はぶるぶると震えていた。

『フリッツ……、やめて。なにを言う気だった？』

かすれた声が英語で出た。とたんに、フリッツが気まずそうな顔になる。シモンは眉根を寄せ、葵をじっと見つめてくる。

『なんだ。フリッツ。なにを言いかけた』

シモンがフリッツを振り向く。葵はなにか言われるより先に『言わないで！』と叫んでいた。ほとんど、悲鳴のような声だった。

『フリッツ！　言わないで！　言わないって約束した！　約束したのに！』

声がわななき、フリッツが『アオイ……』と困ったように息をつく。

『許してくれ。だが、もう言ってもいい。この際だ、言ってしまったほうがいい』

開き直ったかのように言うフリッツが、信じられなかった。葵は気がつくと、掃除道具のワゴンを掴み、力任せに押して、その部屋を出ていた。後ろからすぐ、フリッツが追いかけてくる。

けれどそれを無視し、葵は四基あるエレベーターのボタンを、すべて押す。

『アオイ、待ってくれ。弁解させてほしい』

追ってきたフリッツが、『俺はそろそろ話したほうがいいと思う』と言ってくる。

『きみがここに清掃で入ってるとは……ちょっと、予想外だったけどな。だが折角こうして、偶然にでも出会えたんだ。言ったほうがいい。……ソラのことを』

葵は思わず、眼を剝《む》いた。額に、じわりと冷たい汗が滲《にじ》んだ。話したほうがいい？

（……空のことを？）

信じられない気持ちで、葵は固まっていた。そのとき、部屋の扉が開き、シモンがフロアに出てくる。葵にか、フリッツにか、シモンは『おい』と少し苛立ったような声を出した。

『一体、なんなんだ。さっきからなんの話をしている。アオイは……どうしてここにいる？』

葵はシモンを見た。シモンは困惑し、苛立った眼をしている。五年前に、仕方なく相手にしていた人間が、眼の前に現れて腹を立てているのかもしれない。もっとも、シモンの気持ちを想像する余裕など、葵にはとてもない。

『シモン、きみだって聞けばアオイに会ってよかったと思うはずだ。保守派を黙らせて、きみの国を変えるには、結局次のグーティがいなきゃ話にならない』

フリッツの言葉に、シモンがまばたきし、小さな声で『どういうことだ？』と呟く。葵はその瞬間、激しい恐怖に襲われる。と、そのときポオン、と音がして、エレベーターが一つ、停まった。扉が開き、葵はそこに逃げ込もうとした。

その、矢先だった。

「あおいっ」

幼く甘い声が聞こえた。頭の先から、ざあっと血の気がひいていくのを感じた。

嘘だ。なぜ、ここに。

声のほうを見ると、そこには空がいた。エレベーターから一人、ぴょこん、と飛び出してきて、葵の腰に抱きついてくる。

「あおい、いた！」

ニコニコと笑う空に固まっていると、すぐにもう一基のエレベーターが開き、中から慌てた様子で翼が飛び出してきた。

「あっ、葵くん！　ごめん！　空が葵くんに会いたいって言うから、車で下まで迎えにきたんだ。ホテルのトイレだけ借りに入ったら、空がエレベーターであがっちゃって……あ、あれ」

翼は空の手をとりながら、青ざめた葵を、それからフリッツとシモンを見た。翼の、どこか幼げな顔に、さっと緊張が走る。

『……グーティ・サファイア・オーナメンタル・タランチュラ……？』

背後で、声がした。

聞いたこともないような、虚《うつ》ろな声だった。振り向いた視界に、愕然《がくぜん》として空を見つめている、シモンの顔があった。葵はたまらずしゃがみこみ、空の体を抱き締めた。シモン

の眼から隠すように、強くきつく抱き締めた。

「あおい？」

　空が不思議そうな声を出す。

「グーティじゃないっ、この子は違う！」

　葵は日本語なのも忘れて、叫んでいた。何度も何度も、繰り返す。

　グーティじゃない、グーティじゃない。お前の子じゃない——。

　葵の肩ごしに、空がシモンを見ているのが分かった。大きな、シモンそっくりの瞳をぱちくりとしばたたき、空は言った。

「あっ、パパだ！」

　シモンが、思わず息を呑んだのが分かった。言葉を失った葵のかわりに、空だけは無邪気に、嬉しそうに声をあげた。

「パパだー、あおい、そらのパパだーっ、やっとおむかえにきてくれたんだねっ、よかったね、あおい」

　子ども特有の甘ったるい空の声は、静かなフロアいっぱいに響き、大人たちだけがぎこちなく、身じろぎ一つできないでいた。

十二

想像もしなかった再会のあと、葵《あおい》は空《そら》を抱いたまま、広々としたさきほどのスイートルームに座っていた。

膝の上の空は、さっきからうずうずと好奇心を掻きたてられている様子だった。何度も「あっちみたい」「あおい、あのおへやいこうよ」と誘ってくる空が、腕の中から飛び出ていかないか不安で、葵は緊張したまま離さないよう、ぎゅっと抱いていた。

「空……どうしてさっき、あの人のこと、パパって言ったんだ？」

部屋にはフリッツとシモン、そして翼《つばさ》もいた。もう一人いた男は、シモンになにか言いつけられたようで、部屋の奥から出て来ない。

翼は部屋の隅にフリッツを連れていき、怖い顔で文句を言っている。時々心配そうに、葵を振り返っている。この部屋を借りているらしいシモンは、葵の座っている椅子からかなり離れたカウンターバーに立ち、なにやら不機嫌そうな顔で酒を飲んでいた。

ちょっと話をしよう、というフリッツが、とりあえず全員をとりまとめ、嫌だと抵抗する葵を、翼が自分も一緒にいくから、と宥《なだ》めて、この部屋に戻ってきたのだ。

とにかくもう空の存在はバレてしまったのだから、さようなら、と帰るわけにはいかなかった。なによりも、空がシモンを「パパ」と呼んだのだ。誤魔化しようもない。けれど葵は、どうして空がシモンを自分の父親だと知っているのか、分からなかった。

空の答えは、ごく単純だった。

「だってあおいが、おしゃしん持ってたから」

空に言われて、葵は眼を瞠《みは》った。

「あおいの、青色のてちょうにはいってたよ」

葵は愕然とし、それから自分の迂闊《うかつ》さを呪った。何年か前、たまたま雑誌で見かけたシモンの切り抜きを、葵はずっと手帳に挟んで、こっそりと持ち歩いていた。手帳は毎年、青色を買っていて、空には「空の色だよ」と言っていたが、それはシモンの色でもあった。

「お母さんの手帳、空、見たのか？」

「うん」

「いつ？」

「そらがさんさいのとき」

三歳というと、去年だ。けれど葵は、そんなことは一言も空から聞いていなかった。

「なんでお母さんには話さなかったんだ？」

訊ねると、「いっちゃだめってフリッツがいったよ。いつかパパがむかえに来るけど、あおいにいったら、まほうがとけて、パパが来れなくなるよって」という答えが返ってくる。折悪《おりあ》しく、空がその写真を見たのはフリッツが遊びに来ていたときだったらしい。

（……フリッツは、やっぱりいつかは、シモンに話すつもりだったんだ）

フリッツの立場ならそう思うものかもしれないが、それでも、腹が立つ。

「ねえ、あおい。パパとお話ししてきていい？」

空はさっきから、ずっと嬉しそうだ。待ちわびていた父親が来てくれたと、思い込んでいるせいだろう。いつになく興奮していて、珍しく積極的だった。葵は「だ、だめ」と言いかけたが、言葉が詰まって出てこなくなる。

（ダメなんて言う資格、あるのか……？）

どんな相手でも、空にとっては正真正銘《しょうしんしょうめい》、血の繋がった父親だ。子どもが父親と話すのを、母親が止める権利はあるのだろうか？　言葉に迷いながら、ちらりと見ると、シモンはこちらを見もせずに酒を飲み続けている。その姿には、さすがにムッときた。

（関心くらい示してもいいだろ。……不本意かもしれないけど、お前の子どもなんだから）

そう思うが、声には出せない。自分はともかく、空にまで冷たくされるのは悲しすぎて、葵は泣きたい気持ちになった。

「……空、パパはね、日本語が分からないから、お話しできないんだよ」

　ようやっと、傷つけない理由を探し出して言うと、空は「へいきだよ」とあっさり葵の言葉を覆《くつがえ》す。

「だってパパだもん。お話しできるよ」

「パパでも、できないの。言葉が違うんだから。空も保育園でやってるだろ、エービーシー」

「じゃあ、はろーっていえばいいんだね！」

　空はパッと顔を明るくし、ついに葵の腕を払《はら》い、膝から飛び降りてしまった。止める暇もなかった。腰を浮かしたときには、空はシモンの足下まで走って行っていた。

「パパ、はろー」

　満面の笑みで言う空を、葵は慌てて追いかけた。カウンターに肘をかけて立っていたシモンは、じっと足元の空を見下ろしている。

「パパ、はろー、あいむそら」

　ハイクラスの子らしく、記憶力のいい空は、保育園で習った簡単な英語はもう覚えている。答えてくれないシモンに物怖じもせず、与えられるはずの愛情をまっすぐに信じているのか、ニコニコしながら何度も同じ言葉を繰り返した。

「パパ、あいむそら。はろー。はーわーゆー」

　見ていると胸が摑まれたように苦しくなり、葵はしゃがんで、後ろから空を抱き寄せ、思わずシモンを睨《にら》んでいた。青い、美しい瞳を真正面から見返すのは、本当に久しぶりのことだったけれど、それになにか感じるよりも先に、怒りが湧いてきて仕方なかった。

『せめて一言くらい、返したらどうだよ』

早口で英語を喋《しゃべ》る葵に、空がびっくりしたように顔をあげる。葵の眼に、じわじわと涙がこみあげてきた。

『こんな小さい子が、お前に声をかけてるのに。……お前の、子どもだろ』

言われたシモンは数秒黙りこくっていた。やがて小さな、低い声で呟くように言う。

『……妊娠はしていないと、言っていた。ケルドアを発つ前に、検査があったはずだ』

『あとから分かるってこともあるんだよ』

『連絡を受けなかった』

『するわけないだろ、お前は、俺が重いって言ったんだ』

『子どもができているなら、話は別だった』

ひっぱたきそうになったのを、かろうじて抑《おさ》えられたのは空がいたおかげだった。けれど眼を剝いた葵の怒りは、シモンにも伝わったようだ。空もさすがに不穏な空気を感じ取ったのか、シモンと葵を交互に、不安そうに見ている。

『……今さら、実はできていたと言われてもな』

ため息まじりにシモンが言った瞬間、葵は空を抱いて立ち上がっていた。

『俺だって言うつもりなんかなかった！　そっちに話す気がないなら、俺にも話はないから帰らせてもらう！』

　怒鳴り声をあげたとたんに、奥にいたフリッツと翼が気づいて振り返る。そうして同時に、腕の中の空がわあっと泣き出した。

　葵はハッとなり、空を見た。空は泣きじゃくり、「けんかしないで」と言う。

「パパがきたら、あおいはうれしいって、フリッツがいってたよ」

　ぼろぼろと涙をこぼし、潤んだ眼で空は葵を見る。

「あおいはらくになるって、フリッツがいったよ。パパはそらをすきだし、あおいのこともすきだって。ちがうの？」

　その言葉に胸が痛み、同時になんて嘘を言うのだと、葵はフリッツを睨んでいた。フリッツはばつの悪そうな笑みを浮かべ『いや、あながち嘘じゃないだろ』と近寄ってきた。

『シモン。ちゃんと話せよ。子どもができれば議会の保守派は引き下がるんだぞ。アオイもソラも一緒にケルドアに連れていける。きみもそうしたいだろ？』

『……そもそも今回の訪日は、そんなことが目的ではない』

『なにを言うんだ。俺がケルドアで、アオイに会えると言ったから、日本に来る気になったはずだ。違うとは言わせない』

　フリッツがシモンを説得し始めたが、葵には信じられなかった。シモンが葵に会いたいはずがない。

『なんの話か知らないけど、ソラを巻き込まないで。この子は俺の子どもだ。あんたたちの事情に使うのはやめてほしい』

強く言うと、シモンは眼をすがめ、

『安心しろ。もとから、認知《にんち》するつもりはない』

と、言い放った。葵の頭の中が白くなる。

——認知するつもりはない。

体が震え、怒りで唇がわななく。空が不思議そうに、「あおい、パパ、なんていってるの？」と問うてくる。葵は気がつくと、横に立っていた翼の腕に空を押しつけていた。自分でも、信じられないくらい自然と体が動いた。一秒後、葵は手を振り上げ、シモンの頰を思い切りぶっていた。

『この冷血漢《れいけつかん》！』

ぶたれたシモンはじっと葵を見下ろしているだけで、なにも言わない。それにも腹が立ち、葵は空を翼の腕から抱き直すと、もうなにも言わずに部屋の出口へ向かった。翼が慌ててついてくる。

「あおい、なんでパパにおこってるの？」

空が悲しげに訊いてくるが、気遣ってやれるだけの余裕はなかった。エレベーターに乗り込むと、翼が「ごめん、葵くん」とすぐに謝ってくれる。けれど葵は首を横に振るだけで、声が出せない。翼さんのせいじゃない、そう言いたいのに、言えば泣いてしまいそうだった。

車で送るから、と翼は言ってくれ、葵は黙ったまま頷いた。そしてただ、腕にある空の温もりを逃がさないように、ぎゅっと抱き締めた。

（そうだ。もう全部忘れてしまおう）

翌朝は、快晴《かいせい》だった。

起きると、同じ布団に空が逆さまになって寝ている。昨晩、翼に送られてアパートに帰ってきたときは、どうしてパパとけんかしたの、と泣きじゃくっていた空だが、目許《めもと》にはもう泣いた痕《あと》すらなく、すうすうと健やかな顔で眠っていた。

今日は土曜で仕事は休みだ。

全部忘れよう。全部全部、忘れてしまおう。

何度も頭の中で念じながら、寝ている空は起こさずに、葵は朝からホットケーキを何枚も焼いた。チョコレートシロップで空の顔を描き、牛乳に、サラダも並べる。全部準備が整ってから、「空ーっ、起きろーっ」と声をかけた。

まだ眠そうな空の足をこちょこちょとくすぐると、空は眼をつむったまま、くっくっと笑った。

――子どもはすぐに元気にはなるけど、傷はなくなるわけじゃない……。

遠い日に自分の言った言葉が、耳の奥へ蘇ってきた。今笑っている空の心にも、昨夜のことでついた傷があるかもしれない……。

「ホットケーキがあるぞ、それから、今日は遊園地に行こう！」

大きな声で、できるだけ明るく言うと、空はパッと起き上がった。

「ゆうえんちっ？」

ニッコリ笑う葵に、空は「やったー！」と飛び跳ね、そのまま跳ねながら食卓へ行く。美味しそうにホットケーキを食べ、牛乳もサラダもたいらげる空に、なにに乗ろうか、空はもうジェットコースター乗れるかな、などと話すと、葵の沈んでいた気持ちもだんだん脇に追いやられていった。何度か、頭の中をよぎるシモンの、「もとから、認知するつもりはない」というひどい言葉に、心臓がズキリと痛んだが、葵はそれも押しのけた。

「空、お母さんは家事しちゃうから、一人でお着替えできるかな？」

「そら、おきがえできるよ！」

遊園地が眼の前にちらついているので、空は上機嫌で着替えをした。その間に、葵は大急ぎで洗い物、掃除、洗濯を済ませる。準備を終えてアパートを出たのは、十時前だ。麦茶の入った水筒を、空の首にかけてやる。

「ゆうえんち、ひさしぶりだねっ」

「空、嬉しい?」

「うれしぃーっ」

握った手をぶんぶん振り回している空に、葵も笑みがこぼれた。心配していたが、空は昨夜大泣きしていたことを忘れたかのように元気で、「パパは?」とも訊いてこない。そのことに、葵はホッとした。

けれどアパートの敷地から路地をぬけ、駅へ続く通りへと出たところで、葵はぎょっとして立ち止まった。空はというと眼を瞠り、それから嬉しそうに声をあげる。

「パパーっ」

葵が止める暇もなく、空は葵の手を放し、走って行ってしまった。その先には、路肩に車を停めて立っている、シモンの姿がある。

(な、なんでいるんだよ……)

折角もう、忘れようとしていたのに。葵は混乱しながらも、慌てて空を追いかけ、後ろから抱きかかえた。シモンに抱きつけなかった空は、不満そうに葵を振り返る。

シモンは車の横に棒立ちのまま、どこか困ったような、うろたえたような、同時に不本意そうな眼で、じっと葵と空を見ていた。

それは五年前——時折葵に垣間見せたシモンの、どこか心の奥まった場所にある表情に似ていた。一瞬胸が疼《うず》き、絆《ほだ》されそうになる。けれど葵は慌てて気を引き締めた。

『なんの用？』

警戒して訊くと、シモンはしばらく黙っていた。けれどもやがて、

『会いに来た。ここにいるのだから分かるだろう』

と、小さな声で言った。

意味が分からずに、葵は声が出せなくなる。なんのために、と思ったが、言っている本人も居心地の悪そうな顔だった。

『……ソラを連れてく気か？　気が変わったとか言うつもりか？　この子は俺の子だ』

『私の子でもある』

『いくらお前でも、ソラを連れていったら殺してやる』

嘘ではなかった。本気で、そう思っていた。シモンがムッと眉根を寄せ、空が不安そうに怒った顔の葵を見る。

「あおい、おこっちゃだめ。パパ、あおいのことしからないで。あおいはたいへんなの。きょうはね、ゆうえんち行くんだよ。パパも行こうよ」

不意に空が言いだしたので、葵は焦ってしまう。

「空、パパは行かないよ。パパは忙しいんだから」

急いで窘《たしな》めたが、ソラはえーっと声をあげ、唇を突き出した。どう諦めさせようかと思案したそのとき、シモンが「いや」と葵の言葉を遮《さえぎ》った。

「遊園地だな。私も行こう。車に乗れ」

そう言って後部座席のドアを開けたシモンに、空がきゃーっと歓声《かんせい》をあげた。葵は驚いて、硬直してしまった。一緒に行くと言われた事実にもだが、それよりなにより、シモンが日本語を喋ったせいだ。

(な、なんで日本語……)

もとから喋れたのに、隠していたのか？

思わずそう疑う。空だけは不思議にも思わないらしく、「わー、おくるまだ！」と嬉しそうに言って、葵の腕から身をもがいて離れ、さっさとシートにあがってしまう。

「そ、空」

降ろそうと思ったけれど、シモンは葵を待っている。ドアを開けたままの姿勢で、「乗ってくれ。会いにきたと言ったのは、嘘じゃない」と、続けた。

──なんで。どうして。お前にとって、なんの意味があるんだ。

そう言いたかったが、空は嬉しそうに反対側の窓へかじりついている。今さら、「パパ」の車から降りろというのは残酷な気がして、葵は渋々、乗り込んだ。

『本当に遊園地だろうな。空港に行って、空だけ連れていくんじゃないだろうな』

運転席に乗り込んできたシモンへ、疑って言うと、シモンは『だから違う』とだけ言い、遊園地の場所を日本語で、空に訊いた。

葵が空といつも行くのは都内の近場の、値段も安い遊園地だった。シモンはカーナビに情報を入れて、本当にそこへ向かってくれているようだった。葵はそれでも気が気じゃなくて、ずっとそわそわしていたが、普段車にあまり乗らない空は、始終嬉しそうだった。

「パパのおくるまかっこいいね！」

そう何度も褒める空に、葵は何も言えず困った。しかし、シモンが乗っているのは高級車ではあるが日本車で、しかもレンタカーなのは意外だった。普段リムジンに乗っている大公とは思えないチョイスだが、そういえば表向き、シモンはもう帰国していることになっている。

（カムフラージュかな……？　でも、遊園地なんかについてきて、大丈夫なの……？）

葵はシモンの意図を疑ってしまう。認知するつもりはないと言っていたが、一晩経ってみたら、やはりグーティの子どもがほしくなり、葵から奪っていくつもりでは……と、そう思えた。それしか、会いに来る理由がない。

けれど心から「パパ」の存在を喜び、どうしてなのか心底パパのことを信じているらしい空の眼の前で、また喧嘩をするのも嫌で、葵は口をつぐむことにした。

近場なので、遊園地にはすぐ着いた。さほど有名でもなければ、大きいわけでもないので駐車場もそう混んでいない。夏場なのもあるだろう。こういう日は水族館などのほうがよほど混雑する。

葵は車を降りると、空に帽子をかぶせた。

ふと見ると、シモンは運転席でしばらくなにかごそごそやっている。空が不安げに「パパは？　ねえあおい、パパは？」と何度も訊いてきた。

葵にもよく分からず、戸惑っていると、降りてきたシモンはジャケットを脱いでおり、麻のシャツのボタンを二つほど開けたうえ、サングラスにハット、紺色のコットンパンツの下にはスニーカーという、信じられないほどラフな格好になっていた。たしかにシャツやパンツは朝着ていたものだが、小物でこうも雰囲気が変わるのかと思う。体格の良さと精緻《せいち》な美貌は隠しようもないが、その出で立ちはケルドアの大公には見えず、どちらかというと金持ちの外国人といった感じだ。

「パパ、黒いめがねかっこいいー」

空の言葉に内心、そこかよ、とツッコミを入れたくなりながら、葵はシモンにどう声をかけたものか分からなかった。無駄を嫌うはずのシモンが、なぜこんなことをするのかと思ってしまう。

（わざわざ変装してまで、なんで俺たちに付き合うんだ……）

空は無邪気に喜んで、

「パパ、こっちだよ。あおい、はやくー」

と、一人で走り出し、園の入り口へ向かう。仕方なく、葵もそれを追いかけた。

入園料はシモンが払ってくれた。「いいよ」と言ったのだが、先に支払われてしまい、中に入って買う乗り物チケットも、空がシモンに「このけんで乗るんだよ」と教えると、自動販売機で何十枚も買われてしまった。

「こ、こんなに乗るわけないだろ。お前、バカなの？」

慌てた葵に、シモンは「そうなのか」と浮世離《うきよばな》れした返答だ。

「だが、また次来たときに、使えばいいだろう」

さらりと言うその発音は完璧で、シモンが完全に日本語を使いこなしていると実感した。空の言っている幼い言葉も、シモンはちゃんと理解しているようだ。

空はパパがいることが嬉しいらしく、葵と二人で来たとき以上にはしゃぎ、好きな乗り物からじゅんぐりに乗っていく。どれも子どもだましのちゃちな作りだが、四歳児にはそれでも刺激的らしい。

園内は、ちょうど遊びやすい混み具合だった。明るい音楽や風船を配る着ぐるみ、晴れた空のおかげで陽気な雰囲気に満ちていて、葵も空といると、シモンへの緊張を忘れてついつい一緒に笑ってしまう。笑ったあとでハッとして、シモンを振り向くと、シモンはじっと葵と空を見ている。とにかくシモンは、空に構っていないとき以外は、まるで観察するようにずっと空と葵を見ているのだった。その眼はどこか頼りなく、まるで迷子になった子どもが、見知らぬ街を見ているようだ。青い瞳には、言葉にならない淋しさがちらちらと映り、葵はそれに戸惑ってしまう。

(なんなんだよ、一体……)

やがて子ども用のジェットコースターで、空は身長をはかってもらった。

ジェットコースターには身長制限があり、去年ここへ来たときはぎりぎり乗れなかったのだ。けれどこの一年で急速に背が伸びた空は、規程《きてい》の身長をしっかり超えていた。

「お兄ちゃん、乗れるよー」

スタッフの女性に声をかけられ、空は嬉しそうだった。コースターは二人乗りなので、葵が一緒に乗ろうとすると、空はパッとシモンの手を握った。

「パパ、いっしょにのろ!」

顔を紅潮させて、眼にいっぱい甘えを浮かべてシモンを誘う空の姿に、葵はドキリとした。シモンがこんな鄙《ひな》びた遊園地の、子ども向けのコースターになど乗るはずがない。

「乗る意味がない」とでも言って、空を傷つけないか、ひやひやして、お母さんと乗ろう、と声をかけようとした矢先、シモンが空の手をそっと握り返すのが見えた。空は顔を輝かせた。シモンは微笑みかえすでもなく、少し困ったように空を見ている。けれど、

「私も乗れますか?」

と、スタッフに丁寧に声をかけている。彼女はにこやかに「乗れますよ。いいねー、お兄ちゃん、お父さんと一緒」と言う。空は心なしか得意げで、二人はコースター乗り場へ入っていき、葵は外で待機することになった。

一回転などあるはずもない、小さなコースターだ。葵が二人の顔の見えやすい場所に立っていると、数組の親子を乗せたコースターがごとごとと動き始め、急加速して葵の前を抜けていく。空の笑顔が一瞬で通り過ぎていく。シモンは涼しい顔だったが、バーに置いた空の小さな手の上に、その大きな手を重ねているのが見えた。コースターからは子どもの歓声や泣き声があがり、一分もしないうちにまた乗り場へ戻ってきた。

――シモンが空と、コースターに乗った……。

ただそれだけのことなのに、なぜか混乱しながら、再び乗り場の入り口に戻ると、ちょうどコースターを降りてくる二人が見えた。シモンは空を抱き上げて、ちゃんと地面に降ろしてやっている。その手つきは慣れていて、遠目には、二人は生まれたときからずっと一緒の父と子のように見えた。

「あおいーっ、もういっかい、パパと乗っていい？」

興奮気味に空が戻ってくる。葵はハッとし、入り口のところで待っているシモンを見た。

「パパが、あおいがいいよって言ったら、いいって」

「あ、ああ。いいよ」

葵は鞄から、シモンに買ってもらった乗り物券を出し、スタッフの女性にちぎってもらった。空が歓声をあげてシモンのところへ駆け戻る。二人はまたコースターへ乗り込み、結局合計五回、それは続いた。

昼ご飯は園内の売店で、お弁当を買って食べた。空はオムライス、葵とシモンはカレーだった。

（こんなもの、シモン、食べるのかな……）

不安だったが、木陰のベンチで、シモンは文句も言わずに全部きれいに平らげた。葵はそれにも内心で、びっくりしていた。

「ねー、あおい、ソフトクリームたべるっ」

普段あまりあれがほしい、これがほしいと言わない空が、今日は珍しくわがままを言う。シモンがいるからかもしれない。ずっと待っていたという「パパ」が現れ、安心しきって甘えているのだろうか。その様子に胸を痛めながら、鞄から財布を出していると、シモンが立ち上がり、

「空、おいで。私と選ぼう」

と、空の体を軽々と抱きかかえて、売店へ行ってしまった。空は嬉しそうにシモンの肩にくっついて笑った。シモンの体は葵よりずっと大きい。このごろでは重たくなった空を抱くとき、葵はいつも腕がもげそうになるが、シモンはまるで二、三歳の子どもを抱くか

のように、片手だけで抱いてしまっている。

木陰ではジイジイとセミが鳴き、生ぬるい夏の風が葵の髪をくすぐっていく。

お昼どきのせいもあり、売店は少し混んでいるので、シモンと空は列の後ろに並んでいた。

その二人の背中が、葵の位置からはよく見えた。空は待っている間、ときどきシモンの耳に口を寄せて、おかしそうになにか内緒話をしている。

空のほうを向いたシモンが——いつしか、思わずのように微笑んだのを、葵は見ていた。

（……そうか。シモンは、子どもの愛し方を知ってるんだった）

遠い記憶の中、物慣れた仕草でテオを抱いていたシモンのことが、ふと、葵の脳裏に蘇ってきた。

誰からも無視されていたテオを大事にし、名前まで与えたのはシモンだった。自分には与えられなかった特別な名前。それを、シモンはテオには与えていたのだから。

と、そのとき、パンツのポケットで、携帯電話が鳴った。見ると、相手はフリッツだった。ちらりと顔をあげて売店を確認すると、シモンと空の前にまだ何人か並んでいる。

葵はベンチを立ち、木陰に身を寄せて通話ボタンを押した。

——『やあ、アオイ。よかった、出てくれないかと思ったよ』

ホッとしたような声に、葵は思わず、ため息をついた。

『今、シモンが一緒なんだけど。もしかして、フリッツがうちの住所教えた？』

それしか考えられないので言うと、フリッツは苦笑気味に『許してくれよ。もう一度会った方がいいと思ったんだ』と、返してくる。

――『友人としてきみを失いたくないから、言い訳させてほしいんだ』

『……』

葵は黙り込んだけれど、電話は切らなかった。唇を小さく噛み、大きな木に寄りかかる。

――『この数年、俺はいつ、きみらのことをシモンに打ち明けるべきか、時機をみてた。色々考えたが、グーティは三歳より前に、亡くなることが多い。……そうなったらきみはケルドアでひどいめに遭うだろうと思って、これまでは言えなかった』

不謹慎なことを言ってすまない、と、フリッツはつけ足した。葵も、三歳になるまでは、何度も空が死ぬのではと思ったから、その気持ちは分かる。もし世継ぎを死なせてしまったら、葵は異邦人というだけで、ケルドアでひどく罵られただろうということも、想像にたやすかった。だからフリッツの言うことは、悔しいけれど理解できた。

『でも、俺はソラの存在を公表する気なんて、ないんだよ。フリッツ』

葵は思わず、そう言っていた。ケルドアで、次期大公として空を育てたいかと訊かれると、やはりどうしても頷《うなず》けない気持ちがある。シモンの苦しみを、知らないわけではないからだ。

——『分かってるよ、アオイ。だが、日本にずっといて、どうなる？　ソラは明らかに栄《は》えあるタランチュラで、そのうえ外来種だ。いずれ彼が異質で、高貴な存在だということは隠せなくなる。それはアオイだって、考えてきただろう』

そう言われればそのとおりで、言葉もない。ぐっと息を呑み込むと、フリッツは『今が一番いい時期だ。今公表して、きみらがケルドアに来れば……たぶん親子一緒に暮らせる。俺はそれが一番いいと思う』と、珍しく強い語調で続けた。

——『ケルドアはいずれ共和制になる。保守派も賛成しかけてる。ただ、彼らは国民の動揺を一番に恐れてるんだ。国民は大公家を……政治的なものではなく、神のように思ってるからな。つまり、自分たちの神が、これから先も続くのだとさえ分かれば、安心する』

しかし二十年も経てば、その価値観もなくなるだろう。

外国人が増えて、高齢のケルドア人が亡くなれば、神の概念は消え果てるだろうと、フリッツは説いた。

——『ソラには、シモンのような苦労はさせない。俺も微力だが助ける。本気で言ってるんだ、アオイ』

いつもひょうひょうとしたフリッツが、珍しく真剣だ。

『……フリッツ。あなたはいつも、俺の味方だったよね。政治のために、こんなことをしてるとは思いたくない。……どうして、こんなに突然、シモンとソラを会わせたの？』

弱々しい声が出た。電話の向こうで、フリッツはしばらくの間、黙る。

ケルドアにいたころ、テオの他に葵を人間扱いしてくれたのは、フリッツだけだった。そのフリッツが、葵の気持ちをないがしろにするはずがないと、そう信じたかった。

――『アオイ。よく聞いてほしい。……シモンはきみと別れてから、誰とも寝ていないんだ。議会がどれだけ言っても、誰とも、子どもを作ろうとしてないんだよ』

葵はその瞬間、眼を見開いた。離れた売店で、ようやくシモンと空の番が来たらしい。空はシモンに抱かれて、メニューを覗きこみ、シモンは空が選ぶのをじっと待ってやっている。

『……でも、どうして。だって、シモンは』

葵の声は上擦り、額にじわりと汗が浮かんだ。混乱し、胸がドキドキと鳴り始める。五年前、半年経っても子どもができそうになかった葵に、シモンはべつの相手を探すと言ったし、子作りは自分の義務だとも言い切った。他の人を抱いてほしくないという、葵の想いを、シモンは嫌い、疎んだはずだ。それなのに、なぜ、と思う。

――『最初は二人ほど、議会に推された相手を城に迎えた。でも、どちらも三日ともたずに、シモンは追い出してしまったんだよ』

抱けなかったみたいだ、と言うフリッツに、葵はまた、どうして……と言うしかない。

――『真実は分からない。シモンはなにも言わないからな。だけどさ……答えなんて一つじゃないか。シモンはきみに惚れてる。どう見たってそうだ』

呆れたようにフリッツが言い、葵は息を止めた。

そんなことはあるはずない、という言葉が浮かび、けれど声にならずに消えていく。

――『考えてもみろ、アオイ。俺は十代からシモンを知ってる。彼は俺が知ってる十数年、なにも変わらなかった。だがきみと出会って、たった半年で、神との賭けをやめるくらい変わったんだ。きみに恋してる。きみを愛してる。それ以外なにがある？』

『やめてよ』

頬が火照り、葵は思わずフリッツに言った。

『俺はシモンから、そんなこと一言も言われてない……』

そう言うと、電話の向こうでフリッツがため息をついた。

――『それは無理だ。七歳の子どもに、いきなり二十六や三十一になれと言って、なれるか？　シモンは公人としては、大人すぎるくらい大人だ。だが、一人の人間として――愛に関する情緒は、七つかそこらで止まったままだ。シモンは、七歳の子どもなんだよ。七歳の子どもに、恋愛は分からないだろ？』

――七歳の子どもに、恋愛は分からない。

たとえ分かっていたとしても、愛していると言えるものではない。親から始終愛を注がれた子どもならまだしも……。フリッツはそう、葵を諭《さと》すように呟いた。

——『きみがケルドアに来たばかりのころ、俺は言ったろ？　俺はきみがいいって。……きみなら、シモンを一人の男として、愛してくれるかもしれない。その可能性に、俺は賭けたんだ』

許してやってくれないか、と、フリッツは呟いた。きみに愛してると言えない男でも。

——『きみしか、シモンを愛してくれる人が、いないんだ』

それだけ言うと、フリッツは電話を切った。通話が終わると、なにか言葉にならない切ない気持ちが、葵の中に残った。遠い日……ケルドアを出るときも、フリッツに似たようなことを言われた。あの日の記憶が、ふっと蘇る。

葵を隣国の空港へ送る車の中で、フリッツはシモンを許してくれと言い、きみを国の外へ追い出すのは、シモンの愛だと言った。

……それも、愛だと思ってくれないか。

たしかフリッツは、そう言ったのだ。

（シモンの、愛……）

頭上で風に揺られた枝がざわめき、葵はどうしてか、なんの脈絡もなく、しけったクッキーの味を思い出していた。それは幼いころ翼の家で作ったもので、実家のリビングに置いておいたクッキーだ。「食べてください」とメモをつけたけれど、家族の誰にも手をつけてもらえず、葵は一人で食べたのだった。

どうして食べてくれないの、と、小さな葵は泣けなかった。

誰にもそう言えなかった、あの行き場のない切なさが、わけもなく葵の中にまとわりついて離れなくなる。

「あおいのもあるよーっ」

不意に明るい声がし、葵はハッと顔をあげた。

空が両手に一つずつ、バニラのソフトクリームを持って、葵のほうへ駆けてくる。葵は空を笑顔で抱きとめ「ありがとう」と言ったが、勢いをつけすぎたのか、空は持っていたソフトクリームの一つを、ぽろっと落としてしまう。

クリーム部分だけが、地面にぺしゃんこになって落ち、空は「あっ」と眼を丸くした。

一瞬の沈黙のあと、空はじわじわと、大きな眼いっぱいに涙を盛り上がらせた。

「あおい、ご、ごめんなさい」

大粒の涙をこぼし、空は震えながら、後ろから来たシモンを振り向いた。

「パパ、ご、ごめんなさい」

「……いや」

シモンは気遣わしげな顔をし、もう一度買おうとでも言うように、ちらりと売店を振り返る。けれど葵は、今起きたことがおかしいのと、空の泣き顔が可愛いので、思わず笑ってしまった。

「空。お母さんのあげる。だから泣かないの」

「で、でも。せっかくパパが、あおいに、かってくれたのに」

しゃくりあげる空の気持ちが分かって、葵は嬉しくなった。空は葵にも、「パパ」から買ってもらった特別なソフトクリームを、食べてほしかったのだ。きっとそうだ。母親だから、言われなくてもその気持ちが分かる。幼いころ、翼の家で焼いたクッキーを、家族に食べてほしかったのは——そのときの楽しさや嬉しさを、分かち合いたかったからだ。

それが胸に痛く、切なく、葵の中には蘇ってくる。

「ありがと。じゃあお母さんにも、一口ちょうだい」

笑ってそう言うと、空はすんすんと鼻をすすりながら、うん、と頷《うなず》いた。

空を抱きあげてベンチに座り、一口もらう。空も一口食べる。顔を見合わせて、美味しいねと言い合うと幸せだった。

ふと見ると、シモンはどうしてかさっきと同じ場所に立ち止まり、じっと、葵と空を見下ろしていた。途方に暮れたような、淋しげな眼をしている。

——七歳の子どもなんだよ。

フリッツの声が、耳の中へ返ってくる。

「シモン」

と、葵はシモンの名前を、そっと呼んだ。

「……ありがと」

小さな声で言うと、シモンは「いや」と答えた。それだけだった。

それ以上、どうしていいか分からないように、シモンは葵が「座れば」と言うまで、そこに突っ立っていた。

「あ、アリさんが食べてるよ」

不意に空がおかしそうに言い、きゃっきゃと笑う。見ると、道ばたに落ちたソフトクリームに、アリがたくさん集まっている。

「今日はアリさん、パーティだねえ」

葵もそれを見て、笑った。シモンだけは笑わずに、葵と空を見、それから落ちたソフトクリームを見ていた。けたけたと幸せそうに笑う、空の声だけが、高い空にいつまでも響いていた。


「……ごめん。お昼寝しなかったから、眠くなったみたいで……」

すっかり眠りこけてしまった空が、シモンの背中に負ぶわれて、気持ち良さそうにしている。

夕方五時を過ぎた夕暮れの中、駐車場に戻る途中で葵が言い訳すると、シモンは「いや」と言う。

「テオもこんなものだった」

返ってきた言葉に、葵はドキリとした。

園内には閉園の音楽が流れ、親子連れがゆっくりと門に向かっている。濃い夕映えに誰も彼もが逆光で影になっており、葵とシモン、そして空も同じ影の固まりになっていた。シモンはさすがにもうサングラスを外して、シャツにひっかけていた。

「……テオと遊園地に行ったりした？」

「テオがケルドアにいたころ、一度だけだが。……かわいそうな育て方をしたな。空が楽しそうなのを見て、今さらだが……そう思った。子どもにとって、遊園地とはこうも面白いものなのだな」

「それは、そんなの、お前は大公なんだから……忙しかったろうし」

葵はシモンの言葉に驚いてそうとりなしたけれど、それ以上言葉が続けられなかった。子どもにとって、遊園地が楽しい場所だと、シモンは知らなかった。知らなかったから、一度しかテオを連れていけなかったと言い、今になってかわいそうに思うと言うシモンに、お前はどうだったのと葵は思ってしまったのだ。

「……お前だって、子どものころ……かわいそうだったろ。親に遊園地、連れてってもらえなかったのは、お前なんだから」

子どものころ、シモンがどんなふうに育ったか、葵は今もよく知らない。

けれどきっと、遊園地も動物園も、水族館も海や川や山遊びの楽しさも、シモンは親に学ばなかっただろう。親からだけではなく、誰からも、教えてもらえなかったのだ。

葵には翼と澄也《すみや》がいた。おぼろげな記憶ながらもナニーもいた。けれどシモンには、たぶん誰もいなかった。

そしてそれを拗《す》ねることもなく、子どもらしい遊びの楽しさなどまるで知らないまま大きくなって、そのシモンがテオという弟を、なんとか大切に、自分とは違うように育てようとしたということが、かわいそうに感じる。テオを育てた経験で、シモンは空を慣れた様子で抱き上げて、ソフトクリームを買って、空の内緒話に笑いかけたのだ。

（……ダメだ。簡単に、絆されてる……）

ケルドアを追い出されるとき、傷つけられた。昨夜だって、空を認知しないと言われて、心底腹を立てたし、許せないとも思ったのだ。それなのに。

空がパパと呼び、シモンが空に優しくしてくれる。フリッツに、シモンはアオイに惚れている、と言われて、胸がときめいた。ただそれだけのことで、葵はもう半分、シモンを許しかけている。

「空は笑顔が多い。お前は、愛情深く育てているようだな……」

独り言ちるようにシモンが言い、葵はたまらなくなって立ち止まった。泣き出しそうになるのを必死にこらえながら、「どうして」と言葉を繋いだ。

「……どうして、日本語喋れるんだ？」

シモンも立ち止まり、葵を振り返る。逆光で、その顔はよく見えない。

「昨日、認知はしないって言った。なのにどうして今日、ここへ来たんだ？　どうして、俺や……空に、優しくしてくれるんだよ？」

葵の声は震えていた。

お前はいらないが、グーティの子どもは必要だからだと、そう言われたらどうしようと思う。けれどそれはもはや子どもを奪われてなるものかという激しい防衛本能ではなく、五年前のように、再び傷つきたくないという気持ちからの、怯えだった。

「――分からない」

けれど、数秒の沈黙のあとで言われたシモンの答えは、葵には予想外のものだった。

「……分からないって……」

葵は肩すかしを食らい、まじまじとシモンを見つめた。そうすると、嘘だと責めることができないくらい、シモンは、戸惑い、困った瞳をしていた。

「……初めは、お前が、忘れていった本だった」

ふと、シモンが言い、その書名をあげた。

それは葵がケルドアに忘れてきた文庫の名前だった。

「……テオがお前の好きな本だと話していた。なぜか……無性に中を知りたくなり……暇をみて少しずつ、日本語を学んで読んだ」

葵は驚いてシモンを見つめた。

「全部読み終えても、理解できず……何度も読み返し、中身を正確に知るころには、話せるようになっていた」

「それは……お前が相当、頭が良いからだろうけど……」

思わず、褒めてしまう。けれど実際そうとしか言いようがない。葵が置いていった本はとりわけ描写が美しいが、詩的に過ぎ、日本人でさえ意味を解しかねるところが多々ある。

「──私はなぜ、その本を……意味もなく、読もうとしているのか……五年間ずっと分からなかった。昨夜、お前と会い、私の子どもを見たときは……混乱した。だが、認知するとなると、私がお前を国から出した意味そのものがなくなる。……だが」

困った顔のままシモンは言い、そこで言葉を切って黙る。

続きをどう言えばいいのか分からずに、戸惑っている表情。葵はふと、思った。

今、この言葉を紡いでいるのは、七歳の子どもなのかもしれない。

五年前、葵はシモンから聞かされた。七歳の誕生日、母親に兄の写真を見せられたシモンは、これは自分ではないと言ったと。すると母親は激昂《げっこう》し、シモンの頬を叩き、誕生日のケーキをぐちゃぐちゃに壊したと。……あのときから、アリエナを軽蔑するようになった。シモンはたしかそんな話をしてくれた。

それは一人の子どもが、母親の愛を永遠に諦める瞬間の話だったのかもしれない。

そのとき不意に、しけったクッキーを、一人ぼっちで食べている小さな自分と、七歳のシモンが、重なった。

あのころの葵には、どうして食べてくれないのとも、ママ、愛してとも言うことができなかった。それは知らなかったからだ。心に詰まった重たく苦しい感情が、「淋しさ」という名前であることも、願いがあるとするのなら、ただ一つ「愛されたい」という言葉なのだということも、まだ、知らなかったから――。

眼の前の、もう大人のシモンは先の言葉を探して黙っている。葵はシモンを待っていた。七歳の子どもが、自分の心を表わす言葉を探している。それを待つように、じっと。

そのとき、園内に閉園の案内が流れてきた。葵はハッとして、慌てて駆け足になった。

「シモン、門が閉じちゃう」

空はぐっすりと眠ったままだ。シモンは急に大人の顔に戻ると、「急ごう」とだけ言って歩き出し、葵も慌てて門を潜った。

十三

遊園地を出て、家に着いたのは、八時を回ったころだった。

帰りの道は渋滞していて、思ったよりも時間がかかった。

夏とはいえさすがにあたりはとっぷりと暮れている。シモンは近場のコインパーキングに車を停めると、寝ている空《そら》を抱き上げて、起こさないようアパートへ運んでくれた。

その仕草の丁寧さ、物慣れた感じが、葵《あおい》には切なく映った。父親に抱かれた空は、安心しきった可愛い顔で眠っていた。

「ここで暮しているのか……」

アパートの奥の間に布団を敷いて、空を寝かしてもらってから、居間に戻ると、シモンが窮屈そうにちっぽけな部屋を見回していた。

片付けは得意なので、部屋の中はいつもすっきりときれいだが、貧しさは否《いな》めない。シモンは、困惑しているように見えた。

「お前は……実家がそれなりに、金持ちだったはずだが」

「実家とは連絡とってないもん。空が生まれたことも知らない」

さすがに車もレジャー費も出してもらっておいて、すぐに帰れとは言えない。葵は電気ケトルでお湯を沸《わ》かした。

「座ってて。コーヒーくらい出すから」

「……仕事はしているのか」

静かに訊かれて、葵はしてるよ、と答えた。

「清掃員。通訳の面接をいくつか受けたけど、性モザイクだし、子持ちだし。そのうえ高卒だからさ。落とされる」

シモンはなにをどう思ったのか、無表情のまま黙りこくってしまった。

インスタントのコーヒーを淹《い》れ、葵はダイニングテーブルにそれを置いた。

「悪いな。こんなのしかなくて」

向かいに座ると、シモンもようやく腰を下ろした。マグカップを見て、一口コーヒーを飲む。いや、美味い、と、お世辞としか思えないことをシモンは呟く。

それからまた顔をあげ、シモンは部屋の中を見た。壁には、折紙を切って作った星や鉄道が貼ってあり、シモンは小さく「銀河鉄道だな」と、呟いた。葵はドキリとして、シモンを見た。シモンが何度も読んだという、葵の本の名前に似ていたからだ。

「……母がな。昨年、亡くなった」

そのとき、シモンがぽつりと言った。葵は驚いて、眼を見開いた。予想もしていなかった言葉だ。脳裏には、美しく、けれど残酷で恐ろしかったアリエナの姿が鮮明に浮かんでくる。彼女はあのまま静養地に閉じ込められていたのだろうか。

「アリエナ様が……どうして？」

そっと訊くと、シモンは淡々と答えた。

「静養地に行って、前よりも病んだらしい。いつしか食事をとらなくなり、栄養失調で」

「……栄養失調」

一国の元大公妃が？

どうしてそんなことに、と思ったけれど、シモンが小さな声で「だが、これ以上生きるよりは、母には幸せだったかもしれない」と続けた。その言葉の真意を知ろうとシモンを見つめる。黒いコーヒーの影が、サファイアのような瞳に映って揺れている。シモンに悲《ひ》壮感《そうかん》はなく、彼がどんな気持ちでそう言っているのか、そしてどうして葵にその話をしたのかまでは、分からなかった。

「……母がお前を殺そうとしているのを見たとき」

黙っていると、シモンはそう続け、葵はドキリとした。

「私は心底おののいた。母を、激しく憎んだ。あの谷底に、母を突き落としてやりたいとさえ思った」

葵は息を詰めた。それはあのときも、シモンが言っていたことだ。けれど今こうして改めて聞くと、その言葉の激しさを思い知らされる。

「私はその感情を、理解してはいなかった。分からないまま……ただ、お前を急いで国から出さねばと思った。お前を……お前だけでなくテオを、私の大事なものを、また誰かが谷底に突き落とそうとするかもしれない。……私は、それが恐ろしかった」

呟かれる言葉に、葵は胸が締め付けられ、動揺した。

「……そんなこと、思ってたなんて、お前は言わなかった」

声が震える。葵はうつむき、一度唇を噛みしめた。

「お前は俺が必要ないって言った。……俺を……愛することは、ないって」

「――そうだ。大公として振る舞いたくとも……お前といると、私はどうしていいか、分からなくなることばかりで……」

今も分からない、とシモンは呟いた。

「なぜここに来てしまったのか。……お前に会いたい気持ちはあった。日本から外交の招《しょう》聘《へい》を受けたとき、普段なら断っていた。だが、母が死んだ直後で……私は」

私は……と、再びシモンは言ったけれど、その先の言葉に迷うように黙る。葵が顔をあげると、マグカップの中を覗いた姿勢のまま、シモンは苦しそうな、困ったような、途方に暮れた顔をしていた。

「私は……母が死んで安堵《あんど》した。一ミリも涙が出なかった。……私は、悪い人間だろうか。私はお前に……それを、訊きたい気がして……」

訊きたい気がして、来てしまったとシモンは言った。

「こんなことをお前に問う意味が、自分でも……分からない。こんな場所まで来た理由がそれかと思うと……私はおかしいのではないかと、やはり会わずに帰ろうとしたのだ。空のことも……お前から奪うつもりでいたわけではない。子どもがいたのは、驚いたが、嬉しかった。だが、それも、喜んでいいのか、分からない……」

弱々しく、シモンの声が消えていく。

お前を傷つけるつもりはなかったと、シモンは続けた。

もうダメだ、と葵は思った。

（もう、ダメ――）

耐えられない。

どっと涙がこみあげて、頬をこぼれていく。葵はいつしか席を立ち、反射的にシモンへ駆け寄って、その頭を胸に抱き締めていた。こらえきれずに、喉から嗚咽《おえつ》が漏れる。

三十一歳のシモンが、七歳の子どものように、自分の感情を持てあまして困っている。

一国を背負う大公が、母親を亡くし、それを悲しめずに、自分を悪い人間だと責めている。

けれどその心は、七歳のころからずっと、ずっとずっと、シモンの中にあったものだと思った。

自分を悪い子だと思っている心。誰かに、いい子だと言ってほしがっている――幼い心。それは葵も、よく知っている心だ。

「お前は、いい子だよ」

葵は気がつくと、そう言っていた。シモンの頭を抱き締め、そのつむじにキスするようにして、もう一度言った。

「お前は、いい子。いい子だよ……」

シモンはなにも言わずに固まっている。葵の涙は頬をこぼれ、シモンの髪を濡らす。シモンは身じろぎもせず、ただしばらくして「そうか」と、囁いた。

その声はわずかに震えていたが、それだけだった。これ以上なにを言えばいいのか、シモンには分からないようだった。泣いている葵と違い、涙を見せることもしない。あるいは、泣き方を忘れたのかもしれない。

「……そうか。私は、いい子なのか……」

ぽつりとまた、シモンが言い、葵は強く頷《うなず》いた。シモンはいい子。いい子だよ。

七歳のシモンに届くように、葵は願った。

シモンの心の中で、今もまだ、ぐちゃぐちゃになった誕生日ケーキを前にして、母親にぶたれた頬をどうしていいのかさえ分からずにいるだろう、七歳の子どもに向けてだ。

シモンはじっとしており、葵が泣きやむのを待っているようだった。

隣の部屋で眠る空の寝言が、時折薄い襖の向こうから、むにゃむにゃと聞こえてくる、穏やかな夜だった。


「あおいのうそつき」

自転車の後部座席で、空が泣いている。それはシモンと遊園地に行ってから、二日後のことだ。

保育園に行く道々、空は、

「あおい、パパ、つぎはいつくるの？　いつ、あおいとそらをおむかえしてくれるの？」

もう何百回も繰り返した質問を、またしてきたのだ。

葵はため息まじりに「だから、パパはもう来ないって」とこれまた何度も返した答えを告げた。

普段は物分かりが良すぎるくらい、いい空なのに、「パパ」の件に関してだけは一歩も譲らない。いやだ、パパのところへ行くと言い張るのを葵は「ダメ」と叱り、今日も泣かせてしまったのだ。

けれど、泣きたいのは葵のほうだった。

二日前、シモンは葵が泣きやむと、紳士的に涙を拭ってはくれたが、それ以上なにを言うでもなく立ち去り、また会おうという約束もなければ、連絡先の交換もなかった。そうして葵には、シモンがまだ日本にいるかどうかも分からない。

（アリエナ様のことは話せたし、やっぱり、用が済んだから帰ったのかな）

と、つい思ってしまう。

空は渡さない、と言ったのは自分だけれど、こうもあっさり退《ひ》かれると、がっかりもしていて、葵だって空以上にショックは受けていた。フリッツから、シモンはアオイに惚れている、と言われたときは一瞬ときめきもしたけれど、なんの連絡もないと、とても自惚れられなかった。

それなのに空は口をひらけば「パパ」の話題を出す。葵が「パパはもう来ない」と言えば言うほど空は意固地になり、葵をうそつきだとなじった。

「パパは遠い国の人なの。だから簡単には来られないんだよ」

保育園の駐輪場に着いてからも泣いている空を、自転車から降ろし、葵は言い聞かせた。そんなつもりはなかったが、つい、口調がきつくなってしまう。空は大きな眼いっぱいに涙を浮かべて、「パパのとこに行く」と言いだした。

「おっきいえれべーたーのあるところ。あおいつれてってよ」

それはたぶん、シモンと最初に会ったホテルのことだろう。葵は困り果てて、思わず息い空を無理矢理抱えて園に入ることもできるが、それは最後の手段だ。駐輪場から動きそうもなをつく。通勤電車にはあと十五分以内に乗らねば間に合わない。

「パパのとこには行けないの。空、お願いだから困らせないで」

つい、強めに言い聞かせると、空はわあっと泣きだし、だってパパが、パパ、パパ、と繰り返す。葵は慌てた。駐輪場に、同じクラスの他の母親が、子どもを連れてやって来るのが見えたのだ。

「あら、空くんおはよう。泣いちゃったの」

彼女が言うと、空は葵に抱きつき、「パパのとこ行く」と大声で言った。とたんに、声をかけてくれた母親が、眼を丸くする。

「空くん、パパって……」

思わずのように口にした彼女へ、葵はとりなすように苦笑を向け、必死に誤魔化した。

「違うんですよ。ちょっと勘違いしちゃって……パパなんていないんですけど」

葵は空を抱きかかえ、逃げるように園に入った。空は腕の中でばたばたと暴れ、「あおいのうそつき！　パパいるもん！」と泣き叫んでいる。四歳児とはいえ、本気で暴れられると手に余って仕方がない。なんとかクラスに連れて行くと、大泣きしている空を見て、担任の先生が飛んできてくれた。

葵は先生に空を預け、「あおいっ、あおいっ」という泣き声に見送られ、後ろ髪をひかれる思いで、園をあとにした。ようやく電車に滑り込むと、どっと疲労感に襲われる。

(あの調子で、先生にまでパパがどうのって言ってたら、どうしよう……)

昨夜何度も口止めをしたが、空はあまり納得していなかった。ずっと待っていたパパ。遊園地でもあんなに優しかったパパが、どうして迎えに来てくれないのか、まるで理解できないのだろう。

一年以上ものあいだ、空はパパの存在を信じ、魔法が解けないよう葵にも黙って、一人悲しいことを乗り越える糧《かて》にしてきたようだから、その気持ちは痛いほど分かる。

(俺だって……もしシモンが、俺や空を、心から迎えたいって言ってくれたなら……)

それなら、ケルドアに行くと言ったかもしれない。

空は渡さないと息巻《いきま》いていたくせに虫がいいとは思うが、弱々しいシモンの姿を見たあとでは、なんだか放っておけない気持ちもあった。

けれど、シモンは葵たちを連れて行きたいとは言わなかった。

(なんだか……六年前にも、同じようなこと考えたなあ……)

電車の窓から流れていく景色を眺めながら、ふっと葵は思う。

ケルドアに発つ間際、母に同意を求めたとき——もしママがたった一言、引き留めてくれたら……そうしたら行かないのにと、十八歳の葵は思ったものだ。

シモンに来てほしいと言われたら、行ったのに……と思う淋しさは、あのときの淋しさに似ている。

（……俺は、あのころからなんにも、変わってないのかもな）

車窓に額を押しつけると、夏の明るい陽射しが、葵の前髪をぬくめていく。なんだか物悲しい気持ちで、葵はしばらく外の景色をぼうっと見つめていた。


その日の朝晴天だった天気は、台風の影響で昼前から豪雨になった。

葵の携帯電話に、突然着信があったのは、雨足の強まった午前十一時のことだ。

見ると、保育園からだった。預けたときに号泣していた空に、なにか起きるのではと構えてはいたが、現実になったようだ。興奮しすぎて熱を出したのかもしれない。

勤務中だった葵は、同僚に園から電話なのでと謝り、人気《ひとけ》のない廊下の隅で通話ボタンを押した。

『あっ、並木《なみき》さん』

電話口から聞こえてきたのは園長先生の声で、しかも聞いたことがないほど焦っていた。ドキリとしながら、葵は「どうかしましたか？」と訊ねた。

『空くんが……その、気付いたらいないんです。十時ごろまでは、たしかにいたはずなんですけど』

「え……？」

先生の言っていることが、一瞬理解できなかった。葵は自分の足が、震えてくるのを感じた。

「園内は、全部、探していただいたんでしょうか？　その、外に出て雨を見てたりとか……」

保育園は基本的に塀《へい》で仕切られ、入り口は施錠《せじょう》されている。カギは子どもでは開けられないはずだから、園外に出るなど、とても考えられない。

『実はちょうど、お昼の業者さんが来る時間で、ほんの十分ほどですが……門が開いてたんです。考えられるとしたら、そのときに、外へ……』

葵は息を呑んだ。全身に鳥肌がたつ。嘘だ。まさか。

「い、いなくなってからどのくらい……」

『四十分は探してます。近所の公園やお家のほうにも行ってみました。……でも、見つからなくて』

先生の声も震えている。心臓がどくどくと、痛いほど鳴っている。道路に飛び出して、車にはねられたのでは？　そんな嫌な考えが、頭をよぎる。

『本当に、申し訳ありません……っ、あの、並木さんに、なにか心当たりがあればと』

（心当たり……）

考えたが、分からなかった。翼《つばさ》の家なら、翼からすぐ連絡があるだろうし、そこへ行けるほどの知恵が空にあるかどうかは分からなかった。

他は？　ぐるぐると考え、それから不意に、葵は朝のやりとりを思い出した。

――おっきいえれべーたーのあるところ。あおいつれてってよ。

この二日、空はしきりと「パパのところへ行く」と言っていた。葵は探してみると伝え、電話を切る。そのまま上司に電話を入れて半休をもらう。同僚に説明している暇はなく、葵はロッカールームに駆け込むと、作業着をロッカーに丸め込んで、外へ飛び出した。傘を広げる時間も惜しく、ビル前にいたタクシーに飛び乗る。

「あの、すいません、急ぎで……ステートホテルへ……」

都心の高級ホテルの名前を告げ、葵は震えながら翼に電話を入れる。空のことを話すと、翼はええっと叫び声をあげた。けれどやはり、翼のところには行ってなかった。

『俺もすぐ探しに出る。なにかあったら連絡するよ』

そう言ってくれる翼に、葵は先日シモンと一緒に行った遊園地へ寄ってくれないかと頼んだ。もしかすると、そちらへ行った可能性もある。

澄也《すみや》にもメールを打ち、空がもし病院に行ったら保護してほしいと頼んだ。他に頼れるのはフリッツしかいない。電話を入れると、フリッツの通話先の声は遠くない。まだ、日本にいるようだった。

――『ソラがいなくなったって……どうしてっ？』

「たぶん、シモンに会いに行ったんだと……一応今、俺もそっちのホテルに向かってる。もし見つけたら、保護してほしい……」

もう、葵の声は弱々しくなっていた。雨は激しく車の窓を打ち、前が白く煙っている。通話を切るころに、タクシーはやっとホテルの前についた。

急いでいたので一万円札をおいて、釣りはとらずに外へ出る。ホテルのロビーに走り込み、葵はあたりはばかることなく「空！」と声を張り上げた。

フロントの前、ロビーラウンジと回っていると、ベルボーイが慌てたように葵に駆け寄ってきて、「どうかしましたか」と訊かれた。

「小さい男の子、見ませんでしたか？　銀色の髪に、青い眼の……」

葵の言葉に、ベルボーイが戸惑った顔をしている。その顔つきで、見ていないのだと葵は思い、今度はロビーを出て、雨が激しく打ちつけるのも構わず、ずぶ濡れになってホテルの周りを走った。

「空！　空！」

けれどどこをどう探しても、空はいない。

（……あんな小さな子どもが、ここまでたどり着けるわけない――）

もしタクシーは拾えても、空にはホテルの場所は分からないだろう。葵は膝から崩れ落ちそうになるのを、必死でこらえる。

（しっかりしろ。まだ探し始めてちょっとだ。ホテルじゃないなら、もう一度家のほうに帰って……）

とはいえ保育園は既に、警察にも届けを出しているのだ。家の周辺は十分捜索されているはずだし、商店街なら空を知っている店の主人も何人かいる。

（近所にいたら、すぐ見つかるはず……もしかしたら、違うホテルに行っちゃってるとか……）

けれどこの広い都心の、無数にあるホテルのどこに空が向かったかなど、分かるはずがない。しっかりしろ、しっかりしろと思いながら、葵は震える手で携帯電話を取り出した。しらみつぶしに、すべてのホテルを回るしかないと思った。

頭上からふりそそぐ雨が、不意に消えたのはそのときだ。

見上げると、背の高い男が一人、葵の上に傘を差し掛けて立っていた。

「シ、モン……」

シモンの瞳は、こんな雨の日でも、そこだけ光を当てたように輝いていた。その眼が戸惑いと不安に揺れながら、葵を見つめている。

「すぐに捜し出す。心配するな」

その声はきっぱりとして、力強かった。ぐいと引き寄せられ、葵はよろよろとシモンの体にもたれた。厚い体は葵の体重をかけたくらいでは、びくともしない。シモンは携帯電話を取り出すと、どこかへかけ、英語で指示をした。

『子どもを捜し出せ。十五分以内だ。特徴は銀髪に青い瞳。そうだ。――私に生き写しだ』

高層ホテルの屋上から、バラバラと音をたててヘリコプターが飛び立ったのは、その数秒後のことだった。黒塗りの車がロータリーから列をなして走り出していき、上空をドローンが駆けていく。

「来い」

葵はシモンに引きずられるようにして、ホテルの中へ戻される。エレベーターに押し込まれ、最上階に通された。待っていたフリッツが『アオイ！』と声をあげる。

『風呂に入れる。そのあと診察してやってくれ』

シモンはフリッツへ口早に言い、広い風呂場に葵を連れ込んだ。

「……シモン。空が……」

やっと、葵は口をきけた。

「平気だ。すぐに見つかる。安心しろ」

強く言い切り、シモンは葵のぐっしょりと濡れた服を脱がせる。されるがままになりながら、葵はこみ上げてくる涙を抑《おさ》えることもできなかった。

「俺のせいだ……パパなんていないって、言っちゃったから」

シャツを脱がしていたシモンの手が、ふと、止まる。葵はごめんなさい、と言っていた。

——お前をいないことにして、ごめんなさい。

嗚咽がまじり、体から力がぬけていく。その場に、ずるずると座り込む。

「空を、傷つけた。……こんなことなら、お前に預けるんだった。そのほうが、俺が育てるよりずっといい……分かってたのに」

いつも、縮《ちぢ》こまって暮らしていた空。世間から隠したいという葵のわがままのせいで、空を傷つけてばかりいた。貧しく、淋しい暮らしをさせた。だからこそ空は、パパが来るのを待ちわびていたのだろう。そうすれば、息苦しい日々が終わると信じていた。

聞き分けの良すぎる空が、パパが来てくれたと思ってからは、のびのびと、いつもより自由になっていたのを、葵は知っていたのに——。

シモンがなにも言ってくれないから、もう会うこともないと決めつけて、空の気持ちを無視していた。

(空にとってのパパは……昔、俺が翼さんになりたいと思ってた、あの気持ちくらい……切実なものだったかも、しれないのに)

かつてケルドアに渡ったとき、葵は子どもさえ産めば、幸せになれると信じていた。

空も、同じだったのかもしれない。

——パパさえ迎えに来てくれたら、幸せになれる。

その希望のよすがに、葵はきちんと向き合わなかった。そう思い詰めるほど、空に淋しい想いをさせていたのかと考えるのが、怖かったからだ。

(俺、身勝手だ……)

頬を涙が転《ころ》げていき、葵は耐えきれずしゃくりあげた。

「お、俺が、空をちゃんと、育ててれば……もっとちゃんと、あ、愛してたら……お、俺、親、失格だ……」

しゃくりあげる葵の体を、そのとき、強い腕が引き寄せてくれた。厚い胸にきつく抱き締められ、葵は息を止める。

「そんなはずがない」

断定的な、強い言葉。薄い肩を痛いほどに抱かれ、シモンがもう一度、「そんなわけが、ないだろう」と繰り返す。それは搾《しぼ》り出すような、苦しげな声だった。

「お前が失格なら、私はどうなる。……お前はいい親だ。優しくて、愛情深い。……断言する。私が母にしてほしかったことを、こんな母がほしかったと思うようなことを、お前は……すべて、空にしてくれているではないか」

——掛け値なく愛することを。

誰よりも深く愛することを。誰よりも強く、幸せを願うことを。

シモンの体は温かく、けれど小刻みに震えていた。そのことに、どうしてか葵は安心した。

　空がいなくなることに怯えているのは、自分だけではない。シモンもきっと、同じくらい怖いのだと、そう思えたからだ。

　俺……俺……と葵は繰り返した。

「つわりが、きつかった。何度も、死んじゃうかもって……思いながら、やっと、産んで」

「ああ」

　突拍子もない言葉を、シモンは、静かに聞いてくれる。苦しかったと、葵は続けた。

「産まれてからも、空はずっと……弱くて……いつか、死んじゃうんじゃって、怖くて、でも疲れて、もういいや、二人で死んじゃおうって……思ったこと、何度もある」

　ああ、と言って、シモンは震える葵の体をさらに強く、ぎゅっと抱いてくれる。

　淋しかった、と、葵はしゃくりあげた。

「空がいても、淋しかった。……淋しいのは消えないんだって、分かった。でも」

　それでも空がいてくれたら、淋しくてもよかったのだ。淋しかったからシモンを愛して、空を授かった。辛いことは多かったけれど、後悔はしていない。

　たった一つ、はっきりとしていることがある。

「……空がいなくなったら、俺、い、生きてけない」

　シモンはまた、ああ、と言っただけだった。

そうして、葵の額にキスをした。優しい、慰めのキスだ。シモンは葵の目許に、頬に、首筋にとキスを繰り返してくれた。何度も何度も、キスしてくれた。唇以外の場所には、いくらでも口づけてくれた。涙を啜《すす》り、葵の体を、きつく抱き締めてくれていた。

浴槽からは湯気がたち、二人の体を包んでくれる。雨で冷えきった葵の体は、シモンの体にもぬくめられて、いつしか体温を取り戻そうとしていた。

それからしばらくして、空が見つかったと連絡が入った。

十四

空《そら》はシモンが宿泊しているホテルのそばの、高級ホテルの前で泣いていたらしい。

都内のタクシーは子どもが手をあげると、無条件で保護するという決まりがある。誘拐などの事件から、子どもを守るためだ。葵《あおい》は空にも、「子どもはお金がなくてもタクシー乗れるから、なにかあったら乗せてもらって」と言ったことがあり、空はそれを覚えていて、タクシーを拾ったのだそうだ。

凶悪事件ならすぐに警察に連絡がいっただろうが、父親のところに行くというので、運転手は空の記憶を手がかりに、とりあえずホテルに着いてからと思ったため、すぐに見つからなかったのだった。

結果、違うホテルに連れて行かれた空は泣きだし、そこを、都内を巡っていたドローンが捉《とら》え、発見に至ったのだという。

葵は泣きながら空を抱き締めた。空はごめんなさいと繰り返し、葵もごめんと謝ることができた。それからシモンの部屋で、葵と空と、空の希望でシモンも一緒に一晩寝て――

翌朝から、葵は高熱で倒れてしまった。

　雨に打たれて体を冷やしたせいなのか、安心して緊張が解けたからなのか。

　診察してくれたフリッツは過労《かろう》だと言い、翼《つばさ》や澄也《すみや》も見舞ってくれた。葵はシモンの部屋に寝かされており、空は保育園を休んでいて、一日中シモンと一緒のようだった。

「ねえパパ、あおいとそらと、パパはいっしょにくらせないの？」

　熱に浮かされながら、葵はそんなことを訊いている空の声を耳にした。シモンがどう答えるのか心配になり、うっすらと眼を開けると、空はベッドの傍ら、大きな椅子の上でシモンの膝に乗り、必死にお願いを繰り返していた。

「あおいはたいへんなんだよ。体がよわいのに、いっぱいはたらいてるの。パパがきたら、あおいはらくになるって、フリッツがいってたの」

　聞いているシモンは、そうか、と言う。

　だからね、パパをまってたの、と空が続ける。

（……俺のため？）

　うとうとしながら、葵は思う。空がシモンを待っていたのは、空の淋しさのためではなく？

「……だが、遠い国で暮らせるか？　もしかすると、葵もお前も、ここで暮らすより、もっと辛いかもしれない」

そっとシモンが言う言葉に、空は「どうして？」と首を傾げる。

「つらくないよ。だってパパとあおいがいるよね。あおいにも、そらとパパがいるよ。そらはパパがすきだよ。パパはそらのことすき？　あおいのこと、すき？」

無邪気な空は、大きな眼で不思議そうにシモンの顔を覗き込んでいる。

ああ、空。そんなこと、訊いちゃいけない人なんだよ。パパは、好きって気持ちは、分からない人なんだ――。

心の中だけでそう思ったけれど、声が出せない。好きではない、そんな感情はないと、シモンが言ったらどうしよう。そうして、空が傷ついたら。

けれど葵の心配をよそに、訊かれたシモンは数拍おいたあと、ふっと、おかしそうに笑った。

「……気負いもなく訊くのだな。お前は、葵から愛されて育っているから……愛を、当たり前に受け止めている」

シモンの声に、ふとどこか、淋しさが漂っている。空は分からないというように首を傾げ、「なあに？　あいって。そらわからない」と言った。そうだな、とシモンは微笑んでいる。

「葵はえらいな」

――葵はえらい。そう言われて、空は嬉しそうに胸を張った。

「そうだよ。あおいはね、えらいの」

シモンが優しく眼を細め、空の髪を撫でるのが見えた。大きな手のひらに、空の頭はすっぽりと包まれている。葵は眠りに引きずり込まれながら、意識が途切れるまで、何度も同じ言葉を反芻《はんすう》した。

——葵はえらいな。

シモンのその言葉が、ただひたすらに、嬉しかった。


意識が戻った葵は、いつの間にか澄也の勧める病院に移されていた。空は保育園に通っていて、送り迎えや朝夕の面倒は、翼の家でみてくれていた。

葵の鞄の中には、『好きに使うように』というメッセージカードとともに、分厚い札束が入っていた。それはどうやらシモンからのようだったが、それ以上は、シモンの情報はどこにもなかった。

「空……、パパ、どうした？」

見舞いに来てくれた空に訊ねると、空はあっけらかんとしていて「おくににかえったよ」と言った。

「……お前を迎えにこないのか？」

言われた空は「こないよ！」と答えた。

「パパはね、これないんだって。でもパパとは、いつかまたあえるって。それにね、あおいのことも、パパはまもるってゆってたから大丈夫」

なにが大丈夫なのか、空は一人で納得しているようだった。よく分からないが、シモンは空をうまく言いくるめ、安心させて、ケルドアに帰ってしまったらしい。結局、シモンは葵と空を、国に連れて行かない選択をしたのだと、葵は思うしかなかった。

（なんだ……シモンには、俺と空はやっぱり、いらないのか……）

そうじゃない、そういうことじゃないはずだと思おうとしても、どうしてもその気持ちがぬけず、葵は内心一人で落ち込んでいた。

――だって、来てほしいとは言われなかったんだし。

淋しむ葵と違い、空のほうは、ずいぶんあっさりしていた。

「ね、パパがおかねくれたでしょ。だからね、あおいはずっとやすんでていいんだよ。お仕事ね、いかなくていいの。これからもずーっとね、パパがおかねくれるんだって」

元気になるまで、病院にいていいからね、とまで言われると、葵はそれがおかしくて、淋しい気持ちもそのときだけは紛《まぎ》れた。つい先日までパパ、パパと泣いていた空が、今はなんだか、自分より頼もしい。お金をもらったから休んでいていいと言うなんて、あまり褒められたことではないだろうが、いつもおどおどしっぱなしだった空から、そんな図太《ずぶと》い一言が出てくると、ちょっと安心した。

「そっかあ……じゃあ、休もうかなあ……」

実際、葵もずいぶん疲れていた。

澄也からはまだ退院許可が下りていない。翼も、子育てが落ち着いて暇だったらしく、空が家に来たことを喜んでいた。いつもならそれでも恐縮し、早く元気になって自分がちゃんとしなければと思うものだが、今は気が抜けていた。

なんといっても空が元気で明るかったし、そして――シモンに『えらいな』と言ってもらえたのだから、甘えてもいいかなと思えた。それでも、胸にぽっかり穴の空いたような淋しさは、しばらく癒《い》えそうになかったけれど。

今度こそ、シモンに二度と会えないのかもしれない。

病院のベッドの上からは、晩夏《ばんか》の高い空が見えた。青い空はどこか遠くでケルドアの空とも繋がっているだろう。銀河に鉄道があればそれに乗って、会いに行くのも簡単だろうけれど。現実では、あまりにも遠い――。

(シモンは、空を愛しく、思えたのかな……)

それだけでも知りたかったと、葵はぼんやり考えたりした。

十月に入ると、季節は一気に秋めいてきた。

葵は結局、二週間入院した。職場からは「連絡をもらってるから、一ヶ月でも二ヶ月でも休むように」と言われたので、葵はしばらく休職することにした。

空は元気で明るく、翼の家で暮らすうちに少し太ったくらいだ。

そうすると、自分が必死に頑張らなくとも、空は空の力で、ちゃんと育っていくのだなあと思えるようになって、葵は肩の力が少しぬけたような心地だった。

退院して、久しぶりに帰ったアパートは、懐かしい畳の匂いがし、すっきりときれいに片付いていた。

「あおいのごはんだ！　ひさしぶりだーっ」

その晩、空の好物のミートボールを作っていると、空は葵のまわりをぴょんぴょん飛び跳ねて喜んだ。葵も久々の、親子水入らずが嬉しかった。

食卓に、ご飯と、タマネギとトマトのスープ、大きめのミートボール、ポテトサラダを並べる。簡素なものだが、この家ではごちそうだ。いただきます、と元気に言い、大きく口を開けて食べ始めた空を見ていると、自然と笑みがこぼれた。

「……空」

しばらく食べたところで、葵は空に、この二週間病院のベッドの上でずっと考えていたことを、切り出すことにした。

「なーに？」

大きな青い眼で、空はじっと葵を見つめ、可愛く首を傾げる。

「……あのな。考えてたんだけど。空、パパの国に行くか……？」

空が眼を丸くする。葵は緊張しながら、けれどなるべく平静に、ゆっくり言おうと心がけた。

「もちろん、決めるのは空だ。だけどパパの国に行けば……パパはお金持ちだし、みんな空を大事にしてくれる。ただ……パパと同じで、空は大人になったら、お仕事が、大変になるかもしれない」

「あおいはどうするの？」

ストレートな質問に、葵はぐっと言葉に詰まった。

「あおいは行かないの？」

「……それは、空とは一緒にいたい。ただ……お母さんは、パパと結婚してるわけじゃないから……」

――パパは喜ばないかもしれない。パパはお母さんを、好きかどうか分からないから。

けれどそんな事情を言葉にはできなくて、葵は困る。

「それに……パパから、来てほしいって言われてないし……」

小さな声で言うと、空は大きな眼をぱちくりとしばたたいた。

「きてって、ゆわれないと行っちゃいけないの？　あおいは、行きたくないの？」

――来てと言われなければ、行けないの。葵は、行きたくないの。

ごくシンプルなその問いかけに、葵は「え」と呟いたきり、固まってしまった。

そのとき、突然、りりりりり、と大きな音が鳴り、食卓の沈黙を引き裂いた。

「な、なにっ？」

慌てた葵だったが、空は「あっ、時間だ！」と言い、椅子から下りるとテレビの横に置いてあった目覚まし時計をパチン、と止める。

「じ、時間って……そ、空」

なにがなにやら分からず戸惑う葵をよそに、空はリモコンを操作して、テレビをつけた。パチパチとチャンネルを変える空に、葵は訝《いぶか》しい気持ちになる。

「なに？　どうしたんだ？」

空は普通の放送ではなく、衛星放送のチャンネルにあわせた。いつの間にそんなことを覚えたのだろうと思っていると、欧州の、最大手ニュースチャンネルの画面に切り替わっていた。とたんに、葵は持っていた箸をぽろっと取り落としてしまった。

画面には、シモンが映っていたのだ。

『たった今、ケルドア大公から、大公制度の四年以内の廃止と、共和制への転換、欧州諸国との特別同盟の締結と、経済政策の大きな方向転換について発表がありました。会見が行われているのは、ケルドアの議事堂です。大公シモン・ケルドアが、自国の国民にもメッセージを発信します』

女性キャスターが英語でそうアナウンスし、シモンの美しい顔が、大写しになる。空はなんていってるかわからないけど、パパだね！」と嬉しそうに葵を振り向いた。葵はなにがなにやら分からなかったが、

「フリッツが、おしえてくれたの！　この時間になったら、パパが出るよって。うそじゃなかったね！」

空はそう言い、固まったままの葵の膝によじのぼって座った。

『親愛なる欧州諸国の方々、そして、我がケルドアの愛すべき国民の皆さま』

やがて静かに、シモンはそう呼びかけた。

会場はシンとしていて、その声はマイクを通しておごそかに届く。

『長きに亘《わた》り、ケルドアの大公として我が一門を支えてくださったことを、感謝しています。同時に、我が国が日々、めまぐるしく変わる世界情勢の中で、私の家族の未来について思いを巡らせ、悲しんできたことを、大公として、いかにすべきか、長年思い悩んできたという、私の真情があることを、まずはご理解いただきたい』

それは淡々とし、切々とした、丁寧な訴えだった。

『ケルドアは大公制度を廃止し、議会を中心とした共和政治へ移行します。ケルドア大公

家は一貴族として貴族の列に連《つら》なります。そうして我が国は、世界へ開かれた国として、変化すべき時がきたと感じます。昨夜、議会での承認《しょうにん》が得られ、これをもって正式に、大公制度解体へ向け、また、共和国の樹立に向け、私も努力を惜しまぬつもりです』

葵は息を呑み、思わず立ち上がった。膝から、ずるりと空が落ち、葵を振り返る。集まっている報道陣からも、小さなどよめきがあがった。演説台に立っているシモンは、その、さざ波のような声がおさまるのを待ち、やがて『一つ、報告があります』と、続けた。

『……私には、子どもがおります。今日まで正式に、伝えることはありませんでしたが』

葵の心臓が、ドキンと跳ね上がった。報道陣のざわめきは、その日一番のものになった。スタジオで中継を見ているらしい、キャスターのため息のようなものまで混ざる。葵は息を詰め、画面の中のシモンを見つめた。

『けれども、その子どもは大公となりません。私は十四で大公職に就《つ》いてから、人生のほとんどを、その子を得るために費やし――そうして、多くの人を傷つけた。特に、その子どもを産んでくれた人を、大変に追い詰めたのです』

葵はもう、体の震えを止めることができなかった。いつしか息があがり、膝から力が抜けそうになる。大公家の記者会見なので、下品な野次も質問もない。だが、会場はざわめき、あちこちから困惑の声があがっていた。

『私は子どもを、この国に迎えることを望みません。……次の世代に、子を為す義務を負わせたくないのです』

あたりは水を打ったように静かになった。

たまらなくなったように、記者が一人、手を挙げる。

『……大公殿下、あまりに衝撃的なお話で……ご子息が産まれているにもかかわらず、御国に招かないというのは、なぜ。国民の悲願であるかと思いますが……それに、その、お子様をお産みになられた方は、仮にも大公家の——継嗣を為しながら、責務《せきむ》を果たさない、ということでしょうか……？』

記者は不敬《ふけい》にあたらぬよう、言葉を選び選び、言っている。

けれどその意味は、ようは葵に対する苦言《くげん》に近かった。

『私はそのような批判が、その人に及ぶことを辛く思います』

その発言をうけて、シモンははっきりと、そう言った。眉根を寄せて、静かに、けれど痛ましげに続けた。

『……その人以外を、選ぶこともないので、ここではその人を、私の伴侶《はんりょ》と呼びますが……』

葵は立っていられなくなり、とうとうその場にへなへなと座り込んでいた。シモンが葵を、「伴侶」と呼んだのだ。葵以外を、選ぶこともないと——断言した。

『私の伴侶は、ケルドアの人間ではなく、タランチュラでもない。その事情から迫害《はくがい》され、私は……伴侶を傷つけたくなくて、国から出しました。しかし伴侶は、非常に愛情深く、私との子どもを育ててくれています』

スキャンダラスな発言に、どよめきはもう、遠慮がなくなっている。ケルドア国内で人種差別があった。そう、大公が言ったようなものだからだ。

『これは大公としてではなく、個人として』

と、シモンは言った。個人として、と。

『私の国で、私の大切な人たちが苦しめられる以上、私は……彼らとともにあることを、諦めねばならない』

記者が手をあげ、シモンの話を遮《さえぎ》った。

『殿下、お子様は、グーティなのですか？』

戸惑ったようなその問いに、シモンは黙り、『答えられません』とだけ、言った。

『国民の皆さまには、どうぞご理解いただきたい。私は大公制度が解体されて以後は――ただ粛々《しゅくしゅく》と、この血を絶やすことを望んでおります』

あたりはざわめき、記者たちが『まさか』『そんな話が』と、動揺している。

シモンは立ち上がると、深く深く頭を下げた。およそ三十秒もの間、シモンはどよめく声を浴びながら、じっとその姿勢を保っていた。そうして顔をあげると、すぐさま記者会見の場から去っていった。

葵は呆然として、テレビを見つめていた。その場に残された報道陣よりもずっと混乱したまま、身動き一つとれないでいた。やがてテレビは空撮に変わり、ケルドアの空から、議事堂のすぐ外が映された。長い議事堂の階段前に、国民とおぼしき老齢の人々が立っていて、シモンが出てくると彼らは『大公様』『殿下』と呼びながらとりすがっていく。

声はまばらで聞き取りにくかったが、ドイツ語に近いケルドア語で、彼らが口々に『お子をお連れください』『ケルドアの血を残してください』と言っているのが分かった。

シモンは一人一人の肩を抱き、手を握って、謝っていた。老齢の国民たちは涙を流し、その場に崩れる者もある。百人ばかりの老人たちを掻き分け、シモンはときに足を止めて彼らの訴えを聞き、そうして謝罪して、停まっているリムジンに向かっていく。

すがりつく無数の手。握り返すシモンの手。

映像に捉えられるそれらの光景を見ていると、葵は苦しくなってきた。

——出会って五年以上が経っている。それなのに葵は今初めて、シモンがどういう立場にあるのか、知った気がした。

年老い、死に逝《ゆ》く人々とともに、たった十四のころからシモンは歩み、彼らを抱きかかえるようにして、生きてきたのだと。

（なのに……どうして。どうして……）

どうして、空を連れていかなかったのか。たとえ葵が産んだとしても、グーティの子であれば、ケルドアの国民は安心しただろう。実際に、今こうして画面越しに見る国民たちは、子どもがいるのに連れては来ないと言い、血を絶やすと言ったシモンの言葉に落ち込み、涙を流している……。

もはや政治などではない。この人々にとって、シモンの血が残るということは、自分たちの信じてきた神が、次の世代にも続くという信仰の問題だと、葵にさえ分かる。

「ねえあおい。パパは、そらとあおいをおむかえしないって話したんでしょ？」

そのとき、不意に空が言い、葵はハッとなった。

すぐそばに立っている空を見ると、空はじっと、無心な眼で葵を見つめていた。

「空、お前……どうして？　今の、テレビ……フリッツから聞いたって……なにを、聞いたんだ？」

葵はようやく、空がどうしてこのテレビをつけたのか、疑問に思った。動揺しながらも、喘ぐように訊く。すると空が「ほんとはそらね、パパとまいにち、おでんわしてるの」と言ったので、葵はぽかんと口を開けた。

「パパがね、そらとあおいをつれていくと、おくにでね、あおいをいじめたり、わるくちゆう人がいるかもしれないっていってたの。そらはおしごとをしなさいって怒られたり、おともだちとあそべなくなるかもって。だから、つれていけないんだって」

座り込んでいる葵より、立っている空の目線は少し高い。空の口調は落ち着いていて、まるで大人のようにしっかりとしている。

「だけどそらはね、パパといたいって思ったの。だからフリッツにきいたら、てれびにパパがうつるから、あおいにきいてごらんっていわれたの」

「……俺に？　なにを？」

訊ねると、空がパッと体を翻《ひるがえ》し、テレビ台の棚の中から、大事そうに、洋封筒を一つ、出してきた。

「これね、パパがくれたの。ずっとだいじにしてたんだって」

恐る恐る開くと、白い封筒の中には写真が一枚入っていた。

それは青いコートを着た葵だった。五年前、シモンが作ってくれたコートだ。届いた日にありがとうと言うと、着てみせろと言われた。ちょうど一緒にいたフリッツが、写真を撮ってくれた、そんな思い出が、ふっと頭をよぎる。

はにかんで、笑っている若い葵。

写真の裏には、五年前の日付と一緒に「中庭にて。アオイ」という言葉が記されていた。それはシモンの筆跡だった。たぶんずっと昔、この写真が焼き上がったときに書き込んだのだろう。インクは少しかすれている。

（どうして……この写真、持ってたんだ……？）

シモンの考えることは、いつも分からない。けれどシモンは葵にコートを選んだ。そして、その写真を大事に持っていたという。

「フリッツがね、いうの」

空が葵の腕に手をかけ、一生懸命、訴えるように、分かってほしいというように言う。

「パパはね、ことばがにがてだから、来てっていえないって。それでね、一人になろうとするって」

顔をあげると、空の眼に、強い光が宿っている。意志のこもった、それはたしかな色だった。まるでサファイアのように、美しい青い色。シモンそっくりの瞳。

「あおい。あおいとそらは、パパを一人にしちゃ、ダメだよ」

空の言葉には、よどみも、迷いもない。

これ以上の真実はないというくらい、はっきりとした、まっとうな真実を、空は口にしている。

……きてって、ゆわれないと行っちゃいけないの？

ついさっき聞いたばかりの、空の言葉が返ってくる。葵の瞼の裏にシモンの姿が、そしてずっと会っていない母の姿が蘇ってきた。

最後に会ったとき、ケルドアに行くことを引き留めてはくれなかった母。

――ママが行くなと言ってくれたら、行かないのに。

十八歳の葵はそう思っていた。愛されないのが淋しくて、必要とされたくて、愛されることを期待して、来てくれと言われたからケルドアに渡った。

けれどシモンに愛されず、心破れて帰ってきて、シモンと再会したあとも、同じように葵は思っている。

――来てくれと言ってくれたら、行くのに。

と……。

長い長い間、自分は愛されたくて、必要とされたくて、それが叶わずに淋しかった。それは誰にでもあることで、当たり前の気持ちだけれど、来てほしいと言われなければ行けないのでは、十八歳のころからなにも変わっていないと、不意に葵はそう思う。本当に大切なのは、葵がどうしたいかだ。葵が、シモンに、なにをしてあげたいかだ。

三十一歳のシモンは、大人すぎるくらい大人だけれど、その心の中には七歳のシモンが、まだ残っている。

七歳のシモンは、母親の愛を諦めた子どもで、個人としてではなく、公人としてしか生きられないことを知った子どもだ。

それでもシモンの中にはきっと、愛も情もあるのだ。

その愛でシモンはテオを育て、葵を日本へ帰した。同時に、空を抱き上げて微笑み、泣いている葵を抱き締めてもくれた。葵の写真を持っていてくれ、そうして今は、一人ぼっちになろうとしている……。

きっと、誰かがそばにいようとしなければ、シモンは自分で自分を、どんどん孤独にしてしまうのかもしれない。たった一人で生き、命が尽きるのを待つ愛とは、どんなものなのか、想像さえつかない。

けれど——それを愛と呼ばずに、なんと呼ぶのだろう?

シモンはそれを、愛でも情でもないと言うだろう。それでも、葵には愛に見える。そうして葵さえ、シモンの中に愛があると分かっていれば、もういいような気がした。

その愛は不器用で、痛々しい。

愛しているとも、来てほしいとも言えず、ただ大切なものを遠ざける愛だ。

そんなシモンの生き方を、葵は切なく、愛おしく感じる。それは愛だよと教えるでもなく、ただそばにいたいと感じた。抱き締めて、いい子と言ってあげていたい。

シモンだって、葵はえらいなと慰めてくれたのだから……。

「……空は、俺がお母さんで、シモンがパパで、よかった?」

ふと葵は、そう訊ねていた。

空は青い眼を、ぱちぱちとしばたたいて、不思議そうにしている。質問の意味が、分からないという顔だった。

「だって、そらのお母さんはあおいで、パパはパパでしょ?」

――そうだ。その親がどんなにいい親だろうが、悪い親だろうが。

子どもは生まれてきてしまえば、親を変えることはできない。そうして、葵がどんな親であっても、シモンがどんな親であっても、空がそれでいいというならいいのだ。

それは葵にも言えることだ。

愛されなければ、淋しい。愛しても返ってこなければ、いつだって淋しい。淋しくて淋しくてたまらない。けれど空がお腹にいたころ、本当は葵は一度、思ったことがある。

（ママもこんな辛い思いをして、俺を産んでくれたのかな）

もしそうなら、それだけでいい。他になにもいらなかったと。

耳の奥へ、シモンの声が蘇ってくる。

――葵はえらいな。

そう、褒めてくれたシモン。あのとき、ああもう、これだけでいいという気がした。淋しさは消えなくても、淋しく生きてきたその先にシモンの言葉があったのなら、これまでの人生のすべてが、報われる思いがした。

淋しいまま、必死に生きてきた葵を、シモンがちゃんと認めてくれたのだから――。

「空。空の言うとおりだ。……行こう、パパのところに」

葵ははっきりと、空に約束した。ただ、シモンを一人ぼっちにしないために。そのためだけにそばにいよう。葵は、そう決めた。

荷物などほとんどまとめず、空と二人で、もう寒くなっているケルドアに飛んだのは、翌日のことだった。シモンに作ってもらった青いコートを身につけて行った。事前に、フリッツには連絡を入れた。それ以外はなにもかも後回しにした。

五年前と同じように、隣国からタクシーで入り、ケルドールの駅前に降ろしてもらった葵は、もこもこした毛糸の帽子に、ダッフルコート姿の空を抱いて、広場に立っていた。

時刻は午後二時すぎ。

五年前と比べると、広場は人が多くなり、ざわざわと騒がしい。号外が配られ、そこにはシモンの姿が映っている。

『私には子どもがいる——衝撃的な告白。大公制度の廃止決定。継嗣の所在については黙秘を押し通す』

ケルドア人とは違う、オフィス街に通う外国人らしき人々が号外を手にして、様々に噂しあっている。ふと、広場の真ん中を、黒いリムジンが通り過ぎる。それは議事堂のある大通りに入る手前で、ぴたりと停まった。

葵は息を吸い込んだ。車の扉が開き、中から背の高い男が降りてくる。銀髪に青い瞳。広場の人々がざわめいて振り返り、殿下、大公殿下だ、と囁きあう。その中を、シモン・

ケルドアはまっすぐに、葵と空のほうへ駆け寄って来た。

その顔に困惑と、焦りが浮かんでいる。それだけではなく、恐怖も。

『アオイ』

シモンが泣き出しそうな声で呼び、葵の手をとり、そうしてあたりを窺《うかが》う。人々の視線が集まってくるのを気にして、シモンが小声で言う。

『なぜ、来た』

怯えた声。葵には、シモンの気持ちが分かる気がした。せっかく遠ざけた葵と空がやって来て、誰かが二人を傷つけるのではないかと、シモンはきっと怯えている。

「迎えにきたんだよ、シモン」

葵が言うと、シモンは眼を見開き、唇を震わせた。どうして、という問いがその顔に映っている。美しい瞳は揺らめいて、それはやっぱり、烏瓜のあかりのようだった。

たとえ一生、愛しているとは言われなくても。

たとえ一生、淋しさはなくならなくても。

愛されたいから愛するのではなく、愛したいから愛して。

淋しくなくなるために愛するのではなく、淋しいから愛するのだと思えば、一緒にいることはきっと難しくない。

「……一緒にいようよ。俺と空は、お前だけいたらいい」

微笑むと、葵の頬に、こみあげてきた涙がこぼれた。

シモンの眉が歪み、その唇から、震える息がこぼれる。

瞳をさまよわせ、シモンが、小さく首を横に振る。怯えた眼で、悲しそうに、ダメだと言う。

「大丈夫だよ」

葵は静かに、辛抱強く応えた。三十一歳の公人としてのシモンと、七歳の、個人としてのシモン、両方に向かって、届いてほしいと願う。

「愛してるんだよ。俺も、空も、お前を。……シモン」

空はただ嬉しそうに、パパ、とシモンを呼んだ。

葵は微笑んで腕の中の空を見下ろした。シモンは戸惑いを含んだ眼で、空を見る。空は笑って、シモンへと腕を伸ばした。葵は空の体を、シモンのほうへと差し向ける。

伸ばされた子どもの手を数秒見つめ、動けないでいたシモンは、空が「パパっ！」と歓声をあげて抱きついてきた勢いに敗けて、とうとう抱きとめ――そうして、こらえきれなくなったように、涙をこぼした。

たった一粒。美しい瞳から、涙は宝石のように転げ落ちる。

「私といては、幸せに……なれない」

空を抱き締めて、そう言うシモンは、けれど空の小さな体を、もう二度と離したくないというように震えている。

「……もう、幸せだよ」

そう言っても、シモンは信じないというように、泣き濡れた眼で見つめてくる。

葵は笑った。いつか分かってくれさえすればいいと思った。今、望んでいることはたった一つ。

「……俺もお前を、抱き締めていい？　シモン」

そう、葵は囁いた。

シモンは眼を見開き、どうしていいか分からないように固まっている。

葵は答えを待たずに、そっと、シモンの空いている胸へと体をくっつけた。温かな体温が、葵の細い体へしみてくる。眼をあげると、戸惑ったようなシモンの顔があった。

「パパ、あおいのこと、ぎゅってしないの？」

不満そうに空が言い、葵はとうとう、くすくすと声をたてて笑ってしまった。シモンを困らせていると知っていながら、この瞬間、そばにいられることが嬉しくて、胸には幸福が満ちてくる。

頰を擦り寄せた葵へ、シモンはなにか、我慢できなくなったように小さく呻《うめ》いた。

強い腕に肩を引き寄せられて、抱き締められたのは突然だった。シモンは震え、

『アオイ……』

と、呟いた。それは胸の奥、シモンの心の、一番奥まった場所から溢れてくる声だった。

懐かしい甘い香りが、鼻腔いっぱいに広がる。

空が嬉しそうに笑っている。

今日は間違いなく、これまでの人生で、一番幸福な日だと、葵は思った。

そうしてそれは、シモンと空がいる限り、きっとこれからも続くはず。

そう、信じられた。

あとがき

みなさまこんにちは！　お久しぶりのかたはお久しぶりです。初めましてのかたは初めまして！　樋口美沙緒《ひぐちみさお》です。

『愛の在り処《ありか》をさがせ！』読んで頂き、ありがとうございます。ムシシリーズ、なんと六冊目です。出るたびに言ってますが、こんなに続いてすごい……。これもすべて、応援してくださる皆さまのおかげです。これが初めてのムシシリーズというかた。もしよかったら、前の五冊も読んでみてくださいね。これ一冊でももちろん読めますが。

さて、ここからちょっとだけ本編のネタバレになってしまいますが、今回のお話は、タランチュラ×チョウ。そして性モザイク受け。と、シリーズ一冊目『愛の巣へ落ちろ！』と同じような要素を使いました。

実は愛の巣～を書き終えた、まだデビューもしていなかったころ、性モザイク受けで、子どもがいるバージョンも見てみたかったなーという気持ちがあって、ずっとこのお話のプロットを寝かせている状態でした。

次に同じ要素で書くなら、攻めは絶滅危惧種《ぜつめつきぐしゅ》のタランチュラにしよう！　ツリースパイダーは美しいし荘厳《そうごん》だし素晴らしいよね……みたいに思っていました。シモンの起源種にした、グーティ・サファイア・オーナメンタル・タランチュラですが、タランチュラが平気なかたは是非見てほしいくらい、美しい色をしたタランチュラなんですよー。

　話が飛んでしまいましたが、そんな感じで書き始めたこのお話、翼《つばさ》と澄也《すみや》も登場します。書けなかったけど翼はきっと、俺がもう一人のお母さんだ、くらいの気持ちで葵《あおい》をかまっているだろうし、澄也も葵に若かりしころの翼を重ねていろいろ思うことがあるし、二人の子どもの翔《かける》は、葵が初恋だったろうなあ。かわいそうに。得体の知れない外国人にとられちゃったね……と思いながら書いていました。葵はなかなかバランスが難しい子で、完璧なナミアゲハだったらもっと気位《きぐらい》高くてツンとしてクールなんでしょうけど、そうでもないので、こんな感じになりました。アゲハだから浮気願望はないんですが、完全にオスのアゲハだったら浮気性でしたね！　そっちも面白そう。

　相手役のシモンなんかはもっと描写が難しくて、なにしろこの二人の恋愛はこれからって感じです。やっと、ようやく、恋愛が始まりそう！　ってとこで終わりましたので、正直言うと、ここからのお話も、書きたい。
　四百頁かけて書いてきて、さらに子どもまでいるのにまだ恋愛していない二人なんですよ。大変です。なので三十頁の短編六本くらい連作で書きたいです。（なにを言っているんだろう……？）でもだってね、シモンなんてまず、ケルドアの自分の屋敷に葵と空を招き入れるだけですごい怖いと思うんです。警戒心丸出しだと思うんです。メイドが、食事のときとか、間違って葵に水でも引っかけようもんなら即解雇しそう。葵がびっくりして「シモン、いいってば」と言っても聞かない。そりゃあもう大変ですよ。（たぶん）
　でもなんでそんな気持ちになったり、行動になったりするか、シモンって分からないわけなんでしょう。周りからは「ホントにお相手のことを大事にされて……それはもう掌中《しょうちゅう》の珠《たま》のように……」みたいなこと言われてても、本人には自覚もないしそういうつもりでもないわけなんでしょう、たぶん。そして葵にもそれが恋愛感情とは意識されてないんでしょう。シモンは優しいから……とか言われちゃうわけですよね。焦れったいぞ。
　いやもうそれ、完全に愛されてるでしょ！　っていう状態でもあんまりお互い、恋愛か分からないって萌えますすね。そんなこんなのお話を、機会があったらまた書きたいなあと思ってます。

　とはいえ次の、ムシ。もし出していただけるならですが、そろそろ真耶《まや》のことを書こうかな……と考えたり、しています。まだ決まってませんけど、実は数年前に、真耶の相手ってこんなじゃない？　っていうのがしっくりきたので、そこからいつか書こうとは思っていました。七冊目あたりに書きたいなと思っていたのですが、当時はまだ四冊目が出たばかりだったので本当に書けるのか？　と疑問でしたが、ついに六冊目までできたので。次が出るなら。もっとも直前で、やっぱり別の子たち書こうってなるかもしれないし、そもそも出せないかもしれないし、出せたら、書けたらの話になるのですが。

　そんなわけでまだまだ書き足りないまま、『愛の在り処をさがせ！』締めさせていただきます。

　今回も迷惑しかかけなかった担当さん……すいません。ありがとうございます。最後には担当さんがなんとかしてくれると思いすぎてて本当に申し訳なく感じます。そして毎度、素敵な絵を描いてくださる街子《まちこ》マドカ先生。ラフをいただいたとき、素晴らしすぎて息が止まりました！　いつもありがとうございます。支えてくれた家族。友人。読者の皆さまにも、愛と感謝をこめて。樋口

Hanamaru Bunko

作家・イラストレーターの先生方へのファンレター・感想・ご意見などは
〒101-0063 東京都千代田区神田淡路町2-2-2
白泉社花丸編集部気付でお送り下さい。
編集部へのご意見・ご希望などもお待ちしております。
白泉社のホームページはhttp://www.hakusensha.co.jpです。

白泉社花丸文庫

愛の在り処をさがせ!

2016年11月25日　初版発行

著　者　樋口美沙緒 ©Misao Higuchi 2016
発行人　菅原弘文
発行所　株式会社白泉社
〒101-0063 東京都千代田区神田淡路町2-2-2
電話 03(3526)8070(編集)
03(3526)8010(販売)
03(3526)8020(制作)
印刷・製本　株式会社廣済堂
Printed in Japan　HAKUSENSHA　ISBN978-4-592-87744-8
定価はカバーに表示してあります。

好評発売中　花丸文庫

★感涙の擬人化チックファンタジー第3弾！

愛の裁きを受けろ！

樋口美沙緒　イラスト＝街子マドカ　●文庫判

タランチュラ出身でハイクラス種屈指の名家に生まれた陶也は、空虚な毎日を送る大学生。ロウクラス嫌いの彼は、手ひどく捨ててやるつもりで、体の弱いカイコガ起源種の郁と付き合うことにするが……!?

★大好評！　擬人化チックファンタジー第4弾！

愛の罠にはまれ！

樋口美沙緒　イラスト＝街子マドカ　●文庫判

ハイクラス種オオスズメバチ出身の篤郎は、深く傷つけた義兄への罪悪感から自分を責めて生きていた。昔を知るヘラクレスオオカブト出身の兜と再会し、優しくされ、頑な心はほどけていくが……!?

好評発売中　花丸文庫

★甘えてごめん。強くなれなくてごめん。

愛はね、

樋口美沙緒　イラスト＝小椋ムク　●文庫判

予備校生・望の片想いの相手は幼なじみの俊一。かなわぬ恋と知っている望は想いを封印し、駄目な男と付き合っては泣かされるばかり。俊一はそんな望にうんざりしつつ世話を焼いてきたが…!?

★この気持ちを、まだ「愛」と呼べない——。

ぼうや、もっと鏡みて

樋口美沙緒　イラスト＝小椋ムク　●文庫判

駄目な男とばかり付き合う幼なじみ・望を愚かなヤツと思い、同時に、彼の自分への恋情に気づかぬふりをしてきた俊一。気持ちに応える気はないのに、望を傷つけ、想いを確かめずにはいられず…!?